세븐스

7th

"다들, 아름다운 나를 봐줘—!"

여관 방—
창문을 연 나는
큰소리로 외쳤다.

7

illustration
토모조

Yomu Mishima
미시마 요무

마차에서 모습을 드러낸 것은……
잊을 수도 없는 세레스였다.

눈앞에서 홍차를 마시는 여성은
【리안 판바이유】—
반세임 왕국 왕태자 전하의
전 약혼자다.

"언니, 정말 이 녀석을
따라갈 건가요?"

라이엘이 바보 취급을 한다고 생각하지는 않지만,
미란다와 샤논에게는 민감한 문제다.
농담을 들어도 웃을 여유가 없었다.
그런 두 사람에게 라이엘이 말했다.
"이 나를—
라이엘 월트를
선택한 거다.
자랑스러워해도 돼."

"그 정도의 무기로
어떻게 되리라
생각한 걸까!"
세레스가 대검을 걷어차고,
내가 크게 몸을 젖히자 접근해왔다.
억지로 대검을 내리치자,
이번에는 레이피어를 휘둘렀다.
레이피어의 칼날이 열기를 발하며
붉게 물들었다.
그 칼날이 내 대검을 산산조각
파괴해서 흩뿌려버렸다.

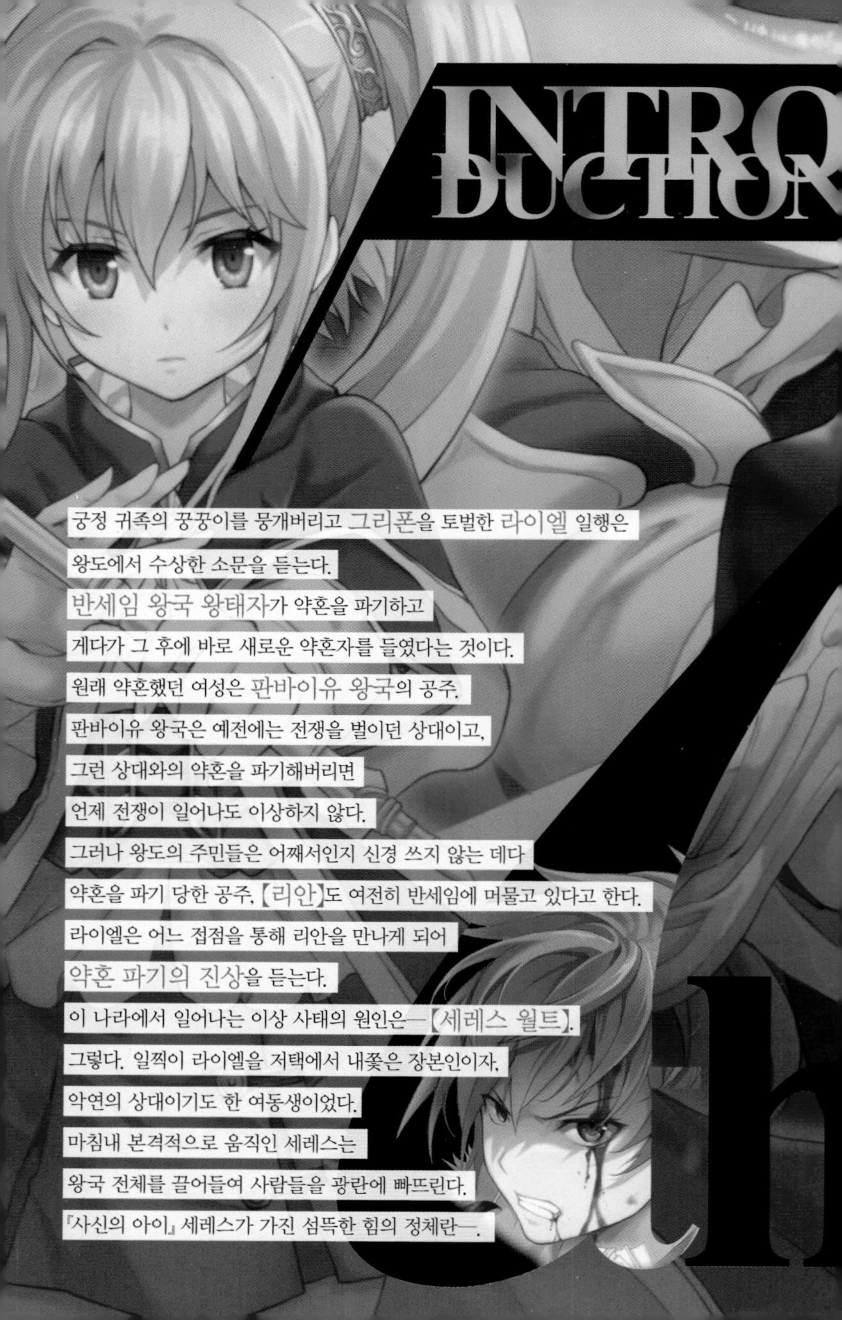

INTRODUCTION

궁정 귀족의 꿍꿍이를 뭉개버리고 그리폰을 토벌한 라이엘 일행은
왕도에서 수상한 소문을 듣는다.
반세임 왕국 왕태자가 약혼을 파기하고
게다가 그 후에 바로 새로운 약혼자를 들였다는 것이다.
원래 약혼했던 여성은 판바이유 왕국의 공주.
판바이유 왕국은 예전에는 전쟁을 벌이던 상대이고,
그런 상대와의 약혼을 파기해버리면
언제 전쟁이 일어나도 이상하지 않다.
그러나 왕도의 주민들은 어째서인지 신경 쓰지 않는 데다
약혼을 파기 당한 공주, 【리안】도 여전히 반세임에 머물고 있다고 한다.
라이엘은 어느 접점을 통해 리안을 만나게 되어
약혼 파기의 진상을 듣는다.
이 나라에서 일어나는 이상 사태의 원인은—【세레스 월트】.
그렇다. 일찍이 라이엘을 저택에서 내쫓은 장본인이자,
악연의 상대이기도 한 여동생이었다.
마침내 본격적으로 움직인 세레스는
왕국 전체를 끌어들여 사람들을 광란에 빠뜨린다.
『사신의 아이』 세레스가 가진 섬뜩한 힘의 정체란—.

세븐스

7th

7

미시마 요무 지음
토모조 일러스트
이경인 옮김

illustration 토모조

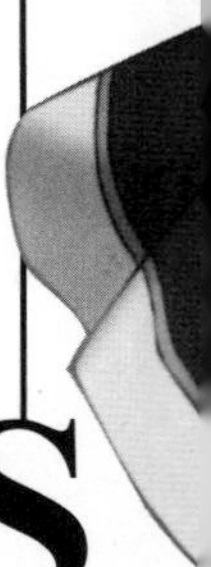

CONTENTS

7th 세븐스

초대

버질 월트

1단계 풀 오버

육체 강화. 자신의 신체능력을
1할에서 2할 향상시킨다.

2단계 리미트 버스트

한계를 넘어선 힘을 끌어내지만,
몸에 걸리는 부담은 무시.

3단계 풀 버스트

몸에서 푸른 불꽃을 뿜어내며
신체능력을 배로 끌어올린다.

2대

크라셀 월트

1단계 올

타인에게 아츠를 사용하게 해줄 수 있다.
자신의 주변을 오감과는 별도로 인식하게
해주는 부차적인 효과가 있다.

2단계 필드

집단에게 아츠를 동시에 사용하게 해줄 수 있다.
올보다 범위가 더욱 넓어진다.

3단계 셀렉트

필드보다 더욱 넓은 범위에 능력 사용이 가능.
적과 아군을 판단해서 조준을 할 수도 있다.

3대

슬레이 월트

1단계 마인드

환각을 보여주는 등,
상대의 정신에 간섭하는 아츠.

2단계 ???

3단계 ???

4대

마크스 월트

1단계 스피드

이동 속도를 안정적으로 향상시킨다.

2단계 ???

3단계 ???

역대 당주 아츠 소개

5대

프레더릭스 월트

1단계 맵

주변의 지도를 머릿속에서 선명하게 볼 수 있다.

2단계 ???

3단계 ???

6대

파인즈 월트

1단계 서치

주변의 피아를 판별.
트랩 등등의 위치도 확인할 수 있다.

2단계 ???

3단계 ???

7대

브로드 월트

1단계 박스

생물을 제외한 것들을 수납할 수 있는 공간계 아츠.

2단계 ???

3단계 ???

라이엘 월트

1단계 익스피리언스

더욱 많은 경험을 손에 넣는다.
성장이 빨라진다. 주변에도 영향이 미친다.

2단계 ???

3단계 ???

프롤로그

아무 일 없이 평온한 나날이 이어졌으면 좋겠다.

나, 【라이엘 월트】의 그런 자그마한 소망은 허망하게 부서지고 말았다.

"어째서 나한테는 날개가 없는 걸까? 만약 날개가 있다면 이 푸른 하늘에 날갯짓해서 하늘을 날아다녔을 텐데. 그래, 나는 새가 되는 거야!"

왼손을 가슴에 대고 오른손으로 공중을 붙잡듯이 뻗은 아리아 씨가 우중충한 겨울의 흐린 하늘을 올려다보고 있었다.

—푸른 하늘 따위는 어디에도 없다.

아리아 씨의 대사를 들은 클라라 씨가 히죽히죽 웃으면서 대답했다.

"이 흐린 하늘을 보고 푸른 하늘이라뇨? 눈이 나빠지신 모양이네요. 그래도 아리아 씨는 날개보다도 창이 어울려요. 마물들을 베어버리고, 핏줄기가 춤추는 전장이 어울리지 않을까요? 새가 되고 싶다면 그리폰 같은 걸 추천해요. 야만스러운 당신에게는 딱 맞네요."

평소에는 감정을 얼굴에 드러내지 않고, 말수도 적은 클라라 씨가 웃으면서 독설을 토하는 캐릭터가 되었다.

나는 양손으로 얼굴을 덮었다.

보고 싶지 않은 인물이 또 하나 있기 때문이다.

"아리아는 새가 되고 싶어? 좋겠네. 나도 새가 되고 싶어. 하지만 나는 어디로도 날아가지 못하도록 새장에 들어간 새가 좋아. 라이엘, 내 새장이 되어줘!"

나를 똑바로 바라보면서 이런 대사를 늘어놓은 건 미란다 씨다.

반세임 왕국 수도, 센트럴을 눈앞에 두고 세 사람은 「성장 후」 상태에 돌입했다.

성장. 그것은 급격한 육체의 변화.

성장 전에는 급격하게 몸이 안 좋아지고, 하루에서 며칠 동안 괴로워한다.

그러나 그게 끝나면 사람의 육체적, 마력적인 능력이 크게 향상된다. 단적으로 말해서 강해진다.

……그와 동시에, 고양감에 휩싸이며 정신적으로 위태로운 상태가 되고 만다.

미란다 씨가 내게 다가왔다.

"라이엘, 새장이 싫으면 밧줄이라도 좋아. 나를 꽉 묶어줘! 내가 어디로도 갈 수 없도록! 나는 당신을 속박하고 싶어. 그리고 속박당하고 싶어!"

평소의 미란다 씨라면 이런 말은 절대로 하지 않겠지.

클라라 씨가 배를 잡고 웃으며 굴렀다.

"밧줄로 묶어달라니! 터무니없는 변태네요! 뭐, 원래부터 실을 뿜어대며 사람을 속박하는 거미녀니까 반대로 딱 맞을지도 모르겠네요! 라이엘 씨…… 애도를 표할게요!"

대체 무슨 애도를 표한다는 거야? 이런 미란다 씨의 호감을 사고 있다는 거? 아니면 이 상황?

클라라 씨의 말에 상처를 받았는지, 미란다 씨가 슬픈 표정을 지었다.

"너무해. 나는 변태가 아니야. 조금 속박이 강할 뿐이야!"

조금이라고? 나는 꽤 강한 편이 아닌가 의심하고 있는데.

떠들썩한 세 사람을 상대하는 나는…… 그보다, 붙잡혀서 상대할 수밖에 없어진 나는 주변에 도움을 요청하고자 시선을 돌렸다.

가도 가장자리에 정차한 포터 옆에서 요리 준비에 바쁜 모니카의 모습이 있었다.

나를 보자 기운차게 한 팔을 흔들었다.

"치킨 자식. 오늘 저녁밥은 기대하세요!"

틀렸다. 주인이 도움을 요청하고 있건만, 내게 먹여줄 요리에 정신이 팔려서 이 상황을 알아채지 못하고 있다.

조금 떨어진 곳에서는 소피아 씨가 무표정하게 서 있었다.

세 사람의 모습을 보고 얼마 전의 자신— 성장 후에 저질러버린 자신을 떠올렸는지 눈에서 빛이 사라져버렸다.

"……사라지고 싶어."

그 자리에 주저앉아 무릎을 부여잡은 소피아 씨에게 도움을 요청하는 건 가혹한 일이겠지. 나는 다른 동료에게 시선을 돌렸다.

"봐봐, 노웸! 새로운 의상을 만들었어!"
"잘 어울리네요, 에바 씨. 천도 좋은 걸 사용한 것 같고요."
"응! 모니카가 쓰던 걸 갈취…… 아니, 받았어!"
이동 중에 한가하다며 의상을 만들던 에바 씨는 아슬아슬하고 선정적인 의상을 완성해서 기분이 좋아 보였다.
노웸에게 자랑하듯이 보여주고 있다.
단지, 그 재료는 모니카의 소지품이었던 모양이라—.
"거기, 이 망할 엘프! 제 소유물을 멋대로 사용하지 말아요! 그건 치킨 자식의 의복을 제작하기 위한 소재였는데!"
그걸 알아챈 모니카가 날아왔다. 격노하는 모니카에게 에바 씨가 반박했다.
"조금 정도는 나눠줘도 되잖아! 게다가 도와주면 주겠다고 말한 건 너야."
"조금 도와준 정도였으면서 뻔뻔스러운 엘프네요. —그보다도, 허리 사이즈가 틀리지 않았나요?"
"그, 그렇지 않거든. 요, 요즘 좀 많이 먹긴 했지만, 바로 빠질 테니까 문제없어."
"……그럼 좋겠네요."
의미심장한 표정을 지은 모니카는 조리를 재개하기 위해 그 자리에서 떠났다.
내 앞을 지나갈 때 「오늘부터 고칼로리 메뉴를 준비해줄게요」라며 웃으면서 중얼거리는 게 들렸다.
노웸이 에바 씨에게 주의를 줬다.

"에바 씨. 동료라고 해도, 동료이기에 멋대로 소지품을 사용하는 건 그리 좋은 행실은 아니에요."

"……미안해. 그래도 나도 저 녀석을 제대로 도와줬는데."

"그래도 본인의 허가는 필요해요."

에바 씨는 순순히 따르는 것 같았지만, 잔소리가 계속 이어지고 있어서 두 사람도 나를 도와줄 것 같지 않다.

마지막 희망은, 가장 도움이 안 되는 샤논이라는 뜻이다.

내가 샤논에게 시선을 돌리자—.

"모니카, 봐봐! 어때, 이 자세!"

모니카의 눈앞에서 희희낙락 사나운 참새의 자세를 보여주고 있었다.

그것은 시작이자 오의라고 불리는 자세.

나와 샤논이 모니카에게 배운 무예의 오의다. 원래는 그리 의미가 없는 자세지만, 무예를 배우고, 기술을 갈고닦고, 마지막으로 그 의미가 없는 자세를 의미가 있는 자세로 만들었을 때— 그 사람만의 유일한 오의가 된다는 자세다.

처음 들었을 때는 터무니없이 굉장한 자세 같았다.

언젠가는 나도 완성시키고 싶다.

그러나 샤논의 자세는…… 까놓고 말해서 빈틈투성이.

얼빠진 포즈로밖에 보이지 않는다.

모니카도 나와 같은 의견인 것이리라.

"안 돼요. 애초에 빈틈투성이잖아요. 그저 자세만 바꾸면 되는 게 아니에요. 다시 하세요."

어깨를 떨군 샤논은 진심으로 시무룩해진 모습이었다.

"그럴 수가…… 열심히 생각한 건데."

그러고 보니, 간식을 먹을 때 오의가 어쩌니 하는 말을 했던 것 같다. 그 후에 바로 질렸는지 놀기 시작했던 것도 참 샤논답다.

모니카는 요리를 만들면서 샤논에게 어드바이스를 줬다.

"지금은 기초에 힘을 넣도록 하세요. 오의 완성 같은 건 십 년은 일러요. 아니, 정말로요. 십 년은 걸린다고 생각하는 게 좋아요."

"그렇게 기다릴 수 없어! 난 라이엘 그 기둥서방 자식보다 빨리 완성시키고 싶단 말이야!"

나를 기둥서방이라 부르는 샤논을 노려봤지만, 나를 알아챈 낌새는 전혀 없다.

모니카와 노는 샤논도 나를 도와주지는 않을 모양이다.

애초에 저 녀석이 이쪽을 알아채더라도 도와주기는 할까?

……무리겠지.

한숨을 내쉬자, 아리아 씨가 내 손을 잡았다.

"어?"

"자, 라이엘— 춤추자!"

"아뇨, 좀 사양하고 싶은데…… 아, 아리아 씨!"

억지로 내 손을 잡은 아리아 씨의 힘이 상상 이상으로 강해서 떼어놓을 수 없었다.

아리아 씨의 춤에 어울려주게 되었다.

양손을 붙잡힌 나는 아리아 씨가 그 자리에서 돌기 시작하자 지면에서 발이 떨어진 채 휘둘리기 시작했다.

"잠깐! 스톱, 스톱해요, 아리아 씨! 아리아 씨이이이이!"

"아하하하. 의외로 잘하네, 라이엘!"

"이거 무서워요! 저 떠 있다고요오오오오!"

나와 아리아 씨를 본 미란다 씨가 손뼉을 쳤다.

"다음에는 나하고 춤추자. 몸을 밀착시킬 수 있는 게 좋아."

클라라 씨는 내게 미소를 보냈다.

"잘됐네요, 라이엘 씨. 저는 조금도 부럽지 않지만요. 그래도, 그렇게 여성에게 휘둘리는 모습은 잘 어울리네요."

여느 때의, 무표정하지만 어딘가 다정한 클라라 씨의 모습은 어디에도 없었다.

"누가 좀 도와줘어어어!"

휘둘리는 내 목덜미에 걸린 보옥에서는 다섯 명의 목소리가 들렸다.

나를 여기까지 이끈 저주받은 아이템— 아니. 나를 이끌어주는, 기억으로 되살아난 다섯 선조님들의 목소리다.

3대, 【슬레이 월트】는 오늘도 유쾌하게 웃었다.

『아리아는 참 기운차네.』

4대, 【마크스 월트】는 조금 어이없다는 목소리를 냈다.

『침착함이 없군요. 하지만 성장 후의 불안정한 기간입니다. 라이엘, 모두의 뒤에서 확실히 커버해주세요.』

5대, 【프레더릭스 월트】는 말수가 적은 사람이다.

『……뭐, 힘내라.』

좀 더 다른 조언은 없나 생각하고 있는데, 6대인 【파인즈 월트】는 당혹스러운 모양이었다.

『미란다는 좀 더 차분하게 있어 줬으면 하는데. 미레이아의 증손녀로서, 좀 더 여자아이답게 있어야지. 그렇게 생각하지 않느냐? 라이엘.』

나는 미란다 씨의 증조모를 모른다.

그 의견에는 대답해줄 수가 없다.

투덜투덜 불평하고 있는 건 7대, 【브로드 월트】였다.

『고모님의 증손녀답다고 생각합니다만. 그보다도, 클라라는 입이 험하군요.』

혹시, 평소에 여러 불평을 하고 싶은 걸 참고 있었나?

그 반동으로 성장 후에 영향이?

그런 생각이 들 정도로, 지금의 클라라 씨는 표정이 풍부하고 입도 험하다. 평소에 좀 더 자신의 의견을 말해줬으면 했는데…….

거기까지 생각했을 때, 아리아 씨가 잡고 있던 내 손을 놓았다.

"……아."

얼빠진 목소리를 낸 나는 그대로 내던져져서 공중을 날았다.

아리아 씨가 눈을 핑핑 돌리며 그 자리에서 쓰러졌다.

"눈이 핑핑 돌아, 아하하하~."

미란다 씨는 내게 손을 뻗었다.

"아앗, 라이엘!"

가능하면 도와줬으면 좋겠다고 생각하던 중, 클라라 씨가 웃었다.

"우와~ 사람은 날 수 있나 보네요. 오늘 일은 기록해둬야지!"

메모를 꺼내서 아리아 씨의 무식한 힘으로 내던져진 나를 보고 있었다.

은근히 장난 아닌 높이인데.

아래를 보자, 그곳에는 강이 흐르고 있었고…….

"이제 싫어!"

나는 강에 떨어졌다.

차가운 강에서 기어 나온 나는 모닥불을 앞에서 몸을 데우고 있었다.

계절은 본격적인 겨울이다.

추위로 떠는 내 옆에서 모니카가 부지런히 돌봐주고 있었다.

"으앙~ 치킨 자식! 제가 곁에 있었는데도 이런 일이 벌어지다니!"

울면서 내게 모포를 덮어주고, 요리도 가져다줬다.

샤논이 나를 보며 웃었다.

"잘 어울리네, 기둥서방 자식."

"기둥서방처럼 빌붙어있는 건 너잖아."

"뭐? 나는 제대로 일하고 있거든! 오늘도 도와줬는걸!"

뭐냐 줬는걸! 이냐.

가사 도우미를 일이라고 주장할 셈이야? 그럼 나는 너보다 몇 배는 많이 일하고 있으니까 기둥서방이 아니야!

에바 씨는 즐거운 듯 웃었다.

"꽤 날아가더라. 아리아, 힘이 너무 무식하지 않아?"

소피아 씨가 수긍했다.

"성장 후라 더더욱 듬직해졌으니까요. 그 괴력으로 날뛰면 큰일이에요. 뭐, 슬슬 진정할 무렵이지만요."

소피아 씨의 시선은 정좌하고 있는 세 사람에게 향하고 있었다.

세 사람 앞에는 우리를 뒤에 두고 우뚝 서 있는 노웸이 있다.

이쪽에서는 표정이 보이지 않지만, 화내고 있는 건 알 수 있다.

"……라이엘 님을 강에 내던지다니 어떻게 된 일인가요!"

격노해서 말투가 거칠어졌다.

평소와 다른 분위기가 무섭다.

진정한 아리아 씨가 그런 노웸에게 변명을 했다.

"그치만. 그렇게 날아갈 줄은 몰랐는걸."

……몰랐는걸, 이라니.

조금 귀여워서 용서해주고 싶어진다.

아니, 이게 아니지. 나도 성장 후에는 민폐를 끼치니까, 이 정도로 화낼 수는 없다.

나도 노웸에게 이만 용서해주라고 말했다.

"노웸, 세 사람 다 성장 후였으니까 용서해줘. 자, 점점 진정되었으니까 괜찮잖아."

아침부터 하이텐션이었던 세 사람도, 저녁이 될 무렵에는 진정되었다.

성장 후는, 진정하게 된 뒤가 무섭다.

다음 날에는 어제의 일을 냉정하게 생각하며, 부끄러워서 몸부림을 치는 게 한 세트다.

노웸이 나를 돌아봤다.

"해도 되는 일과 안 되는 일이 있어요."

"그렇긴 하지만…… 이제 어두워졌고, 추우니까."

해가 저물어서 추위도 한층 심해졌다.

세 사람 모두 어서 몸을 데우고 그대로 잠들어줬으면 좋겠다.

"……알겠습니다. 세 분 다 라이엘 님에게 제대로 사과해주세요."

그 말을 듣자, 미란다 씨가 바로 일어나더니 내게 안겼다.

"라이엘, 노웸이 무서웠어! 위로해줘."

미란다 씨가 장난기를 가득 담아 웃자, 그 뒤에 선 노웸이 미소를 지었다.

웃고 있는데 무섭다.

"……아직 이해하지 못하신 모양이네요, 미란다 씨."

미란다 씨가 몸을 돌려 노웸의 얼굴을 봤다.

"어머, 무서워라."

도발적인 미소를 보내고 있다.

성장 후에도 미란다 씨는 미란다 씨였다.

클라라 씨는 일어나더니 열심히 메모를 하고 있었다.

"오늘이라는 날을 확실히 기록해두도록 하죠. 그리고 내일, 몸부림을 치는 두 사람에게 무슨 일이 있었는지 전해야 해요! 잊을 무렵에 다시 떠올릴 수 있도록 이야기 소재로 삼겠어요!"

……아아, 클라라 씨는 아직 진정하지 못했다.

아리아 씨가 나를 바라봤다.

"미란다는 좋겠네…… 나도 안기고 싶은데. 맞다! 추울 때는 알몸으로 안아주는 게 좋다고 들었어."

갑자기 옷을 벗어 던지려는 아리아 씨를 소피아 씨가 달려가서 제지했다.

"뭐 하는 건가요오오오!"

"이거 놔! 서로 온기를 나눌 거야! 라이엘하고 알몸으로 사랑의 온기를 나눌 거라고!"

"진정하세요! 후회할 거예요! 내일 후회한다고요!"

"후회 같은 건 안 해! 나는 사랑을 위해 살 거야! 그리고 흥미진진해! 나는 남자의 알몸에 흥분—."

"아리아아아아! 이제 그만 하세요!"

나는 그 광경에서 슬며시 시선을 돌렸다.

……이제 봐줄 수가 없다.

그러자 에바 씨가 내 옆에 앉았다.

근처에는 내 옷이 걸려있고, 모닥불의 열기로 말리고 있었다.

"떠들썩해서 즐거운 파티네."

"오늘은 너무 떠들썩하지만요."

"어색어색한 것보다는 나아. 인간관계란 정말 힘든 거니까.

이 정도로 즐거운 게 그나마 나아."

여행하면서 여러 사람과 만나고 봐온 게 있겠지.

에바 씨는 즐거워 보였다.

"그보다도, 토벌대보다 먼저 왕도로 들어가는 건 어째서야? 같이 가도 상관없었잖아."

우리는 왕도로 향하고 있다.

왕도에서 파견한 히포그리프 토벌대에 참가했다가 지금 돌아가는 길이다.

본래는 발걸음을 맞춰서 전원이 왕도에 들어가는 게 바람직하다.

그러나 우리는 왕도— 왕궁에 있는 궁정 귀족들에게 환영받지 못하는 존재다.

우리를 없애려고 꾸민 것이 왕궁에 있는 귀족들이다.

히포그리프 토벌이라고 들었는데, 나온 건 그리폰이었다. 히포그리프에 비하면 크고 흉악한 마물이다.

우리의 전멸은 예정된 사실이었다. 그리고 그걸 꾸민 왕궁 귀족들에게 우리가 무사히 돌아오는 건 재미없는 일이겠지.

"먼저 들어가서 선전해야 하니까요. 이미 왕도에 소문 정도는 퍼졌을 테니까, 증거를 보여줘야죠."

에바 씨가 웃으며 끄덕였다.

소문을 퍼뜨리기 위해 노력한 건 에바 씨이고, 유랑하는 예술인 엘프들이니까.

"왕도는 들끓고 있겠지. 그래도 거기까지 하는 거야?"

필요 없지 않아?

그렇게 생각하는 모양인 에바 씨를 향해 보옥 안에서 목소리가 들려왔다. 에바 씨의 의문에 대한 대답을 말하고 있지만, 그 목소리는 나밖에 들리지 않는다.

4대가 조금 차가운 목소리로 설명했다.

『아무 일도 하지 않는다면 왕궁은 우리에게 트집을 잡아 처벌하겠죠. 지나쳤다고 생각할 정도의 수를 쓰지 않으면 우리가 위험해집니다. 그나저나, 지금도 옛날도 왕궁의 부패는 심각하군요.』

5대는 자신이 살았던 시절이 떠올랐는지, 말투에 짜증이 배어 나왔다.

『정도의 차이야 있지만, 언제나 심각했으니까. 뭐, 경계하지 않을 수는 없지.』

나는 그런 역대 당주들의 의견을 에바 씨에게 전했다.

"쓸 수 있는 수단은 다 써두는 거죠. 게다가, 무슨 일이 생기고 나서는 늦으니까요."

나도 이렇게까지 해야 하느냐는 마음은 있지만, 나보다도 인생 경험이 풍부한 다섯 명이 하는 말이니까 틀림없겠지.

……다섯 명, 이 되고 말았다.

목소리가 하나 사라진 것이 묘하게 쓸쓸했다.

"의외로 주의 깊구나. 뭐, 리더라면 그 정도가 좋을지도."

나는 에바 씨에게 물었다.

"그보다도 우리를 따라와도 되나요? 우리는 이대로 아무 일도 없으면 동쪽으로 향할 텐데요. 그대로 베임으로 갈 거니까요."

자유도시. 모험가와 상인의 도읍. 여러 호칭이 있지만, 모험가들이 모이는 유명한 대도시다.

그곳은 반세임 왕국의 영지가 아니라, 외국에 있다.

에바 씨는 눈을 반짝였다.

"왕국을 고집한다고 생각해? 나는 이 눈으로 세상을 보고 싶어. 좀 더 넓은 세상을. 좀 더 근사한 노래나 이야기를 모으고 싶어! 덤으로, 나만이 아는 이야기가 있다면 최고지. 라이엘에게는 기대하고 있어. 그리폰 퇴치처럼 커다란 일을 이뤄내 줘."

가수인 에바 씨는 언젠가 자기만 아는 이야기를 노래하고 싶다고 한다.

그걸 위해서는 어디든 갈 작정인 것 같다.

엘프의 노래나 이야기에 대한 열의는 놀랄 수밖에 없다.

"……뭐, 본격적인 겨울이 되어가니까. 한동안 여행도 일도 하지 않겠지만요."

에바 씨가 팔짱을 끼고 모닥불로 시선을 돌리며 불만스러운 표정을 지었다. 그러나 홀로 여행할 때 깨달은 건지, 납득도 하는 모양이었다.

"아무리 나라도 겨울철에 무리할 생각은 없어. 올해는 추울 것 같고, 눈도 쌓일 것 같거든."

반세임 왕국에도 눈은 내린다.

그런 상황에서 각지를 여행하는 건 매우 힘들다.

가능하면 왕도에서 이런저런 것들을 처리하고 나서 동쪽으로 출발하고 싶다.

그대로 어딘가 커다란 마을이나 도시에서 겨울을 날 거다.

그리고 또 하나 커다란 이유가 있다.

5대가 그리운 듯이 중얼거렸다.

『겨울이라…… 이 시기는 농한기니까.』

7대도 겨울철에 여행하는 걸 그리 추천하지 않았다.

『각지에서 작은 분쟁. 경우에 따라서는 국경에서 전쟁이 벌어지는 시기니까요. 벌써 시작된 곳도 있겠죠.』

반세임은 커다란 나라다.

국내의 귀족들끼리 싸우기도 하고, 가족끼리 내란을 벌이는 귀족도 있다.

국경으로 가면 다른 나라와 전쟁도 한다.

……전쟁이 시작되는 계절인 거다.

영주는 영지민을 병사로 삼을 때가 많고, 그 영지민의 대다수는 농민이다. 농한기가 되면 사람을 움직이더라도 문제가 없다.

바쁜 시기에 무리해서 전쟁을 벌이면 가을의 수확량이 줄어든다.

어디도 사정은 같아서, 그걸 위해 바빠지는 시기이기도 하다.

에바 씨가 한숨을 내쉬었다.

"섣불리 여행하면 말려드니까, 정말로 싫은 시기야."

그 의견에는 동의한다.

“……싫네요.”

3대도 보옥 안에서 우리의 의견에 동의했다.

반세임의 역사에서 의장(義將)으로 이름을 남긴 영웅이지만…….

『하는 이유도 이해는 가지만. 전쟁은 싫지. 나는 전장에서 죽고 싶지 않았어. 평온하게 나이를 먹으며 이불 위에서 죽고 싶었어.』

3대가 말하니까 무게감이 있다.

아무튼, 겨울철은 너무 움직이지 않는 게 좋다.

따스해질 무렵에 움직이는 게 최고다.

에바 씨가 중얼거렸다.

“이대로 가면 왕도에서 겨울을 보내게 될지도.”

……그건 좀 봐줬으면 좋겠다.

가능하면 왕도 말고 다른 곳에서 겨울을 보내고 싶으니까.

반세임 왕국 수도 센트럴을 둘러싼 외벽 문.

커다란 짐마차를 끌고 온 우리는 후드를 덮고 있었다.

언뜻 봐서는 모험가라는 걸 알 수 있는 차림새를 하고, 마차에는 커다란 나무 상자를 실었다. 그 안에는 그리폰의 시체가 주변에 보이도록 놓여 있다.

숨이 끊어진 그리폰은 그 형상을 유지하고 있어서 당장 움직일 것만 같다.

문으로 들어온 사람들이 그리폰을 보고 놀란 표정을 지었다.

"저게 그리폰?"

"옛날에 봤던 히포그리프를 닮았는데."

"똑같이 독수리 머리를 하고 있으니까. 하지만 크기가 다르잖아."

"혹시, 저게 소문이 돌던—."

흉악한 마물을 앞에 두고 흥미를 보이는 사람, 무서워서 멀리서 보는 사람.

반응은 다양하지만, 모두가 그리폰의 모습을 목격했다.

문지기가 우리에게 다가왔다.

"토벌대와 함께 온 게 아니라면 다른 그리폰인가. —너희들, 모험가냐?"

나는 후드를 벗으며 대답했다.

"네. 그리폰을 토벌했으니 왕도에서 팔려고 해서요. 마물의 부위는 귀중한 소재지만, 그리폰 정도가 되면 통째로 사고 싶은 상인도 많을 테니까요."

문지기가 우리를 봤다.

딱히 잘못된 말은 하지 않았다.

왕도는 수도다.

유복한 상가도 많고, 그리폰이라면 통째로 구입해서 박제하려는 사람도 있겠지.

모험가가 일부러 왕도에 온 것도 이름을 알리기 위해서라면 자연스러운 이야기다.

감탄한 듯한 문지기는 딱히 수상하게 여기지 않았는지 우리를 통과시켰다.

“젊은데도 실력이 좋은 건가. 왕도에 이름을 알리는 건 좋지만, 너무 문제를 일으키지 마라.”

나는 알겠다는 듯이 끄덕였다.

“물론이죠. 폐는 끼치지 않겠어요.”

내가 가진 보옥에서 6대의 목소리가 들렸다.

『이쪽은 민폐를 겪은 쪽인데 말이지. 자, 그럼…… 안으로 들어가면 우리 마음대로다! 라이엘, 선전해라!』

짐마차를 끌고 문을 지나자, 소문을 들었는지 수많은 사람들이 모였다.

출입 관리가 엄격한 문 주변에는 평소 이상으로 사람이 많다.

나는 그런 사람들에게 목소리를 높였다.

“그리폰 토벌 이야기를 듣고 싶으면 이 앞 광장으로 와주세요. 거기서 저희가 어떻게 그리폰과 싸웠는지 알려드리죠.”

호기심 어린 시선을 보내는 왕도 사람들 앞에서 나는 당당하게 나아갔다.

6대의 말이 맞다.

들어와 버리면 우리 마음대로 할 수 있다.

왕궁에서 아무리 움직이려 해도 이미 늦었다.

에바 씨를 보자, 입가를 누르며 불만스러운 표정을 짓고 있었다.

“문 주변은 언제나 먼지투성이네. 목이 따가워져서 싫어.”

나는 광장 방향을 가리켰다.

"에바 씨, 이후에는 잘 부탁할게요."

에바 씨가 바로 눈을 빛냈다.

"맡겨둬. 대대적으로 선전해줄게."

이럴 때 엘프 동료가 있는 건 무척이나 마음이 든든했다.

제78화 개선

—라이엘 일행이 왕도에 도착한 날.

사크라이 가 당주【랄프 사크라이】는 서둘러 왕궁으로 향하고 있었다.

이미 밤이 되었다. 낮에 일을 끝내고 왕궁에서 저택으로 돌아왔을 때 소집이 걸린 것이다.

호출의 이유는 왕도에 퍼지는 소문 이야기다.

"……그 애송이."

가증스러운 마음을 품으면서, 귀족들이 기다리는 회의실에 들어왔다.

그곳에는 짜증을 내는 사람도 있고, 묵묵히 술을 마시는 사람도 있었다.

전원이 남작 이상 작위를 가진 귀족들.

귀족이 귀족이라고 인정하는, 남작 이상의 진짜 귀족들이다.

랄프가 오자, 이 자리에 모인 이들을 규합하는 백작이 입을 열었다.

"사크라이 자작, 이야기는 들었나?"

사정을 파악하고 있느냐는 질문을 받자, 랄프는 수긍할 수밖에 없었다.

"……예."

"그거 좋군. 설명할 수고를 덜겠어. 자, 그럼. 불러낸 것은 다름이 아니다. ……그리폰 퇴치를 이뤄낸 영웅들에게 줄 포상이 필요해졌다."

영웅들이라고 부르고는 있지만, 백작의 표정은 매우 차가웠다.

미란다와 샤논의 아버지이기도 한 랄프는 백작이 하고 싶은 말을 이해했다.

"훈장과 보수로 손을 써야겠지요."

얼마간의 돈과, 훈장을 주자고 제안했다.

그러나 군사를 관장하는 귀족이 그에 반대했다.

"그리폰 토벌을 이뤄냈는데 그런 보수를 줘서는 왕국의 격을 의심하게 되잖나. 훈장은 연금이 나오는 것을 준비하고, 최소한 승진이라도 시키지 않으면 불만이 나올 거다. 토벌대에서가 아니야. 기사나 병사들에게서 불만이 나온다."

본래라면 전멸해야 했던 그리폰 토벌대가 설마 그리폰을 토벌하고 돌아오리라는 건 아무도 예상하지 못했다.

랄프는 문관이라는 위치에 있다.

무관인 그 귀족과는 자주 의견이 대립했다.

"그 예산을 확보하고 나서 말씀해주셨으면 좋겠군요."

상대가 노려봤지만, 랄프는 동요하지 않았다.

랄프의 반대에 맞닥뜨리자, 기가 허약해 보이는 귀족이 제안했다.

"그, 그렇다면 토벌대에게 문제가 있다고 하면서 처벌합시다. 도중에 마을에서 약탈 행위를 벌였다든가, 아무튼 그리폰 토벌 보수를 내지 않아도 될 정도의—."

그 의견을 듣자, 백작이 책상에 주먹을 내리치며 대답했다.

이제 말하지 말라는 의사 표시다.

"이미 그리폰이 왕도에 들어왔다. 모험가가 대대적으로 선전을 벌여서 토벌대는 영웅 대접을 받고 있지. 서둘러 조사해 보니, 주변에까지 소문이 퍼졌다."

백작이 테이블 위에 서류를 던져서 넘겨줬다.

랄프는 그걸 받아 훑어보고는 인상을 찌푸렸다.

"그 애송이."

랄프의 그 중얼거림은 라이엘을 향한 것이었다.

그곳에는 토벌대가 얼마나 고결하고 강했는지를 칭송하는 소문이 퍼지고 있다는 보고가 적혀있었다.

왕도에서도 얼마 전부터 화제가 되었고, 토벌한 그리폰을 보기도 했기에, 사실이라는 소문이 단숨에 퍼졌다.

백작은 가증스럽다는 듯이 결론을 내렸다.

"알겠나? 우리는 녀석들을 환대할 수밖에 없는 거다."

랄프나 귀족들이 라이엘 일행을 환대할 수밖에 없는 이유는 많다. 아니, 환대하지 않는 게 더 귀찮다.

죄를 날조하는 것도 가능하지만, 관계자가 많다. 너무 많다.

그리고 시간이 없다.

대응하기 위한 시간이 너무 부족하다.

일부 토벌대는 이미 왕도에 들어왔으니까.

죄를 날조하기 위해 그들이 들렀던 마을을 실제로 불태우는 등의 공작을 벌이기 위한 시간이 부족했다.

그리고 보수를 주지 않기 위해 죄를 날조했다—. 그런 사실이 소문으로 나돌게 될 위험도 있다.

토벌대에 참가하지 않은 기사나 병사들이 어떻게 생각할까? 자신들이 이뤄냈을 때도 똑같은 일을 저지르지 않을까? 그런 식으로 왕궁에 불신감을 품을 가능성이 있다.

그렇게 되면 여차할 때 움직이지 않는다. 또는 명령을 해도 소극적으로 움직일 염려가 있다.

가장 곤란한 것은, 무리해서 라이엘 일행을 깔아뭉개려 들면, 왕궁 내의 적대 파벌이 랄프 파벌의 행동을 알아버릴 가능성이 높다는 것이다.

아무튼, 환대하지 않을 때의 디메리트가 너무 많았다.

백작은 랄프를 노려봤다.

"자네의 딸도 참가했다지? 딸을 데려간 남자는 무척이나 믿음직스러운 모험가인 모양이야. 아버지로서 콧대가 높아지지 않나?"

빈정대는 말을 듣자, 랄프는 주먹을 쥐었다.

"……그리폰을 토벌할 수 있을 줄은 몰랐습니다."

"그게 진실인지 아닌지는 상관없어. 지금은 눈앞에 있는 문제를 해결해보자고. 돌아온 토벌대에게는 승진과 연금이 부속된 훈장을 수여하지. 보수도 상응하는 것으로 준비해야 할 거다. 할 수 있겠나? 자작."

백작은 말로는 하지 않았지만, 「너의 책임이다. 네가 뒤처리를 해라」라고 지시하고 있었다.

반세임 왕국에서는 일정한 활약을 평가하는 훈장에는 연금이 붙는다. 매년 정해진 금액을 받을 수 있다.

그건 즉, 매년 수백 명의 연금을 낼 예산을 확보해야 한다는 것을 의미한다.

랄프는 어금니를 악물면서도 바로 표정을 다잡고 대답했다.

"바로 작업에 들어가겠습니다."

백작이 일어섰다.

"그래, 부탁하지. 나 참, 이런 바쁜 시기에—."

다른 귀족들도 회의실에서 나갔다.

"봄에는 정식 발표가—."

"사크라이 자작은 사람을 보는 눈이 없나 보군."

"딸 쪽이 그나마 보는 눈이 있군요."

귀족들은 입을 모아 랄프에게 비아냥거리거나 빈정거리는 말을 남기며 떠나갔다.

아무도 없어진 회의실에서, 랄프는 거칠게 외치고 싶은 것을 참았다. 여기는 왕궁이라고 몇 번이고 자신을 타일렀다. 누가 듣고 있을지도 모른다.

호흡을 가다듬고, 이마에 주먹을 대면서 노기가 잦아드는 걸 기다렸다.

"나를— 사크라이 가를 적으로 돌린 것을 후회하게 해주마."

라이엘을 향한 격렬한 분노를 가슴에 품으며, 랄프는 표정을 가다듬고 회의실을 나갔다—.

왕도의 큰길.

말을 타고 천천히 나아가는 건, 히포그리프 토벌대의 대장인【노마 아네트】였다.

웃으면서 주변에 손을 흔드는 게 보인다.

"아니, 빨리 오라고."

주변에는 영웅들을 보려고 모인 관중들이 늘어서서 환성을 내지르고 있다.

토벌대에 참가한 기사나 병사들도 칭송을 받아서 쑥스러워하고 있다.

개중에는 손을 흔들며 반응해주는 사람도 있다.

광장에서 그들을 기다리는 내 옆에는 미란다 씨가 조금 우울한 표정을 짓고 있었다. 미인이 그런 표정을 짓고 있는지라 그림이 되지만, 그녀가 생각하고 있는 건 어제 일이다.

때때로 손으로 얼굴을 덮으면서.

"……부끄러워."

그렇게 중얼거리고 있다.

나는 미란다 씨를 비웃지 않았다. 비웃지 않을 거다.

"마음은 이해해요."

"빨리 어제 일을 잊고 싶어."

아침부터 시무룩해진 아리아 씨나 방에 틀어박히고 만 클라라 씨 등등, 여러모로 귀찮은 일이 많았다.

미란다 씨와는 반대쪽에 선 노웸은 노마 씨를 보고 있었다.

"……으스대고 있네요. 긴장을 풀지 말았으면 하는데요."

왕궁에서 보면 우리는 방해꾼이라는 걸 알고는 있는 걸까?

그러나 노마 씨의 저런 으스대는 모습이 부럽긴 했다.

"저 사람은 욕망에 솔직해서 좋네."

내가 중얼거리자, 노웸도 동의했다.

"확실히 부럽네요. ……배우고 싶지는 않지만요."

말 위에서 손을 흔드는 노마 씨는 이 상황을 즐기고 있었다.

집단은 정렬해서 큰길을 걷고 있다. 짐마차에는 히포그리프의 목이나 날개 등을 걸어놔서 자신들의 성과를 과시하고 있는 것이, 마치 개선 퍼레이드 같다.

이런 일을 하라는 말은 하지 않았으니까, 노마 씨의 독단이겠지.

겨우 광장에 도착한 노마 씨는 기승한 채로 우리를 내려다봤다.

태도는 거만했다.

"수고했다. 모험가치고는 좋은 일을 해줬군."

자기들이 돌아오기 전에 관중들을 모아서 환영 준비를 해준 것을 말하는 거겠지.

미란다 씨가 순간 무표정해졌다.

"무척이나 잘난 척하네. 이 자리에서는 우리가 친한 관계라는 것을 보여줘야 하는 거 아니었어? 우린 다른 사람을 영웅으로 내세워도 딱히 상관없거든. 너…… 뭉개버린다."

환성에 섞여서 들려온 미란다 씨의 매우 차가운 말을 듣자,

노마 씨의 웃음이 얼어붙으며 서둘러 말에서 내려왔다.
토벌대도 멈춰서 광장에 모인 가족들의 목소리를 들으며 기뻐했다.
노마 씨는 굳어진 미소로 내게 악수를 요청했다.
양손으로 내 손을 잡고 이보다 더할 수 없을 만큼 위아래로 흔들어댔다.
"이, 이야~. 라이엘 공은 역시 믿음직하네요!"
식은땀을 줄줄 흘리는 노마 씨에게 추가타를 날린 건 노웸이었다.
"라이엘 님이 곤란해하시잖아요. 손 놓으세요."
"네, 넵!"
두 사람의 차가운 태도 앞에서 나는 고개를 가로저었다.
"두 사람 다 조금은 다정하게 해줘. 자, 오늘은 모두가 주역인 무대니까."
차가운 공기를 후끈후끈 데울 정도로 쏟아지는 사람들의 성원을 받는 건, 기대받지 않았던 히포그리프 토벌대 사람들이다.
전원이 무사히 돌아올 수는 없었지만, 살아남은 사람들은 가슴을 펴고 기뻐했다.
나와 노마 씨도 서로 친한 모습을 관중들에게 보여줬다.
"자, 그럼. 지금부터 바빠지겠어."
내가 그렇게 말하자, 노웸과 미란다 씨도 끄덕였다.
"네. 체면이 뭉개졌으니 가만히 두고 보지 않겠죠."

"움직이는 건 내 친가겠지. 자, 그럼. 어떻게 할까?"

본래라면 전멸해야 했던 히포그리프 토벌대가 생환했고, 덤으로 그리폰 토벌의 영웅이 되고 말았다.

이번 토벌을 계획한 사람들— 랄프 씨는 열불이 났겠지.

"가능하면 원만하게— 어, 어라?"

광장의 환성은 멎을 기색이 없다.

돌아온 가족에게 성원을 보내는 사람들.

기사나 병사들은 가족 앞에서 당당한 모습을 보여주고 있다.

자랑스러워하는 가족…… 그런 모습을 보면서, 나는 현기증이 났다.

급격하게 몸이 괴로워졌고, 서 있는 것조차 힘들었다.

내 얼굴이 새파래지는 걸 본 노웸이 황급히 부축했다.

"라이엘 님!"

미란다 씨도 바로 그 자리를 지휘했다.

"노마. 너는 이대로 왕궁에 보고하러 가. 가족과의 재회에 찬물을 끼얹게 되어서 미안하지만, 전원을 데려가야 해."

노마 씨가 주변에 손을 흔들면서 다급해하는 우리에게 의문을 가지지 않고 대답했다.

"그 정도는 안다. 아니, 알고 있으니까 노려보지 마! 다, 당장 왕궁으로 갈 테니까."

미란다 씨가 노려보자, 노마 씨는 서둘러 말에 올라타서 이동을 재개했다.

노웸의 부축을 받고, 미란다 씨가 우리를 선도하면서 그 자리를 떠났다.

미란다 씨가 내게 말을 걸었다.

"곤란하네. 라이엘, 혹시—."

급격하게 몸이 안 좋아지는 이 증상은 기억이 있다.

틀림없다—.

"미, 미안. 한동안 움직일 수 없어…… 성장 전이야."

몸에 힘이 들어가지 않고, 움직이는 것조차 괴로운 감각…… 잊고 싶어도 잊을 수 없는 성장 전의 몸 상태 악화가 찾아오자, 나는 식은땀이 멈추지 않았다.

노웸이 나를 부축하며 말을 걸어 격려했다.

"바로 여관으로 돌아갈게요. 한동안 안정을 취하세요."

"저, 정말로…… 미안."

이런 중요할 때에 움직이지 못하게 되다니.

그렇게 생각하고 있는데, 보옥 안에서 목소리가 들려왔다.

『……라이에루 씨 상태구나. 기대되네!』

여느 때와 같은, 3대의 놀리는 목소리였다.

—환성에 둘러싸인 히포그리프 토벌대.

그 안에서 어두운 표정을 지으며 걷고 있는 건, 리오넬—【리오넬 월트】다.

중얼중얼 혼잣말을 읊고 있다.

"나는 나쁘지 않아. 나는 나쁘지 않아. 나는 틀리지 않았어. 틀린 건—."

이동을 재개한 토벌대.

걸어가고 있는데, 관중 속에서 목소리가 들렸다.

"아, 리오넬!"

목소리가 들린 쪽을 보자, 그곳에는 마물과의 전투에서 목숨을 잃은 친구의 여동생이 있었다.

친구는 여동생을 귀여워해서, 보수가 나오면 선물을 주겠다고 말했던 것이 떠올랐다.

이동하는 집단에서 나와 말을 걸어온 여성에게 다가갔다.

"오빠의 모습이 안 보여. 같이 있지 않아?"

리오넬은 감정이 담기지 않은 목소리로 말했다.

"죽었어."

"—어?"

"죽었어. 히포그리프에게 잡혀서 그대로 짓뭉개졌지. 시체는 없어. 유품도 회수할 수 없었고."

친구의 여동생이 눈을 크게 떴다.

"거, 거짓말. 그야 오빠는 불성실하지만, 그래도 반드시 돌아오겠다고 약속했단 말이야. 죽었다니 거짓말이야."

눈물을 흘리는 친구의 여동생 앞에서, 리오넬은 입을 초승달 모양으로 들어 올리며 웃었다.

그 얼굴에는 광기가 떠올라 있었다.

"함께 토벌대에서 도망치려다가 잡혀서 죽었어. 마물과 싸웠다든가, 용감했다고는 말할 수 없는 비참한 죽음이지. 아무 도움도 되지 못했다고. 도망치는 게 늦어서 죽었으니까 유품도 없어."

친구의 여동생이 놀랐다.

"참 웃음이 나올 정도로 비참한 죽음이었다고. 적어도 내 도움이라도 됐으면 좋았을 텐데, 정말로 개죽음이야."

친구의 여동생은 깔깔 웃는 리오넬의 뺨을 후려쳤다.

리오넬을 노려본 친구의 여동생은 눈에서 눈물을 흘리면서 그 자리에서 떠났다.

딱히 동요한 기색도 없던 리오넬을 본 주변의 관중들이 「뭐야 저 녀석」, 「믿을 수가 없네」, 「가까운 사람한테 무슨 심한 짓을……」이라는 말을 던졌다.

움직이지 않는 리오넬을 보고 집단에 지시를 내리던 기사가 다가왔다.

"빨리 걸어라. 여기서 멈추지 마."

할 말만 한 기사는 그 자리에서 떠났다.

리오넬은 이동하는 집단으로 돌아와 걷기 시작하고는 혼잣말을 재개했다.

"그래. 모처럼 내가 기회를 줬건만, 그 녀석들이 도움이 안 돼서 실패한 거야. 나는 나쁘지 않아. 나는 나쁘지—."

눈 밑에 다크서클이 있는, 보기만 해도 이상한 리오넬에게 말을 거는 토벌대 동료는 아무도 없었다—.

여관.

성장 전의 몸 상태 악화를 겪게 된 나는 아침부터 침대 위에서 움직이지 못한 채 괴로워했다.

"……움직이고 싶지 않아."

입에서 나오는 말은 전부 네거티브한 말뿐이다.

그런 나를 간병하는 건 아리아 씨와 소피아 씨다.

"라이엘. 너도 타이밍이 안 좋네."

"그러게요. 지금부터 사크라이 가와 교섭해야 하는데……."

타이밍이 안 좋아서 정말 미안하다.

"미안해. 못난 라이엘이라 미안해. 나는 못난 라이엘이야. 줄여서 못난이엘이야."

소피아 씨가 곤란해했다.

"이거…… 중증이네요."

"그런가? 라이엘의 성장 전은 언제나 이렇지 않았어? 그보다도 몸을 닦아야 하니까 상반신 일으킬게."

두 사람은 내 상반신을 억지로 일으켜서 몸을 닦아주었다.

"……차가워. 추워. 얼 것 같아."

소피아 씨가 성실하게 대답해줬다.

"안 어니까 괜찮아요."

불평밖에 하지 않는 나를 보며, 아리아 씨가 「그러게. 그러니까 빨리 끝내자」라고 말했다.

온수로 적신 타올로 닦고는 있지만, 방이 추워서 바로 젖은 곳부터 차가워진다.

나는 주변을 봤다.

"……모두는?"

아리아 씨가 내 다리를 닦아주며 가르쳐줬다.

"노웸은 에바하고 클라라를 데리고 엘프의 높은 사람한테 인사하러 갔어. 미란다는 샤논을 데리고 장 보러 갔고. 모니카 녀석도 호위랑 짐꾼으로 동행했어."

소피아 씨가 피곤한 표정을 보였다.

"라이엘 공 근처를 떠날 수 없다면서 떼를 쓰긴 했지만요. 그건 곤란했어요."

아리아 씨가 탄식을 내쉬었다.

"딱히 모니카가 남아도 상관없긴 했지만. 가끔은 우리가 곁에 있는 편이 낫다면서 노웸이 밀어붙였어."

두 사람은 내 몸을 다 닦은 뒤에 옷을 입혀주고 눕혔다.

모니카라면 신경 쓸 필요가 없는 만큼 편할 텐데, 노웸의 지시로 두 사람이 나를 돌봐주게 된 모양이다.

……대체 무슨 생각인 걸까?

보옥 안의 선조님들은 오늘도 기운차다.

3대부터 순서대로.

『여러 일을 시키고 싶은 걸지도. 뭐, 좋기는 하겠지.』

『틀린 말은 아니군요.』

『그나저나, 예전에 비해서는 믿음직해졌어.』

『아리아와 소피아 말입니까? 아무리 그래도 1년 가까이 지나면 성장하지요.』

『1년…… 우리도 라이엘과 여행한 지 슬슬 1년이 되었군요.』

겨울이 지나고 봄이 되면— 내가 월트 가에서 쫓겨난 지 1

년이 된다.

지난 1년은 여러 일이 있었다.

아리아 씨가 온수를 넣은 통을 정리하기 위해 방 밖으로 나갔다. 소피아 씨는 의자에 앉아서 읽다 만 책을 향해 손을 뻗었다.

소피아 씨가 페이지를 넘기는 소리가 들린다.

처음 무렵에는 둘이서 방에 있으면 소피아 씨가 긴장했다. 지금은 차분하게 책을 읽게 되었다.

한동안 조용한 시간이 흐르고, 아리아 씨가 돌아오더니 우리에게 말했다.

"밖은 더 춥네. 조만간 눈이라도 내릴지도."

소피아 씨가 눈이라는 말을 듣자 옛날을 그리워했다.

"눈이요? 어린 시절에는 눈이 내리면 즐거웠는데요. 자란 뒤에는 일이 늘어나서 힘들어지니까 기뻐할 수 없어졌어요."

아리아 씨도 동의하면서 소파에 누웠다.

"바닥이 얼어서 위험하니까. 주변 일대가 새하얘서, 강에 떨어진다거나 구멍에 떨어지기도 한다고 매년 들었어."

겨울철에는 그런 일도 있어서 위험하다.

익숙하지 않은 지역에서 걸어가다가 미끄러져 강에 추락— 겨울철의 강이라니 정말로 위험하다.

나는 묵묵히 두 사람의 이야기를 들었다.

아리아 씨도 왕도에서 지낸 어린 시절을 그리워했다.

"눈사람을 만든 적이 있었어. 그게 진흙투성이인 데다 더러워서 바로 부서지는 바람에 울기도 했지."

소피아 씨도 떠오른 게 있는 모양이다.

"저희 집은 시골이어서 눈도 왔으니까, 노는 건 즐거웠죠. 하지만 눈 치우는 게 힘들었어요."

월트 가가 다스리는 영지는 남부에 있어서 쌓일 정도의 눈은 내리지 않는다.

……겨울에 논 기억은 없다.

열 살 전후의 기억밖에 떠오르지 않아서, 내가 그 전에 어떤 일을 했는지는 알 수가 없었다.

나도 눈으로 놀았을까?

두 사람의 이야기를 들으며 눈을 감았다.

옛날의 나는…… 대체 어떤 나였을까? 조부인 7대의 말에 따르면, 나는 우수해서 가족들에게도 사랑을 받았다고 한다.

그런 내가 열 살부터 갑자기 냉대를 받게 된 것을 7대도 의아해하고 있었다.

혹시, 내가 잊어버린 기억 속에 해답이 있는 걸까?

—노웸은 왕도에 와서 줄곧 틀어박혀 있던 클라라를 데리고 엘프들이 있는 모임장을 향해 걸었다.

왕도에서 예술 공연을 하는 엘프나 유랑 예술인 엘프들이 상호 협력하기 위한 조직— 길드가 있는 곳이다.

에바가 으슥한 곳에 있는 길드 건물로 안내해줬다.

"클라라. 너도 이제 그만 좀 해."

여전히 침울한 모습인 클라라는 본 에바가 어이없어했다.

"……아직 왼팔을 잃기 전, 저는 어느 파티에 소속되어 있었어요. 아뇨, 소속되려고 했죠. 마음 편한 파티였어요. 하지만 제가 성장 후에 입이 험악해진 바람에 그대로 쫓겨났거든요."

그녀는 학술도시 아람사스에 있을 때, 파티에서 쫓겨난 경험이 있다고 말했다.

노웸은 실력도 좋은데 혼자 있었던 이유가 있었다며 납득했다.

"신경 쓰지 않아요. 라이엘 님도 걱정하고 계셨고, 클라라 씨를 쫓아내거나 하지는 않아요."

클라라도 미안해했다.

"고마운 말이네요. 생각해 보면, 그 일이 있었으니까 솔로로 활동하는 게 편하다고 생각하고 있었어요."

에바가 놀렸다.

"어머, 그럼 지금은 솔로보다 즐겁다는 거네. 뭐, 너는 이상하게 완고하니까, 잘 지낼 수 있는 파티를 찾는 것도 힘들어 보이긴 해."

클라라는 조금 울컥하면서 에바에게 반박했다.

"성장 후에 문제가 있었을 뿐이지, 다른 부분은 좋은 평가를 받았다고…… 생각해요. 그보다도, 당신이야말로 유랑 극단을 이리저리 오가면서 혼자 여행하고 있잖아요."

에바는 당당했다.

"나는 내 목적을 위해서 혼자 있던 거야. 너하고는 다르거든."

노웸은 서로를 노려보는 두 사람을 보며 어이없어했다.

"조금은 친하게 지내주세요."

에바는 머리를 쓸어 올렸다.

"동료로서라면 친하게 지낼게."

클라라는 에바에게서 시선을 돌렸다.

"……맡은 역할은 완수할 거예요."

두 사람의 험악한 사이를 걱정해서 함께 나왔던 노웰은 한숨을 내쉬었다.

'이거 거리를 두는 편이 좋겠네요.'

에바는 어슴푸레한 골목을 익숙한 발걸음으로 나아가서 이윽고 엘프들이 드나드는 건물을 가리켰다.

"노웰, 여기야!"

신을 내는 에바는 클라라를 대하는 태도와는 달리 노웰에게는 다정했다.

클라라는 「마치 꼬리를 흔드는 개 같네요」라고 중얼거렸다.

에바는 무시하고 길드 문을 열었다.

그러자, 그곳에는 뜻밖의 인물이 있었다―.

―미란다는 장을 보고 있었다.

짐꾼인 모니카는 조금 전부터 불만이 많다.

"치킨 자식이 없으면 기운이 안 나요. 의욕도 안 나요. 할 맘도 안 나요. 돌아가고 싶어~."

대량의 짐을 가볍게 들고 있으면서도 표정은 태연하다.

샤논은 장을 보는 게 즐거운지 눈이 반짝반짝하다.

미란다가 사준 과자를 양손에 들고 주변을 부지런히 쳐다보고 있었다.

"모니카. 너 시끄러워. 언니, 그보다도 다음은 어디로 가나요!"

다음 가게에 빨리 가고 싶어서 근질근질한 샤논에게 미란다가 웃으며 대답해줬다.

"유감. 아까 가게가 끝이야."

"에이~."

불만스러워하는 샤논과 달리, 모니카는 기뻐하기 시작했다.

"그럼 여관으로 돌아가서 치킨 자식을 돌봐야겠네요. 여관에 남겨둔 두 사람으로는 분명 만족스럽게 돌봐줄 수 없을 거예요. 치킨 자식은 분명 제가 돌아오길 기다리며 울고 있을 거라고요."

샤논이 냉정하게 대답했다.

"그 녀석, 거기까지 생각하지는 않을걸. 지금쯤 자고 있지 않을까?"

"치킨 자식과 저의 인연을 바보 취급하지 말아 주세요! 이 모니카, 이러는 사이에도 치킨 자식이 저를 생각하며 울고 있다는 걸 잘 안다고요!"

미란다가 생각했다.

'거짓인지 진실인지 모르니까 곤란하단 말이지. 오토마톤은 귀찮네.'

거짓말도 하지만, 때때로 진실도 말한다.

황당무계한 일을 실현시키는 모니카는 미란다조차도 계측

하기 힘든 상대였다.

고대인이 만든 인간형 자동인형…… 라이엘과 마력으로 라인이 생겨서 이어져 있는 건 사실이다.

보이지 않는 실로 이어져 있다고 해도 과언이 아니다.

단지, 라이엘이 모니카가 없다고 우는 모습도 도저히 상상할 수 없었다.

'……지금 이야기는 거짓말이네.'

자기 마음속에서 해답을 낸 미란다는 두 사람을 데리고 여관으로 가는 귀로를 밟았다.

불만스러워하는 샤논을 중심으로 앞을 미란다가, 뒤를 모니카가 걷고 있다.

오가는 사람들의 말소리가 들렸다.

"들었어? 이제 얼마 남지 않았대."

"역시 봄에는 발표하나 봐."

"기다려지네."

아줌마들의 수다를 들으면서, 어디에나 있는 광경이라고 생각하던 미란다는 주변으로 신경을 쏟았다.

'……왔네.'

기뻐하는 듯하던 모니카의 표정이 점점 사라졌다.

"눈치채셨나요?"

모니카가 묻자, 미란다는 고개를 끄덕이며 웃었다.

"나 참. 곤란한 사람들이네."

그렇게 말한 미란다는 일부러 인적이 없는 골목으로 들어갔다.

샤논이 고개를 갸웃했다.

"언니, 그쪽은 길이 다른데요."

미란다는 눈치채지 못한 샤논의 이마를 살짝 손가락으로 튕겼다.

그리고 어리둥절하던 샤논에게 설명했다.

"샤논. 아무리 굉장한 능력을 가졌더라도 쓰지 못한다면 의미가 없어. 미행당하고 있다는 것 정도는 알아채야지."

샤논은 황급히 노란 눈동자에 빛을 켜면서 주변을 휙휙 돌아봤다.

모니카가 짐을 내리고, 무기를 들며 대비했다.

미란다는 짐을 들고 멈춰 서서 돌아봤다.

"자, 나와. 인적이 없는 곳으로 와줬으니까, 모습을 드러내도 되지 않을까?"

아무도 없는 골목.

미란다 일행을 포위하듯이 사람들이 모습을 드러냈다.

한 명은 사크라이 가에서 집사로 일하는 남성— 레날도였다.

지팡이를 들고 코트와 모자 차림새다.

"미란다 아가씨. 무척 성장하셨군요."

미란다는 「성장 후」에 있었던 실패를 떠올리고 표정을 조금 흐렸지만, 레날도는 별 뜻 없이 순순히 칭찬해준 것 같았기에 감사를 표했다.

"고마워. 당신이 칭찬해주니 기쁘네. ……그래서? 우리를 죽이러 왔어?"

미란다가 묻자, 샤논은 무서워서 움직이지 못했다. 다리가 떨린다.

미란다와 모니카는 샤논을 지키는 위치에 섰다.

레날도는 고개를 가로저으며 미란다의 오해를 풀기 위해 이야기했다.

"미란다 아가씨, 아무 말씀 마시고 그리폰의 시체를 넘기고 사크라이 가로 돌아오십시오. 그것이 원만하게 끝낼 수 있는 방법입니다."

미란다는 키득키득 웃었다.

"정말로 한심하기 짝이 없는 망할 아버지네. 자기가 함정에 빠뜨려놓고 실패하니까 미행까지 해가며 라이엘의 목숨을 노리다니. 이번 일의 뒤처리를 떠넘겨 받기라도 한 걸까?"

사크라이의 이름에 먹칠을 당했으니 보복할 작정이라는 건 미란다도 간파하고 있었다.

……미린다는 그것이 매우 한심했다.

"정말 바보 같은 사람이야. 옛날에는 그래도 존경했는데."

미란다와 샤논의 어머니가 살아있을 시절에는 다정하고 믿음직한 아버지였다.

미란다는 그 추억을 생각하자 더더욱 짜증이 났다.

레날도는 모자를 깊게 눌러 쓰며 눈가를 가렸다.

"오늘은 경고를 드리러 왔습니다. 이대로 가면 저희는—."

미란다는 다음 말을 하게 두지 않았다.

"—레날도. 돌아가면 그 한심한 남자에게 전해. 라이엘이 대화를 하고 싶어 한다고. 교섭 자리를 준비해줄게. 그 남자에게도 오라고 해."

미란다는 그렇게 말하며 걸어갔다.

모니카는 짐을 회수하고, 샤논도 옆구리에 안았다.

레날도 일행은 미란다 일행을 보내주기 위해 길을 열었다.

스쳐 지나갈 때 레날도가 말했다.

"정말로 증조할머님을 닮으셨군요."

"고마워."

그러면서 살짝 웃은 레날도에게 웃어준 미란다 일행은 여관으로 돌아갔다—.

제79화 전라

—사크라이 가 저택.

레날도의 보고를 들은 랄프 사크라이는 조금 쇠약한 모습이었다.

요 며칠 동안 바빠서 잘 여유도 없었기 때문이다.

“자작가 당주를 향해 교섭을 해주겠다고? 정말 건방진 애송이야.”

라이엘을 향한 불만 탓에 랄프의 말투는 거칠었다. 피로나 짜증, 여러 가지가 겹쳐서 여유가 없었다.

레날도는 진지한 표정으로 랄프에게 물었다.

“……주인님. 어쩌시겠습니까?”

“흥! 받아주지. 그 자리에서 라이엘을 죽여라. 미란다 녀석도 그러면 조금은 얌전해지겠지.”

레날도는 고개를 가로저었다.

“모습만이 아니라 성미까지도 미레이아 님을 닮으셨습니다. 섣부른 짓을 한다면 손을 물리는 정도로는 그치지 않을 겁니다. 게다가 소문으로는 그리폰을 쓰러뜨린 것이 그 라이엘이라는 젊은이라더군요. 유감이지만, 저희 쪽에서는 아무리 실력이 좋아도 그리폰을 토벌할 수 있는 자는 없습니다.”

거친 일에 익숙한 사크라이 가의 가신들은 어디까지나 대인

전에 특화되어 있다.

빈틈을 찌르면 라이엘을 죽일 수야 있겠지만, 경계하고 있다면 힘들다.

"내게 그 애송이에게 고개를 숙이라고 하는 거냐?"

랄프가 묻자, 레날도는 고개를 끄덕였다.

"주인님. 이 이상은 수치를 덧씌울 뿐입니다. 이길 수 없다고는 하지 않겠습니다. 하지만, 싸운다면 이쪽도 상당한 피해가 나올 겁니다."

레날도가 여기까지 말하자, 랄프는 짜증을 내면서도 받아들였다.

"……교섭에는 응하겠다고 전해라. 하지만, 건방진 짓을 한다면 그 애송이를 살려두지 마라."

"예!"

레날도가 대답하자, 랄프는 또 하나의 월트 가 남자를 떠올렸다.

"또 하나의 애송이는 어떻게 됐지?"

또 하나라는 말을 듣자, 레날도는 바로 리오넬이라고 짐작하고 보고를 시작했다—.

—리오넬의 집.

그곳은 영주 귀족인 월트 가의 시조, 버질 월트가 태어난 집이기도 하다.

무척 낡은 집은 이미 너덜너덜해서, 몇 번씩 재건축과 수선을 반복하고 있었다.

지금도 궁정 귀족인 월트 가가 이 집을 사용하고 있다.

그런 곳에 발을 들인 것은 사크라이 가의 차녀인 도리스였다.

리오넬이 돌아왔다고 들어서 서둘러 달려갔지만…….

"거짓말. 거짓말이야."

"거짓말이 아니야. 말을 걸었더니 부자여서 어울려줬을 뿐이야. 딱히 좋아하지도 않고, 사랑한다는 말은 거짓말이었어. 사크라이 가의 지위와 재산이 필요했을 뿐이야."

리오넬은 웃으면서 도리스에게 본심을 털어놓고 있었다.

도리스는 서 있는 것도 힘들 정도로 괴로웠다.

"그, 그래도, 나는 리오넬을……!"

그럼에도 좋아한다고 말하려는 도리스에게, 리오넬은 폭소하면서 대답했다.

"이러니까 철부지 아가씨는 안 된다니까. 너와 결혼해도 자작가를 계승하지 못하면 의미가 없잖아. ……실컷 나를 속인 네 아버지도, 그런 녀석의 딸인 너도 싫어. 두 번 다시 내 앞에 모습을 보이지 마!"

"기다려. 기다려줘, 리오넬!"

"……내게는 더 어울리는 곳이 있어. 그래, 그 녀석이 모든 것을 손에 넣었다면, 나도 손에 넣을 수 있을 거야."

그렇게 말하며 등을 돌린 리오넬에게 도리스가 손을 뻗었지만, 리오넬은 돌아보지 않고 집으로 들어갔다—.

몸 상태가 악화되어서 드러누운 지 며칠째일까?

변함없이 몸이 무겁고, 괴로운 나날을 보내던 내게 랄프 씨의 편지가 왔다.

“대화에는 응한다네. 단, 시간과 장소를 지정해왔어. 그리폰도 잊지 말고 가져오라는데.”

미란다 씨가 편지를 읽으며 내게 보고하자, 나는 이불에서 나가지 않고 시선만 보냈다.

여관방.

그 편지에 불쾌감을 드러낸 것은 보옥 안의 7대다.

『자기 처지를 모르는 모양이군. 이건 엄한 교육이 필요하지 않겠습니까?』

주변에 동의를 요구하는 7대와는 달리, 4대는 냉정했다.

『그리폰을 퇴치한 라이엘이니까요. 경계는 하겠죠. 하지만 논외입니다. 함정이 있는 곳에 뛰어들 필요는 없어요.』

시간과 장소를 지정한 건, 랄프 씨가 그 자리에 함정을 치겠다는 의미다. 부하를 배치해서 우리를 습격할 작정이겠지.

그 밖에도 함정을 설치할지도 모른다.

……귀찮다.

미란다 씨는 편지를 하늘하늘 흔들면서 내게 의견을 요청했다.

“어쩔 거야? 분명 함정이야.”

나는 한 마디.

“……가고 싶지 않아.”

그 말을 듣고 노웸이 수긍했다.

"시간과 장소는 이쪽에서 지정하죠."

미란다 씨도 그 의견에는 동의하는 모양이다.

"아무리 그래도 지금은 무리네. 라이엘도 제 상태가 아니고."

내가 쓰러지는 바람에 두 사람이 메인으로 움직이고 있다.

무척 미안한 마음이 들었다.

방 안에는 클라라 씨의 모습도 있다.

미란다 씨가 가져온 편지를 보면서 고개를 갸웃했다.

"왕궁은 왜 그리폰을 원하는 걸까요? 왕궁이 소재를 원할 것 같지는 않은데요."

랄프 씨가 그리폰에 집착하는 이유를 모르는 모양이다.

……잘 생각해 보니 나도 모르겠다.

나는 노웸을 바라봤다.

"……노웸."

이름을 부르자, 짐작한 노웸이 웃으면서 가르쳐줬다.

"그리폰이나 드래곤은, 쓰러뜨리면 영웅이라 불릴 만한 마물이에요. 귀족에게는 소재보다도 그 모습에 의미가 있죠. 박제해서 장식하는 거예요. 영주 귀족 사이에서는 선물로 오가기도 하죠."

선물? 나는 받아도 기쁘지 않을 것 같은데.

그렇게 생각하고 있는데, 3대가 보충해줬다.

『라이엘이야 원하지 않을지도 모르지만, 선물이라고 해도 단순히 기뻐하게 해주는 부류는 아니니까. 상대에게 우리는 이만한 재력이 있다거나, 이만큼 강한 마물을 쓰러뜨릴 수 있다는 걸 과시하는 거야. 그리폰이나 드래곤은 그런 의미에서도 대인기야.』

……귀족은 귀찮네.

나는 이제 상관없지만, 선물 하나에도 여러 의미가 있는 건 피곤해 보였다.

미란다 씨가 어이없어했다.

"영주 귀족에게는 대인기더라. 궁정 귀족은 그 정도까지는 아니야. 궁정 귀족이라도 박제로 장식하고 싶은 사람은 있지만, 그보다는 자기 과시욕이 강한 녀석이 많거든. 자신을 크게 보이고 싶은 관심종자지."

영주 귀족과 궁정 귀족은 선물에도 차이가 있는 모양이다.

7대가 미란다 씨의 말에 상처받았다.

『……나, 나는 내가 쓰러뜨린 마물의 박제를 장식했을 뿐이야.』

박제를 좋아하는 7대를 주변 역대 당주들이 놀렸다.

『아~ 너는 옛날부터 그런 면이 있었지. 허세를 부리더란 말이야.』

3대도 웃었다.

『때때로 방에 마물에서 동물까지 여러 박제를 장식하던 귀족이 있었으니까. 그렇구나~. 7대는 그런 사람들과 똑같나.』

아무래도 다른 역대 당주들은 박제에는 고집하지 않나 보다.

5대는 이랬다.

『……동물 박제라니 최악이네. 귀여운 동물을 일부러 박제하다니 영문을 모르겠어.』

귀여운 동물을 무척 좋아하는 5대에게는 허용할 수 없는 취미인 모양이다.

주변의 질책을 받자, 7대의 목소리가 줄어들었다.

『남의 취미에 불만만 늘어놓기는.』

4대는 관여하지 않고, 랄프 씨가 그리폰을 원하는 이유가 뭔지 생각했다.

『흥미는 보일 줄 알았지만, 무척 고집하는군요. 증정용으로 확보하고 싶은 걸까요?』

자기들은 흥미가 없지만, 선물용으로 확보하고 싶다.

그래서 토벌대가 쓰러뜨린 그리폰이 필요한 게 아닐까?

그게 4대의 추측이었다.

3대가 납득했다.

『영주 귀족에게라도 선물할지도. 우리 기사가 쓰러뜨린 그리폰이에요~ 라고 자랑하고 싶은 거겠지.』

4대는 박제에는 흥미를 보이지 않았지만, 3대의 말을 듣자 음색이 들뜨기 시작했다.

『좋군요. 그리폰을 그렇게나 원한다면, 대처법도 보이는 법이죠. 랄프에게서 뜯어낼 수 있을 것 같군요.』

그리폰을 토벌할 때 나는 금화를 많이 뿌렸다.

그 구멍을 메우고 싶은 4대는 뭔가 꿍꿍이를 생각하기 시작했다.

보옥 안의 대화가 들리지 않는 미란다 씨가 그리폰을 원하는 랄프 씨에 대해 의아해했다.

“그 한심한 사람이 그리폰을 원하는 것도 부자연스럽네. 박제에도 소재에도 흥미가 없을 텐데.”

클라라 씨도 같았다.

“증정용일까요? 하지만 그거야말로 왕궁이 모험가 길드에 의뢰하면 될 뿐이에요. 일부러 라이엘 씨를 통해 입수하지 않아도 될 텐데요.”

노웸은 잠시 고민하다가 역대 당주들과 같은 해답에 도달했다.

“아뇨, 증정용이라면 왕도 토벌대가 쓰러뜨린 그리폰이어야 의미가 있어요. 보낼 상대는 신분이 높은 영주 귀족일지도 몰라요.”

공작, 후작, 변경백— 아무튼 위에서 세는 게 빠른 지위에 있는 영주 귀족에게 선물하기 위해 서둘러 확보하려는 걸지도 모른다.

그것이 우리가 낸 결론이다.

……아니, 나만 아무 생각도 하지 않았고, 나를 뺀 모두가 내린 결론이다.

미란다 씨가 편지를 봤다.

“일시와 교섭 장소는 이쪽에서 정하겠다고 대답할까?”

클라라 씨가 조금 불안해했다.

“미란다 씨의 친가이긴 하지만, 귀족 상대로 교섭을 해도 괜찮을까요?”

미란다 씨는 조금 수상하게 웃었다.

"귀족은 체면 장사를 하는 구석이 있으니까. 가문의 이름에 먹칠을 당해 화내고 있을 테니 보복은 할지도 몰라. 그러니…… 마음 가는 대로 때려눕힐 수 있어."

자신의 친가를 때려눕히겠다고 하는 미란다 씨가 믿음직하지만 조금 무섭다.

노웸이 나를 봤다.

"뭐, 모든 건 라이엘 님의 원래 상태로 돌아오신 뒤의 이야기죠."

조금 곤란한 표정을 지은 노웸에게 클라라 씨도 동의했다.

"……성장 직후도 피하는 게 좋겠네요. 저는 이야기를 들었을 뿐이지만, 남들 앞에 내보내는 건 그만두는 게 좋아 보여요."

클라라 씨가 내게 동정 어린 시선을 보냈다.

미란다 씨도 가차 없었다.

"그 텐션은 밖에 내보낼 수가 없지."

……나도 성장 후에는 밖에 나가고 싶지 않아.

이불을 덮고 세 사람의 시선을 보지 않도록 잠들었다.

미란다 씨가 키득키득 웃었다.

"어머, 토라졌네."

—왕궁의 어느 방.

노마의 부관인 모리스는 받은 훈장을 보고 있었다.

본래는 기뻐해야 할 일이지만, 순순히 기뻐하지 못한 모리스는 한숨을 내쉬었다.

"승진해서 십기장인가."

승진한 건 솔직히 기쁘다.

가문의 지위도 올라갔다.

가족은 크게 기뻐했지만…….

"뭘 시무룩하게 있는 거냐. 그러니까 너는 안 되는 거다. 좀 더 솔직하게 기뻐하면 어떠냐."

백기장으로 승진한 노마가 훈장을 과시하듯이 가슴에 걸고는 크게 기뻐했다.

모리스는 그런 노마가 부러웠다.

"대장님. 우리는 승진했지만, 보수는 아직 받지 못했습니다."

"그런 일로 고민하는 거냐? 그리폰 퇴치에 어울리는 보수를 검토하고 있겠지. 아니면, 공적을 거둔 나의 배치를 둘러싸고 상사들이 고민하고 있을지도 몰라."

자신을 둘러싸고 상층부가 고민하는 모습을 망상하는 노마를 본 모리스는 어이가 없어졌다.

'당신은 같은 기사들에게 미움 받고 있다는 걸 자각하는 편이 좋을 텐데요.'

어울리지 않는 공적을 거두고 승진을 이뤄낸 노마는 기분이 좋았다.

무사히 돌아온 자신들을 씁쓸한 표정으로 환대한 왕궁 귀족들의 모습도 잊지 않았다.

"행복해 보이시는군요."

모리스가 비아냥거리자, 노마는 웃으며 대답했다.

“물론이지! 이대로 가면 출세 코스는 틀림없어. 천기장의 지위도 바로 손이 닿을 거다.”

자신의 미래가 창창하다고 믿어 의심치 않는 노마와는 달리, 모리스는 회의적이었다.

그런 두 사람에게 문관이 다가왔다.

“노마 아네트 공, 모리스 애셔 공. 이리로 오시죠.”

노마가 기분 좋게 대답했다.

“음! 아무래도 우리의 보수가 정해진 모양이군.”

문관은 의미심장하게 미소를 지었다.

“네, 대신께서 직접 두 분에게 보수에 대해 말씀해주신다고 합니다. 잘됐군요.”

모리스는 불길한 예감이 들었지만, 노마는 웃었다.

“그런가! 대신이 직접!”

모리스는 생각했다.

‘우리와 같은 신분의 기사에게 대신이 직접 보수 건을 이야기한다? 불길한 예감밖에 들지 않아.’

본래 모리스나 노마에게 보수 이야기를 할 관리는 좀 더 지위가 낮을 것이다.

모리스는 불길한 예감만 부풀어갔다—.

—대신의 집무실.

그곳에 있던 것은 랄프와 같은 파벌…… 그들을 규합하던 백작이었다.

대신은 싱글벙글 웃으면서 노마와 모리스를 바라봤다.

보수 내용을 들은 노마는 입을 벌리고 아연실색했다.

"그렇게 기뻐해 주다니 기쁠 따름이군."

대신의 말에 바로 의식을 되찾은 노마가 항의했다.

"기, 기다려주세요! 제가 좌천이라니 어떻게 된 겁니까!"

좌천이라는 말을 듣자, 대신이 웃으며 답했다.

"좌천? 바보 같은 소리를 하면 안 되지. 예로부터 포상으로 토지를 수여하는 것은 어엿한 보수다. 왕국도 자네들의 활약에 보답하기 위해 직할지를 할양한 것이다. 자네들은 오늘부터 영주 귀족이다. 대출세 아닌가."

왕궁에서 출세를 지향하던 노마에게 영주 귀족이 된다는 건 좌천이나 다름없었다.

모리스는 고개를 수그렸다.

그런 모리스는 도움이 안 된다고 판단한 노마가 대신에게 간원했다.

"대신님. 저는 왕궁에서 출세하고 싶습니다. 시골의— 게다가 왕국 직할지와도 동떨어진 비지(飛地)를 받아봤자 기쁘지 않습니다!"

왕국이 관리하는 토지 중에는 비지라 불리는 곳이 있다. 왕국 영지에서 동떨어진, 영주 귀족들의 영지에 둘러싸인 불편한 곳이다.

여러 이유가 있지만, 그런 토지에는 귀찮은 일이 많다.

또한 실익도 적어서, 누구도 받기를 거부하는 토지다.

"안심하도록. 수입은 확실히 늘어난다."

"하, 하지만……!"

영주는 영지민에게 세금을 거두기 때문에, 왕궁에 근무하는 궁정 귀족보다 수입이 많다.

그렇지만, 두 사람에게 주어진 영지는 시골이었다.

아무리 수입이 올라간다고 하지만, 도회지에서 자란 두 사람이 시골로 보내지는 건 곤란한 일이었다.

본심을 말하면, 수입을 늘리면서 왕도에서 살고 싶은 것이 노마였다.

"부탁드립니다. 부디 그 보수만큼은 재고를……!"

"……흐음? 폐하의 체면에 먹칠을 하겠다?"

보수는 국왕이 수여한다. 보수 건에 관해서 의견을 낼 수 없는 지위인 노마는 받고 싶지 않다는 말을 할 수가 없었다.

노마가 무릎부터 무너졌다.

대신은 그 모습을 심술궂게 웃으며 바라봤다.

"그리폰 퇴치를 이뤄낸 영웅이다. 분명 영주로서도 활약해주겠지. 두 사람에게는 기대하고 있겠다."

대신 쪽에서 보면 출세를 시키고, 토지라는 보수도 주었다.

눈에 보이는 형태로 보수를 주면서, 귀찮은 비지까지 처리했다.

"용건은 끝이다."

그는 만족스러운 결과를 얻은 표정으로 노마와 모리스에게 퇴실을 명했다—.

"—나라는 인간은, 어쩜 이렇게도 죄 많은 걸까."

방에서 거울을 본 나는 자신의 아름다움이 죄라는 것을 깨달았다.

알고는 있었다.

……나는 아름답다.

상반신 알몸 상태로 거울 앞에서 포즈를 취했다.

어떤 포즈를 해도 아름다운 자신이 무서웠다.

"아아, 멋져!"

오랜만에 보는 푸른 하늘도 나를 축복해주는 것만 같았다. 아니, 그게 아니지— 축복해주고 있다.

여관방— 창문을 연 나는 큰소리로 외쳤다.

"다들, 아름다운 나를 봐줘—!"

방의 차가운 공기가 들어와서 그런지, 소피아 씨가 다급하게 나를 뒤에서 붙잡고 입을 막았다.

아리아 씨가 서둘러 창문을 닫고 호흡을 거칠게 내뱉으며 나를 노려봤다.

"뭐 하는 거야!"

아리아 씨는 화를 내는 모양이지만, 나는 입을 막혀서 우물우물 소리밖에 할 수 없다. 소피아 씨의 손을 핥아봤다.

"히약! 하, 핥지 말아 주세요!"

나는 놀라서 떨어진 소피아 씨에게 윙크했다.

"귀엽네, 소피아."

"귀엽?! 라이엘 공, 정신 차리세요!"

얼굴을 붉히고 쑥스러워하는 소피아 씨가 귀여웠다.

"나는 제정신이야. 오히려 다시 태어난 기분이라고. 지금이라면 혼자서 하늘도 날 수 있어! 증명해볼까?"

창문을 열려고 하자, 아리아 씨가 가로막았다.

"보내줄 수 없어! 그보다, 여기 3층이거든! 뛰어내렸다가 다치면 어쩔 거야! 오늘은 중요한 교섭이 있잖아!"

그랬다.

오늘은 중요한 교섭이 있었다.

나는 머리를 손으로 넘겼다.

"맡겨둬. 교섭은 특기거든."

"……어째서 오늘인 거야. 평소라면 어제거나, 그전에 잠잠해졌을 텐데."

아리아 씨가 양손으로 얼굴을 덮으며 교섭이 오늘이라는 것을 원망했다.

소피아 씨가 부끄러워하며 중얼거렸다.

"이럴 바에는, 그나마 몸이 안 좋은 라이엘 공이 더 낫네요."

약해진 내가 취향이라고?

"두 사람. 나를 독점하고 싶다고 해서 방에 가둬두는 건 좋지 않아. 왜냐하면, 나는— 모두의 라이엘이니까."

아리아 씨가 나를 보며 눈물을 닦으면서 고개를 돌렸다.

"……라이엘. 괜찮아. 난 이 일로 당신을 책망하거나 하지 않을 테니까. 오늘 일은 잊어줄게."

소피아 씨도 동의했다.

"라이엘 공. 오늘 하루만 참으세요. 방에서 얌전히 계세요."

아무래도 두 사람은 나와 같이 보내고 싶은 모양이다.

"역시 나는 죄 많은 남자네. 두 여성을 미치게 만들다니."

두 사람은 얼굴을 덮고 나를 보지 않았다.

『라이엘은 정말로 굉장하네.』

『천재.』

『이 녀석, 정말로 즐거워.』

『보기만 해서는 최고군요.』

『아아, 라이엘…… 너야말로 월트 가의 기린아다. 이렇게나 우리를 웃길 수 있는 인재는 그렇게 많지 않아.』

나는 낄낄 웃는 소리가 들려오는 보옥을 향해 중얼거렸다.

"쑥스럽잖아요. 좀 더 칭찬해도 돼요."

3대가 웃었다.

『라이에루 씨, 최고! 팍팍 망언을 남겨달라고. 이야~ 내일 이후가 기대돼서 견딜 수가 없네. 게다가 이 타이밍이잖아.』

4대가 조금 곤란해했다.

『중요한 교섭인데, 괜찮을까요? 이대로 라이엘에게 맡겨도 될지 고민이군요.』

3대는 즐거워 보였다.

『아니, 오히려 라이에루 씨가 어떻게 이 자리를 넘길지 기대되잖아. 다소의 손해는 받아들이고 상황을 지켜보자고.』

6대가 호쾌하게 웃었다.

『볼만하겠군요! 어지간한 희극보다도 즐거울지도 모릅니다.』

보옥 안의 역대 당주들도 즐거워 보여서 다행이다.

그러나 나라는 존재를 세상에 알리지 않는 건 죄가 아닐까?

좀 더 많은 사람에게 나라는 존재를 보여주고 싶다.

"좋아! ……밖으로 나가자."

내가 밖으로 나가려 하자, 소피아 씨가 문 앞으로 달려가서 양손을 펼치고 보내지 않을 자세를 잡았다.

"소피아 씨, 비켜줘! 모두가— 세계가 나를 필요로 하고 있다고!"

"안 돼요! 지금의 라이엘 공에게 필요한 건 격리된 이 방뿐이에요! 이 이상 마음의 상처를 벌릴 수는 없어요!"

그렇게 소란을 부리고 있는데, 문이 열렸다.

그곳에는 모니카와 샤논 두 사람이 서 있었다.

"치킨 자식~ 아침밥이에요!"

"우와~ 아침부터 심각한 광경을 봤어. 옷 정도는 입으라고. 부끄럽지 않아?"

기뻐하는 모니카와 내 상반신을 보고 눈살을 찌푸리며 혐오감을 드러내는 샤논…… 아차. 확실히 이건 부끄럽다.

"이크, 이거 실례를 저질렀네."

"알면 됐어. 성장 후의 너는 바보지만, 말귀를 잘 알아듣네. 조금 다시 봐— 야아아아아!"

나를 칭송하기 시작한 샤논이 나를 바라보더니 갑자기 불러 세웠다.

"왜?"

"왜 아래까지 벗기 시작한 거야!"

"뭐?"

이 녀석 무슨 소리지? 샤논은 놀라움을 감출 수 없는지 고개를 가로젓고 있었다.

"아니, 왜 『무슨 소리야?』라는 표정인지 모르겠거든. 너, 우리 앞에서 알몸이 될 셈이야?"

"그런데?"

"말이 안 되잖아!"

"어째서? 어중간하니까 싫은 거 아냐? 나도 상반신만 알몸이라는 건 균형이 나쁘다고 생각하던 참이야. 그래. 나의 전라보다 더한 승부복은 존재하지 않으니까. 미안해. 지금 보여줄게."

"내가 네 전라에 흥미를 가질 리가 없잖아! 벗지 마아아아!"

샤논이 울상을 지었다.

그렇게나 내 알몸을 보고 싶은 건가? 빨리 벗어야겠어!

바지를 벗고, 트렁크스에 손을 대려고 할 때 놀라서 굳어져 있던 아리아 씨와 소피아 씨가 움직였다.

"그렇게는 안 돼!"

"벗으면 안 돼요! 안 된다고요!"

두 사람이 나를 억누르는 바람에, 나는 바닥에 쓰러지고 말았다.

"이, 이거 놔! 샤논이 나의 알몸을 보고 싶어 한다고!"

"웃기지 마! 아무도 네 부실한 것 따위는 보고 싶지 않아!"

"부실하다고! 본 적이 있는 거냐! 허위사실을 유포하는 건 그만둬주실까! 알았어. 그럼 모두가 확인해줘. 내가 허접한지 아닌지를! 내 대검을 모두 함께 보라고!"

필사적으로 벗으려 하자, 아리아 씨가 억누르려 했다.

"그렇게는 못 해! 모니카, 너도 좀 도와줘!"

모니카는 내 모습을 보고 얼굴을 붉혔다.

"싫어요. 저는 치킨 자식의 치킨 자식에 흥미가 있거든요. 설령 단검이라도 저에게는 지고의 무기라서요."

나는 소피아 씨의 힘에 저항하면서 트렁크스를 살짝 내렸다.

"훗, 바로 보여줄게. 그보다도, 두 사람 다 방해하지 말라고. 샤논, 너도 보지만 말고 도와줘."

양손으로 얼굴을 가린 샤논은 이쪽을 보려고 하지 않았다.

귀까지 새빨개졌다.

"말 걸지 마, 변태!"

"아니야! 나는 멀쩡해! 나 말고 다른 모두가 변태인 거야!"

아리아 씨와 소피아 씨에게 저항하면서 트렁크스를 내렸다.

그러나 두 사람도 버겁다. 막 성장해서 그런지 무척 듬직해졌다.

땀이 나온다. 아리아 씨나 소피아 씨도 내게 옷을 입히려고 땀을 흘리고 있었다.

"저항하지 마! 야, 도망치지 말라고!"

"라이엘 공. 바로 끝날 테니까요!"

나는 두 사람에게 굴하지 않기 위해— 알몸이 되고자 결심하고 마지막 힘을 쥐어짰다.

"질 것 같으냐아아아!"

두 여성이 내 트렁크스에 손을 대고 벗는 걸 방해하며 다시 입히려 했다.

그것에 저항하며 필사적으로 벗으려 하자, 문 앞에 새로운 사람이 나타났다.

"노웸! 미란다 씨! 두 사람 다 좀 도와줘!"

노웸과 미란다 씨가 무표정하게 우리를 보고 있었다.

아리아 씨가 안도했다.

"살았어. 두 사람 다 라이엘 좀 막아— 어?"

아리아 씨의 어깨를 잡은 건, 노웸이었다.

소피아 씨의 팔을 잡은 건 미란다 씨다.

"어째서 저를?"

곤혹스러워하는 소피아 씨에게 미란다 씨가 차가운 시선을 보냈다.

"소피아. 당신은 믿고 있었는데 유감이야."

"네? 네에에엣?! 어째서인가요! 아, 안 돼요. 라이엘 공이 도망치잖아요!"

노웸과 미란다 씨의 도움을 빌린 나는 아리아 씨와 소피아 씨에게서 도망쳐서 바닥을 굴러 거리를 벌렸다.

"탈출!"

아리아 씨가 노웸에게 억눌려 있다.

"왜 나를 억누르는 거야!"

"아리아 씨. 저는 당신을 과대평가했던 모양이네요. 라이엘 님을 덮치다니— 절대로 용서할 수 없어요."

"아니야! 덮친 게 아니라고! 라이엘이—."

무표정하게, 감정이 담기지 않은 노웸의 목소리를 듣자 조금 등골이 서늘해지고 말았다.

그러나 나는 트렁크스를 벗었다.

부스럭 하는 소리가 떠들썩한 방에 묘하게 크게 들렸다.

공중을 나는 트렁크스가 바닥에 떨어질 무렵에는 나는 이미 일어나서 양팔을 펼치고 있었다. 창문에서는 태양빛이 들어와 나를 뒤에서 비춰주고 있다.

"자, 다들 나를 봐라!"

노웸이 나를 보더니 얼굴을 붉혔다.

"라, 라이엘 님? 뭘 하시는—."

"전라가 됐다!"

아리아 씨가 울었다.

"그래서 막고 있었는데! 라이엘이 옷을 벗으려고 하니까 우리가 옷을 입혀주려고 했던 거라고!"

미란다 씨가 소피아 씨를 풀어주고 사과했다.

"미안해. 조금만 생각해 보면 알 수 있었는데."

"아, 아뇨. 저희야말로 헷갈리는 짓을 했으니까요."

모니카가 나를 빤히 바라봤다.

"치킨 자식은 부끄럽지 않나요?"

"내 알몸의 어디가 부끄러운 부분이 있다고? 이대로 밖을 돌아다니고 싶을 정도야."

"역시 치킨 자식! 일반인이 흉내 낼 수 없는 짓을 태연하게 저지르네요."

"당연하지. 나는 특별하니까. 아하하하!"

크게 웃음을 터뜨리자, 나에게 타올이 날아왔다.

미란다 씨가 웃고 있었다.

"라이엘…… 옷 입어."

나는 그 거부를 용납하지 않는 태도를 깨닫고 말았다.

"내 알몸을 보여주고 싶지 않아?"

"……내일부터 라이엘은 지옥이겠네."

한숨을 내쉰 미란다 씨의 부탁을 듣고, 마지못해 허리에 타올을 감았다.

일단락이 지어진 뒤, 방에는 에바 씨와 클라라 씨도 들어왔다.

피곤한 기색인 아리아 씨와 소피아 씨를 본 클라라 씨가 고개를 갸웃했다.

에바 씨가 나를 보고 물었다.

"저기, 왜 라이엘은 목욕타올을 허리에 감고 있어?"

"알몸은 안 된다는 말을 들어서인데? 보고 싶어?"

부지런히 목욕타올을 벗으려 하자, 노웸이 팔을 잡았다. 빠직빠직, 들려서는 안 되는 소리가 난다.

"라이엘 님. 이야기가 진행되지 않으니까 자중해주세요."

"에이~."

싫은 표정을 짓는 나를 보고 3대가 웃었다.

『왠지 이번에는 분위기가 이상하네. 그건가? 역시 좀 익숙해져서 차분해졌나?』

5대는 웃는 걸 참고 있었다.

『평소보다 얌전하네. 자신의 알몸에 자신감이 있는 건 이해하지만, 이번에는 임팩트가 부족해.』

에바 씨가 어깨를 으쓱하며 일단 이야기를 시작했다.

"왕도에 있는 동료에게 이야기를 모았어. 왕궁이 그리폰을 원하는 건, 노웸이 생각한 대로야. 증정용으로 자기들— 왕도 토벌대가 쓰러뜨린 그리폰을 확보하고 싶은 것 같아."

나는 침대 위에 다리를 꼬고 앉아서, 무릎 위에 깍지 낀 팔을 올렸다.

"흠. 계속해봐."

"왠지 느낌이 이상하네."

에바 씨가 평소와 다른 나를 보고 당혹스러워하고 있다. 이해한다. 매우 잘 이해한다. 성장 후의 나는 내가 보더라도 놀랄 정도로 미형이니까.

분명 두근두근하고 있을 게 분명하다. 조금 어이없다는 듯이 보고 있는 건 분명 부끄러움을 감추고 있는 거다.

"중요한 손님이 왕도에 오기 전에 박제해서 준비해두려는 모양이야. 그 밖에도 여러 소문이 있지만, 확실한 정보는 이것 정도네."

랄프 씨가 그리폰을 원하는 이유는 알았다.

어디에 그리폰이 있는지 모르니까 우리에게서 빼앗지도 못하고 곤란해하는 거겠지.

클라라 씨는 딱히 정보를 모으지는 않은 모양이다.

단지—.

"……미란다 씨. 하나 여쭤 봐도 될까요?"

"뭔데?"

"저는 아람사스 출신이라서 왕도에 대해서는 잘 몰라요. 그래서 확실히는 모르겠지만…… 이상한 것 같아요."

클라라 씨의 애매한 말에 모두가 고개를 갸웃했다.

미란다 씨가 어깨를 으쓱했다.

"내가 보기에는 아람사스 쪽이 이상했는데 말이지. 뭔가 마음에 걸리는 게 있어?"

클라라 씨는 확신이 없는 말을 하려는지 자신감이 없어 보였다. 입을 우물거리고 있다.

나는 그런 클라라 씨에게 말했다.

"말해보라고. 나는 클라라의 모든 것을 받아줄 수 있어. 자, 내 품에 뛰어들라고! 나는 언제든 웰컴이야!"

"……그건 사양할게요."

모두의 앞에서는 부끄러운 거겠지. 클라라 씨는 조심스럽게 거부하고는 「제 개인적인 감상인데요」라는 전제를 두고 말하기 시작했다.

"묘하게 주민들이 들떠 있는 것처럼 느껴져요. 전원은 아니지만, 많은 사람들이 뭔가를 기다리는 듯한…… 축제 전 같은 분위기가 나요.”

축제라는 말을 듣자, 샤논이 바로 부정했다.

“이 시기에 축제 같은 건 없어. 착각 아냐?”

클라라 씨의 의견에 동의한 건 소피아 씨였다.

“하지만 그 마음은 이해해요. 저도 처음 왕도에 왔을 때는 사람이 많고 떠들썩해서, 축제라도 있는 게 아닌가 생각했으니까요.”

클라라 씨와 자신이 똑같다고 생각했는지, 조금 기뻐 보였다.

“그럴까요? 착각이라면 상관없지만요.”

에바 씨가 나를 봤다.

“아, 맞다. 라이엘. 실은―.”

“데미어어어언!”

“어라, 라이엘. 무척 추워 보이는 차림이네.”

작은 체구에 어울리지 않는 지팡이를 든 소년 같은 남성은 【데미언 발레】다. 부스스한 갈색 머리에 안경을 쓰고 있다.

평소에는 백의를 입고 있지만, 오늘은 코트를 착용하고 있었다.

그 뒤에는 모니카와 같은 오토마톤인 【릴리】가 대기하고 있다.

모니카와 달리 수수한 감색 메이드복을 착용하고 있다.

흑발이고, 자기주장이 적은 오토마톤이다.

나를 찾아온 데미언은 내가 목욕타올 한 장만 입고 있는 걸 신경 쓰지 않았다.

추워 보인다는 한마디로 끝내버렸다.

원래 자기 연구 말고는 흥미가 없는 학자다. 속세와는 동떨어진 천재라고 해야 할까.

"이거 말이야? 확실히 춥지만, 내 알몸을 좀 더 퍼뜨려서 모두에게 보여줘야겠다고 생각해서 말이지."

"그래?"

"그런데, 어째서 왕도에? 데미언은 아람사스의 교수잖아."

"연구실이 폭발해서 말이지. 도구를 사러 왔어. 네가 준 설계도를 근거로 해서 조금 커다란 포터를 만들었으니까 이동이 편해서 살았지."

"그렇군. 큰일이었겠네."

서로 웃고 있는데, 뒤에서 우리의 모습을 보던 아리아 씨가 놀란 목소리를 냈다.

"잠깐. 잠깐 기다려. 연구실이 폭발했다고 이야기를 슬쩍 넘기고 있는데, 꽤 위험한 이야기 아니야?"

그런 아리아 씨의 말을 듣자, 릴리 씨가 고개를 끄덕였다.

"네. 제가 없었다면 주인님의 목숨도 없었겠죠. 건물도 심각한 상태라서, 학원장이 격노하셨어요."

데미언은 불만스러워 보였다.

"학원장도 너무하다니까."

소피아 씨가 고개를 가로저었다.

"……너무한 건 데미언 교수님 아닐까요?"

모니카는 릴리 씨를 보고는 혀를 차고 있었다. 이 녀석들, 무슨 영문인지 사이가 나쁘다.

"어라, 거기 있는 건 뽀용뽀용 씨 아닌가요? 뽀용뽀용 씨, 오랜만이네요. 변함없이 재미난 이름인 뽀용뽀용 씨는 건강하셨나요?"

릴리 씨는 마치 놀리듯이 모니카의 예전 이름을 연호했다.

"지금은 모니카라는 어엿한 이름을 받았거든요! 이러니까 양산품은 곤란하단 말이죠. 놀리는 방식에 품위가 없어요."

"……특별기라고 건방 떨지 마."

"여기서 고철로 만들어줄까!"

서로 무기를 들고 대치하려던 걸 나와 데미언이 중재했다.

"모니카, 싸우지 마."

"시끄러우니까 조용히 해줘."

두 사람이 어깨를 떨구며 마지못해 무기를 넣는 걸 본 나는 데미언에게 물었다.

"그런데, 오늘은 무슨 용건이야? 그냥 만나러 온 건 아닐 거 아냐."

"그래, 용건이 있지. 실은 좀 신경 쓰이는 게 있어서."

데미언이 말해준 것은, 학원에 일어난 이변에 대해서였다.

"학원의 어느 교수가, 수업을 내팽개치고 왕도에 머물고 있어. 학원장이 격노해서 말이지. 왕도에 간다고 했더니 덤으로 조사하고 오라고 시끄럽게 굴지 뭐야."

릴리 씨가 내게 말했다.

"뭔가 모르시나요? 정보통인 엘프들에게 물어봐도 모른다고 해서 조사할 여지가 없어요."

"학원 교수가? 아니, 모르는데."

에바 씨를 보자, 고개를 가로젓고 있었다.

"교수가 왔다는 건 알지만, 이유까지는 몰라."

나는 턱에 손을 댔다.

"……사건의 냄새가 나."

데미언은 흥미 없어 보인다.

"귀찮은 건 싫어. 솔직히 수업을 내팽개치고 싶은 마음도 이해하니까, 학원장의 편지를 건네주고 당장 돌아가고 싶어. 이대로 가면 아람사스에 돌아갈 수 없으니까."

데미언의 기대에 응해주지 못해서 미안하지만, 만약 뭔가 정보를 알게 되면 연락하기로 하고 이 자리는 헤어졌다.

제80화 교섭

왕도의 어느 창고 거리.

꽤 너덜너덜한 창고는 지금은 사용하지 않는지 내부는 쓰레기밖에 없었다.

폐자재를 쌓아놓고 있고, 틈새바람이 들어와서 춥다.

그런 곳을 교섭 장소로 고른 미란다 씨는 후회하고 있는지 표정이 어둡다.

"미란다 씨. 당신에게 그런 표정은 어울리지 않아요. 자, 웃으세요."

그런 내 말을 들은 샤논이 웃었다.

"너, 오늘은 아침부터 계속 그러네. 부끄럽지 않아?"

"아니, 전혀?"

미란다 씨가 턱에 손을 댔다.

"예상이 틀렸어. 설마 평범한 곳과는 다를 줄이야."

커다란 캔에 장작을 넣고 난방으로 삼았다.

우리는 그 주변에 모였다.

노웸은 내 얼굴을 보고 불안해하고 있었다.

"여느 때라면 밤에는 차분해지는데, 이번에는 고양감이 오래 가네요."

아침부터 절호조였다.

아리아 씨가 나를 보면서 불에 손을 가져갔다.

“여느 때보다는 얌전하지만, 그만큼 오래 이어진다는 느낌이야. 라이엘, 너 정말로 왜 이런 때에 한해서만 그런 거야.”

클라라 씨가 왼팔 의수 확인을 마치고 나를 바라봤다.

“교섭은 괜찮을까요?”

에바 씨는 모포를 덮고 내게 의심스러운 시선을 보냈다.

“라이엘, 너 계획은 알고 있어? 제대로 교섭할 수 있겠지?”

나는 미소를 지으며 에바 씨를 안심시켰다.

“안심해. 내게 실패란 없어.”

“그 자신감은 어디서 나오는 걸까? 평소의 라이엘은 믿음직하지만, 지금의 라이엘은 걱정밖에 안 돼.”

7대의 유감스러운 목소리가 들린다.

『이번에도 웃기기는 했지만, 좀 더 임팩트가 필요하긴 하군요.』

6대가 동의했다.

『그래, 뭔가 부족해. 알몸이 되었던 건 재미있었지만.』

내 알몸이 마음에 든 건가. 하지만 남자가 흥미를 가져봤자 곤란하다. 그러나 남자조차도 매혹시키는 나의 나체…… 정말이지. 나는 어쩜 이리도 죄 많은 남자일까.

보옥을 움켜쥔 나는 일어나서 뒤를 바라봤다.

그곳에는 얼려둔 마물이 하나.

나무 상자에 넣은 새하얀 얼음 속에 「독수리 머리」를 가진 마물의 모습이 어렴풋이 비친다.

어디를 어떻게 봐도 그리폰으로 보인다.

"……다들, 아무래도 온 모양이야. 이 창고를 둘러싸고 있어. 천장에도 있고."

소피아 씨가 배틀 액스를 짊어지자, 전원이 무기를 들었다.

창고 문이 열리고, 코트를 걸친 랄프 씨가 모습을 보였다.

그 주변에는 레날도 씨를 시작으로 한 거친 일을 맡은 가신들이 대기하고 있다.

랄프 씨의 목소리가 창고 안에 울렸다.

"와줬다, 애송이."

나는 웃으면서 랄프 씨를 맞이했다.

"기다렸습니다. 이쪽이 「그 물건」이에요."

랄프 씨가 날카로운 눈초리를 지었다.

"일부러 얼린 건가?"

나는 고개를 끄덕였다.

"부패가 진행될 것 같아서 얼렸죠. 그러는 편이 그쪽도 고맙지 않나요?"

"당장 넘겨줬다면 귀찮은 일도 적었을 텐데 말이지. 이봐."

가신 한 명이 이리로 다가와서 얼어붙은 마물을 봤다. 각 부위의 특징을 확인하는 모양이다. 이윽고 랄프 씨에게 돌아가서 작은 목소리로 뭔가 말하기 시작했다.

……긴장되는 순간이다.

나는 미소를 풀지 않고 싱글벙글했다.

랄프 씨가 가신의 보고를 듣고 고개를 끄덕였다.

"틀림없는 모양이군."

"당연하죠."

내가 고개를 끄덕이자, 랄프 씨가 나를 노려봤다.

"자, 그럼 거래다. 금화 100닢을 준비했다. 받아서 당장 왕도를 나가라."

무척이나 고압적인 태도다.

"이 녀석을 고작 금화 100닢으로 구입할 생각인가요? 굉장히 어설픈 생각을 가지고 계시네요."

내가 몸짓 손짓을 섞어가며 말하기 시작하자, 보옥 안에서 6대의 목소리가 들렸다.

『잘한다. 평소보다 상태가 좋잖아. 그대로 여유를 보여줘라!』

5대가 6대에게 어이없어했다.

『……너, 이럴 때 좋아하지 말라고.』

나는 랄프 씨의 눈을 응시하면서 금액을 제시했다.

"금화로 1천 닢입니다. 그 정도는 받지 않으면 말이 안 되죠."

랄프 씨가 노기를 크게 드러냈다.

샤논이 미란다 씨에게 안겼다.

"화내지 마세요. 샤논이 무서워하잖아요."

"……위세가 굉장히 좋구나. 나보고 그만한 금액을 내라고?"

"물론이죠."

"금화로 200닢이다. 이 이상은 낼 수 없어."

"곤란하네요. 히포그리프 토벌대라고 말해놓고서 나온 건 그리폰이라고요. 그쪽의 잘못을 생각하면 좀 더 낼 수 있을 텐데요. 금화 900닢."

"이쪽의 실수는 인정하지. 하지만 그때는 히포그리프라고 생각했다. 잘못은 누구에게나 있지. 아닌가? 금화 250닢."

"아무것도 모른다고 생각하시나요? 딸을 사지(死地)로 보낸 사람은 얼굴 가죽도 두껍네요. 금화 850닢."

서서히 금액 차이가 좁혀졌다.

그러나 먼저 참지 못하게 된 건 랄프 씨였다.

"……금화 300닢이다. 이 이상 놀이에 어울려줄 여유는 없어."

내가 싱글벙글 미소를 지으며—.

"금화 800닢."

—그렇게 말하자, 랄프 씨가 손가락을 튕기며 신호를 보냈다.

"—없애라."

무표정.

사크라이 가 가신들이 창고 창문에서 뛰어들었다.

몇 명은 창고 지붕을 뚫고 들어왔다

검은 옷을 두르고, 어둠 속에 숨기 위해서인지 먼저 불을 끄고 다가왔다.

그러나, 그런 건 이미 예상했다.

"성급하시네요!"

아리아 씨가 재빨리 움직여서 창끝으로 몇 명을 후려쳐서 의식을 빼앗았다.

소피아 씨가 한 손을 들자, 다가오던 남은 이들이 그 자리에 무릎을 꿇었다.

랄프 씨는 눈을 살짝 크게 뜨면서 말했다.

"레날도, 해라."

"—예."

은퇴한 집사를 보내자, 미란다 씨가 나이프를 던졌다. 그걸 지팡이로 튕겨낸 레날도 씨가 지팡이에서 검을 뽑았다.

숨겨진 무기다.

7대가 내게 가르쳐줬다.

『라이엘, 고모님은 권총을 쓰셨다. 레날도 애송이도 숨기고 있을 거다.』

사브르를 뽑고 레날도 씨의 일격을 받아냈다.

노인으로 보이지 않는 날카로운 칼 솜씨와 일격의 무게에 조금 놀랐다. 그대로 내게 연속으로 참격을 날려왔고, 전부 걷어냈다.

"좋은 실력이군요."

"칭찬해봤자 아무것도 안 나와요."

사브르를 옆으로 휘두르자, 레날도 씨는 아슬아슬한 거리에서 피하고 다시 베어 들어왔다.

소피아 씨가 놀랐다.

"제 아츠가 안 통한다고요?!"

소피아 씨의 아츠는 중량을 변경하는 아츠다.

1단계는 자신이 건드린 것의 무게를 바꾼다.

2단계는 자신 주변에 있는 것의 무게를 바꾼다.

서 있을 수 있는 무게가 아닐 텐데, 레날도 씨는 태연한 표정이었다.

"아가씨, 아츠도 만능은 아닙니다. 당신이 가진 아츠는 격이 높은 상대에게는 효과가 약하다는 걸 기억하시지요."

내게서 거리를 벌리고는 그대로 왼손을 들었다.

"모니카."

바로 모니카가 나와 레날도 씨 사이로 끼어들어서 커다란 망치를 방패 대신 들자, 동시에 발포음이 났다.

레날도 씨는 당황하지 않고 바로 다음 공격에 들어가려 했지만—.

"뭐, 뭐지?"

창고 안에 흩날리는 건, 실이었다. 그것도 부드럽고, 불면 날아갈 정도로 가벼운 실이다.

건드리면 타올라서 사라진다.

몸에 닿아서 타오르면 동시에 마력까지 빼앗는, 미란다 씨의 아츠로 만든 실이다.

레날도 씨가 바로 위험을 느끼고 이탈하려 했지만, 그 다리는 움직이지 않았다. 바닥에는 점착성 실이 깔려있었으니까.

미란다 씨가 앞으로 나왔다.

"레날도, 미안하지만 물러나 줘야겠어."

"미란다 아가씨? 그렇군요. 이게 미란다 아가씨의 아츠입니까."

미란다 씨가 손을 옆으로 휘두르자, 그 손에서 점착성 실이 생겨서 사크라이 가 가신들을 묶었다.

움직이지 못하게 된 그들은 탈출하고자 버둥거렸지만, 빠져나갈 수는 없었다.

창고 안쪽.

포터가 엔진을 움직여서 라이트를 켜자 창고 안이 밝아졌다. 클라라 씨가 운전석에 올라 있다.

나는 사브르를 칼집에 넣었다.

"이제 끝인가요? 안 되죠. 이보다 두 배는 더 준비하지 않으면 보람이 없잖아요."

랄프 씨가 주먹을 움켜쥐었다.

"여자 뒤에 숨은 애송이가 잘난 척은."

"반박할 수 없겠네요."

웃으면서 교섭을 재개했다.

"자, 그럼. 사크라이 가 가신들이 인질이네요. 저들도 교섭 재료로 써먹을까요. 금화 1천 닢이면 어떨까요?"

"애송이!"

"어라, 괜찮으신가요? 이쪽은 딱히 마물을 당신에게 팔지 않아도 되거든요. 그래요. 다른 파벌과 교섭할까요?"

랄프 씨는 어금니를 악물었다.

그러나, 자신의 가신들이 도움이 되지 않는다는 걸 알자 바로 방침을 변경했다.

"……준비할 수 있는 상한은, 금화 800닢이다."

"생각보다 적네요. 뭐, 상관없나."

6대의 목소리가 들렸다.

『예정보다 금화 200닢 정도 많이 벌었구나. 저 애송이, 이런 국면에는 익숙하지 않아 보이는군. 문관 중에 자주 있는 타입이지.』

4대는 웃음이 멈추지 않는 모양이다.

『800닢! 이거 무척 비싸게 팔았군요!』

랄프 씨가 말했다.

"……양도는 내 저택에서 한다."

"네, 상관없어요. 제대로 금화 800닢을 준비해주시죠."

에바 씨가 습격자들의 무기를 회수했다.

이렇게 습격자들의 구속은 풀리고, 동료들의 손에 의해 밖으로 끌려 나갔다.

—창고 입구.

경계하던 미란다에게 랄프가 말을 걸었다.

"미란다. 돌아올 생각은 있나?"

눈초리가 날카로워진 미란다는 곁에 있는 샤논이 안기자 바로 쥐고 있던 무기에서 손을 놨다.

"안 돌아가. ……샤논에게는 말하지 않네."

랄프는 샤논을 봤다.

그러나 바로 시선을 미란다에게 돌렸다.

샤논이 미란다의 옷을 강하게 쥐고 눈물을 흘렸다.

"뭔가 말이라도 하지 그래?"

랄프는 딸에게 차가운 말투로 말했다.

"가문을 위해서는 네가 필요하다. 필요하다면 샤논도 받아주지. 사과를 원한다면, 저택에서 얼마든지 해주마."

"그렇게 말한다고 네, 알겠습니다, 라고 할 것 같아?"

아버지는 어머니가 죽고 나서 변해버렸다.

미란다는 그것이 무척 분했다.

"……어머님이 돌아가시고 나서, 가문을 위해서만 일하게 된 당신을 걱정한 적도 있어. 언젠가 다정한 아버님으로 돌아와 주리라 생각했지. 그런데, 언제까지나 질질 끌기나 하고!"

랄프는 미란다를 바보 취급하듯이 웃었다.

"다정하게 대해주길 바랐나? 그런 이유로 터무니없는 남자에게 걸렸구나. ……너희는 후회하게 될 거다. 여기서 내게 쓰러지는 편이 저 애송이에게는 그나마 나았을지도 모르지."

"무슨 뜻이야?"

"알아서 생각해라. 너희 따위는 이제 모른다. 마음대로 해라."

목소리를 눌러 죽인 샤논이 참지 못하고 코를 훌쩍였다.

랄프는 울고 있는 딸을 한 번도 돌아보지 않았다.

미란다는 샤논을 안았다.

"언니, 저…… 저는……."

"미안해, 샤논. 괜찮아. 내가 곁에 있으니까."

그런 두 사람에게 달려오는 발소리가 들려왔다.

"이야기는 들었다!"

포즈를 잡고 두 사람 앞에 나타난 라이엘은 분위기를 읽지 않고 웃고 있었다.

미란다도 역시 곤란해졌다.

"라이엘, 잠시 시간을 줘."

샤논도 화를 냈다.

"분위기 좀 읽으라고. 왜 웃는 거야! 우리가 버림받은 게 그렇게 재밌어?"

라이엘이 바보 취급을 한다고 생각하지는 않지만, 미란다와 샤논에게는 민감한 문제다. 농담을 들어도 웃을 여유가 없었다.

그런 두 사람에게 라이엘이 말했다.

"바보네. 너희는 버림받은 게 아니야."

두 사람 앞에서, 라이엘은 자신의 가슴을 주먹으로 가볍게 두드렸다.

"이 나를— 라이엘 월트를 선택한 거다. 자랑스러워해도 돼. 너희가 선택한 남자는, 세계 제일의 남자가 될 나니까!"

샤논이 미란다의 얼굴을 보더니 라이엘을 가리켰다.

"언니, 정말로 이 녀석을 따라갈 건가요? 불안감밖에 안 드는데요."

미란다가 웃었다.

"그러게. 불안하니까, 우리가 마음 굳게 먹어야지."

눈물을 그친 샤논이 라이엘에게 불평했다.

"너, 대체 언제가 되어야 돌아올 거야. 이제 슬슬 시끄럽다고!"

"뭐야? 쑥스러운 거냐? 귀여운 녀석이네."

"쑥스러운 거 아니거든! 자신감 과잉도 정도껏 하라고!"

"자신감 과잉이라고? 그건 틀렸어, 샤논. 나는 굉장한 남자고, 이건 진실이야. 그리고 반드시 너희를 행복하게 해줄 거다. 입 다물고 따라와."

미란다는 포스를 잡는 라이엘을 보면서 웃었다.

"내일이 기대되네. 라이엘, 지금 그 말은 평생 안 잊을 거야."

라이엘은 크게 웃었다.

"후하하하! 얼마든지! 이 라이엘, 거짓말은 하지 않는 남자야."

샤논은 인상을 찡그리며 불쾌감을 드러냈다.

"아니, 아까 막 거짓말을 했잖아."

"이봐이봐, 내가 한 번이라도 거짓말을 했던가? 나는 한 번도 『그리폰을 판다』는 말을 한 적이 없어. 그러니까 거짓말은 아니야."

미란다는 그걸 듣고 살짝 웃었다.

"확실히 거짓말은 아니지. 그나저나, 오늘은 춥네. —어머?"

세 사람이 올려다본 하늘에서, 눈이 내리고 있었다—.

—다음 날.

랄프는 사크라이 가 저택의 어느 창고에 있었다.

거래한 물건 앞에서, 랄프가 눈을 크게 떴다.

얼어붙은 마물은 그리폰이 아니었다.

녹은 얼음 속에서 나온 건— 히포그리프였다.

같은 독수리 얼굴을 가진, 매우 비슷한 모습을 한 마물…… 목이 잘린 히포그리프는 그리폰처럼 보이기 위해서인지 발에 모피를 감는 등의 가공이 되어있었다.

히포그리프 앞에서 랄프가 분노에 몸을 떨고 있는데—.

"주인님. 이런 것이……."

레날도가 건넨 것은 젖은 편지였다.
난폭하게 받아서 내용을 확인했다.

『따님이 쓰러뜨린 히포그리프입니다. 장식해서 자랑하시죠! 그리고…… 그리폰일 줄 알았나요? 유감입니다~.』

편지를 뭉개버린 랄프를 본 레날도가 고개를 가로저었다.
"확인한 부하에게 물었습니다. 특징은 사전에 서적 등으로 조사한 모양이지만, 실물은 박제 같은 것도 본 적이 없었던 모양입니다. 대인전에 특화시킨 폐해군요."
사람과 싸우기 위해 단련했다. 그래서 마물에 관해서는 어두워졌다.
벽에 보호받는 안전한 왕도에서는 마물을 본 적이 없는 사람이 있다.
게다가 좀처럼 볼 수 없는 그리폰이라면, 서적에서 말고는 본 적이 없는 사람도 많다.
"……그 애송이가아아아!"
랄프가 분노에 몸을 맡겨 편지를 찢어버리자, 레날드의 표정이 심각해졌다.
"주인님. 아가씨들이 선택한 젊은이는 만만치 않습니다."
그럼에도 싸울 것인가 묻는 레날도 앞에서, 랄프는 거칠어진 호흡을 가다듬으며 대답했다.
"필요 없다. 어차피 녀석들은 움직일 수 없으니까."

어제부터 내리는 눈이 왕도에 쌓이기 시작했다.
교통에도 영향이 나오고 있기에, 랄프는 라이엘 일행이 한동안 왕도에서 나갈 수 없다는 것을 알아채고 있었다.
"지금은 나를 이겼다고 기뻐하게 놔둬라."
랄프는 그렇게 말하고는 창고를 나가 저택으로 향했다.
레날도는 그런 랄프를 쫓아갔다—.

『너희는 이 나를 선택한 거다, 였던가?』
『좀 더 내 알몸을 봐줬으면 좋겠다는 말도 했었죠.』
『이번에도 즐거웠네.』
『임팩트는 적었지만, 오래 즐겼죠.』
『역시 월트 가의 기린아군요.』
여관.
나는 방에 틀어박혀서 모포를 뒤집어쓰고 떨고 있었다.
"……아니야. 내가 아니야. 그건 내가 아니라고!"
모두 앞에서 알몸을 드러냈다.
뭔가 부끄러운 소리를 계속 늘어놓았던 것 같다.
모두와 무슨 얼굴을 하고 만나야 할지 모르겠어!
5대는 내게 차가웠다.
『아무리 부정해도 사실은 변하지 않아. 그나저나, 조금은 성장에 익숙해질 때가 됐는데도 너는 언제나 심하네.』
가슴에 푹 꽂히는 5대의 말을 듣자, 이대로 의식을 잃고 싶어졌다.

아침부터 주변에서 나를 배려하는 게 괴롭다.

미란다 씨와 샤논은 나를 보고 히죽거리고 있고. 클라라 씨는 나를 보더니 조금 안도한 미소를 짓고 있었던 것 같다. 분명 동료라고 생각한 거겠지.

"나는 나쁘지 않아. 성장 후의 텐션이 나빠."

그렇게 생각하고 있는데, 3대가 심술궂은 목소리로 말했다.

『어라? 그런 소리를 해도 되겠어? 확실히 성장 후였지만, 모두에게 폐를 끼쳤던 건 사실이잖아? 알몸이 된 나를 보라든가, 너희를 행복하게 해주겠다든가. ……거짓말이었다고 넘어갈 수는 없을 텐데.』

눈물이 나왔다.

내가 괴로워하던 중, 문이 열렸다. 자물쇠를 걸어놨는데, 그 마음도 모르고 자물쇠를 열어서 들어온 건 모니카였다.

"치킨 자식. 세 시의 간식을 대령했어요."

"……필요 없어."

지금은 그럴 때가 아니다.

내가 수치심에 몸부림치고 있는데, 모니카는 기뻐 보였다.

"정말, 쑥스러워하기는. 그나저나 이번에는 정말 다행이에요. 치킨 자식의 나체를 구석구석까지 기록할 수 있었으니까요. 뭐, 대검인지 어떤지는 별도로 두더라도, 단검은 아니었네요."

보옥 안에서—.

『……풉.』

하는, 웃음을 참지 못하고 뿜어버린 목소리가 들렸다.

그 밖에는.

『대검이라니.』

『허세를 너무 부렸습니다.』

『그나마 단검은 아니었다는 느낌이었지.』

『라이엘은 아직 성장기다. 아직 두고 봐야지.』

『라이엘의 어린 시절이 떠오르는군요.』

……부끄러워서 눈물이 나올 것 같다.

아니, 눈물이 나왔다.

"잊어주세요."

부탁하자, 모니카는 자애로 가득한 미소를 지으며 내게 말했다.

"무리예요. 절대로 잊을 수 없어요. 모니카의 보물이에요."

"남의 알몸을 보물이라고 하지 말라고!"

"평생 잊지 않을 테니까요~."

기뻐하며 그 자리에서 춤추기 시작한 모니카 앞에서, 나는 다시 모포를 뒤집어썼다.

"빌어먹으으으을! 어째서 나만 이런 꼴을 당하는 거야!"

제81화 렘런트의 기적

왕도에 눈이 쌓이고 있다.

맑은 날도 있지만, 그 후에 바로 눈이 쌓이는 날씨가 이어졌다.

숙박하는 여관 1층에서는 행상인들도 곤란한 표정으로 대화를 나누고 있었다.

"이래서는 이동도 못 해."

"올해는 추우니까. 계속 내리겠지."

"이동 중에 내리지 않아서 다행이라고 생각하면 돼."

눈이 내리기만 해도 큰일이다.

우리도 왕도에서 나가고 싶은데 움직이지 못하고 있다.

방 문이 열리면서 모습을 보인 것은 아리아 씨와 소피아 씨다.

나는 두 사람에게 다가갔다.

"어땠나요?"

아리아 씨는 고개를 내저으면서 옷에 묻은 눈을 털었다.

"안 되겠어. 길이 눈에 묻혀서 안 보여. 길 같은 건 보이지만, 위험해서 나아갈 수가 없어."

바깥의 모습을 보고 온 두 사람은 추운지 조금 몸을 떨었다.

"연결마차도 움직이지 못하는 것 같아요. 문 근처에 있는 상인도 밖으로 나가는 건 추천하지 않는다고 하더군요."

나는 어깨를 떨궜다.

"출발하는 건 무리인가."

어쩔 수 없다고 포기하고 있는데, 2층에서 내려온 클라라 씨가 우리 쪽으로 다가왔다.

"밖에서 돌아오신 건가요? 그럼 가게가 열렸는지 가르쳐주세요."

소피아 씨가 웃으며 대답했다.

"서점이라면 열려있었어요. 많은 가게는 평범하게 영업하던데요. 왕도 사람들은 근면하네요."

아리아 씨도 클라라 씨에게 가르쳐줬다.

"노점은 하지 않지만. 나갈 거야?"

클라라 씨가 살짝 끄덕였다.

"가지고 있는 책을 모두 읽어서, 새로운 걸 들일까 해서요."

"전부? 20권 가까이 있었잖아."

"30권이에요. 그럼, 저는 사러 나갈게요."

그렇게나 읽었나?

나도 놀라고 있는데, 소피아 씨가 나가려는 클라라 씨를 불러 세웠다.

"혼자서는 위험해요."

랄프 씨와의 거래가 막 끝난 참이다.

6대가 큭큭 웃었다.

『그 랄프 애송이가 보복을 생각할지도 모르니까.』

속인 내가 이런 말을 하는 건 그렇지만— 앙갚음을 하더라도 이상하지 않다.

예정으로는 왕도를 당장에라도 출발했어야 했다.

눈 때문에 움직이지 못하고 있기에, 지금도 랄프 씨를 경계해서 단독 행동은 피하고 있다.

아리아 씨와 소피아 씨를 보자, 두 사람 다 밖에 나가고 싶지 않아 보인다.

누군가를 부르러 가는 것도 생각해봤지만…….

“그럼, 제가 같이 가죠.”

클라라 씨의 표정이 조금 누그러진 것 같았다.

“고마워요. 그럼 갈까요.”

책을 사러 가서 그런지, 본인은 기분이 좋아 보인다.

3대의 목소리가 들렸다.

『클라라는 정말로 책을 좋아하네. 한 번 이야기를 나누고 싶어.』

역대 당주들을 언젠가 소개할 수 있을까? 조금 고민했지만, 분명 주변 사람들은 믿지 않을 것 같아서 단념했다.

입으로는 이야기하고 싶다고 말하고는 있지만, 역대 당주들은 나 이외의 존재를 가르칠 생각은 없다.

……언젠가 사라질 거니까, 필요 없다고 생각하고 있는 것 같다.

서점을 세 곳 정도 돌다가 돌아가는 길.

완전히 추워져서, 따스한 찻집에 들렀다.

눈이 내려서 추위에 견딜 수 없어진 건지 상당한 사람이 가게에 들어와 있다.

근처 테이블에서 마주 앉은 커플이 손을 잡고 이야기를 나누고 있었다.

"얼마 안 남았네."

"응? 아, 그 이야기인가."

남성이 「그 이야기」를 떠올렸는지 다른 이야기를 시작했다.

"그 사람은 아직 왕도에 머물고 있다나 봐."

"포기할 줄 모르네. 같은 여자로서 어떤가 싶어."

"그렇다니까."

무슨 이야기인지는 모르겠지만, 어떤 여성에 관한 이야기인 것 같다.

흥미도 없었기에 나는 따스한 음료를 입에 댔다.

차가운 몸이 서서히 따스해지는 건 좋지만, 가게를 나가는 게 힘들다.

클라라 씨는 조금 전부터 내 눈앞에 앉아서 책을 읽고 있었다.

"재미있나요?"

내가 별생각 없이 묻자, 클라라 씨는 고개를 들어서 살짝 끄덕였다.

그리고 책 제목을 내게 보여줬다.

제목은 『렘런트의 진실』이라 적혀있다.

렘런트라는 지방이 있다. 일찍이 반세임 왕국이 전쟁에서 승리해서 얻은 토지다. 월트 가 영지와도 가깝다.

"역사서인가요?"

클라라 씨는 고개를 가로저었다.

"렘런트의 기적에 관해 적혀있어요. 최근 출판된 책인데, 인기가 있다고 들어서 샀죠. 라이엘 씨와도 무관계하지는 않죠?"

두꺼운 책에 적혀있는 건, 렘런트의 기적이라 불리는 전쟁에 관한 것인가 보다.

내가 아니라, 선조 슬레이 월트가 그 전쟁과 관련되어 있다.

3대는 그 전투에서 의장이라 불리게 되어 월트 가의 이름을 역사에 새겼다.

그러나—.

『렘런트의 기적~? 그건 기적이 아니야.』

—본인은 무척 싫어하고 있었다.

클라라 씨는 좋아하는 책에 관한 이야기인지 조금 열기를 담아 이야기했다.

"이분은 렘런트의 기적에 관해 독자적으로 조사했다나 봐요. 당시는 각국이 영토 확장을 원하며 격렬하게 싸우던 시대라, 전국시대로서도 인기가 있어요. 여러 사람이 이 시대를 조사하고 있지만, 이 책은 흥미롭네요."

"전국시대라."

"렘런트의 기적은 그런 전국시대를 끝낸 전투라고 해요. 저자는 그 전투에는 많은 의미가 있었다고 적고 있네요."

그랬었나 하고 생각하고 있는데, 그 시대를 살았던 3대가 미묘한 반응을 보였다.

『확실히 전쟁이 많았으니까 전국시대라고 말할 수는 있을지도 모르지만…… 애초에 잘못한 건 반세임 왕국이야.』

……어?

4대도 별로 잘 알지는 못하는지, 신경 쓰는 모습이었다.

『그렇습니까?』

『그야, 렘런트는 쏟아진 불똥을 치웠을 뿐이니까. 전쟁을 건 이유가 너무했어. 생트집이었거든. 우리도 기겁했다니까.』

클라라 씨는 나를 보고 조금 부끄러워했다.

"그, 그게…… 그리고 당시의 국왕 폐하와 그…… 라이엘 씨의 선조님은 주종을 넘어선 관계였다고 적혀있어요."

"어?"

『어?』

3대의 목소리와 겹치자, 클라라 씨는 말을 이었다.

"포위해서 섬멸하는 작전을 취한 반세임 왕국을 상대로, 렘런트 측은 일점 돌파의 반격을 시도했다고 해요. 이때 라이엘 씨의 선조님인 슬레임 월트 씨는 약간의 병력을 이끌고 적군을 돌파. 목숨을 걸고 본진을 지키기 위한 시간을 벌었어요."

"그랬었나? 몰랐네."

"……아무리 국왕 폐하에게 충성을 맹세한 기사라도, 그 정도까지 하는 건 드물어요. 기사나 병사 중에서는 남색도 많았다고 해서…… 그, 당시에는 지금보다도 심하고 일반적이었다고 적혀있어요. 그러니까 그런 관계가 아니었나 하고……."

목소리가 들리지 않을 텐데, 3대가 외쳤다. 평소에는 웃으면서 사람을 놀리며 즐기는 3대가 뱃속에서 분노를 끌어내고 있었다.

『나와 그 녀석이 관계를 가졌다니, 그럴 리가 없잖아아아아아! 그만둬! 그런 유언비어는 용서할 수 없어! 게다가 남색이 일반적이었다니 뭐야?! 웃기지 말라고! 게다가 주종이라니 뭐야!』

격노한 3대는 냉정함을 잃어서 말이 통하지 않았다.

무시하고 클라라 씨의 이야기를 들었다.

"저자의 조사로는, 국왕 폐하는 슬레이 씨의 아들을 무척 눈여겨봤다고 해요. 준남작가였던 당시의 월트 가를 출세시켜서 남작가로 올렸다고 적혀있네요."

4대가 긍정했다.

『그랬었죠. 덕분에 힘들었습니다.』

"결혼 상대를 소개하는 등 특별한 대우를 받았다는 건 사실이라고 적혀있어요."

나는 클라라 씨에게 확실하게 대답할 수 없었다.

"……그, 그런 이야기를 들었던 기억은 나네."

"그런가요. 그럼 이 책에 적혀있는 건 사실일지도 모르겠네요."

3대가 내게 강하게 호소했다.

『라이엘! 어떻게든 오해를 풀어줘. 이대로 가면 내가 그 망할 놈과 관계를 가졌느니 뭐니 하는 말도 안 되는 유언비어가 퍼지잖아. 그런 건 절대 용납할 수 없어. 내 명예를 지켜줘!』

……아니, 나도 당시의 일은 모르는데.

"저, 저기, 3대— 슬레이 월트는 폐하와 그런 관계는 아니었다고 생각하는데."

"일족밖에 모르는 진실이라도 있나요? 그럼, 어디가 틀렸는지 들려주세요."

눈을 반짝인 클라라 씨는 안경 위치를 고치고 메모 준비를 시작했다. 무척 기뻐하고 있다.

"……미, 미안. 잠시 기다려. 여러모로 떠올릴 시간이 필요하니까."

"네! 기다릴게요."

조금 유감스러워했지만, 바로 기뻐 보이는 미소를 지은 클라라 씨를 본 3대가 울부짖었다.

『라이엘 이 바보! 클라라의 오해를 바로 풀어달라고! 이런 건 너무해. 후세 역사가 이 바보 자식들아아아아!』

참고로, 저자는 여성이었다.

보옥 안.

여관으로 돌아오자마자 3대가 바로 오라고 말해서 왔는데…….

3대는 자기 자리 뒤에 있는 기억의 방 앞에 서 있었다.

『……자, 가볼까.』

평소의 부드러운 눈초리가, 무척 날카롭고 혼탁한 눈동자로 변했다.

『라이엘은 모든 걸 알아줘야겠어.』

"……저기, 그렇게나 사실과는 다른가요?"

주변 역대 당주들은 3대의 평소와는 다른 분위기 탓에 끼어들지 못했다.

말을 거는 건 4대 정도다.

『저도 당시의 자세한 내용은 모르니까요. 3대가 이렇게까지 말하는 것도 신경 쓰이니, 동행해도 되겠습니까?』

『좋아. 그럼 따라와.』

평소와 같은 여유가 없는 3대는 우리를 데리고 기억의 방으로 들어갔다. 문이 열리고 안으로 들어가자— 그곳은 전장이었다.

두꺼운 구름에 덮인 하늘.

대지에서는 비가 내렸는지 진흙투성이가 되어버린 양군이 서로 화살을 날려대고 있었다.

때때로 마법이 날아가고, 절규와 폭발음이 들렸다.

지면에는…… 쓰러진 사람들의 모습도 있다.

4대가 눈을 가늘게 떴다.

『렘런트가 아니군요.』

고개를 끄덕인 3대의 시선은 말에 올라 지휘를 하는 자신의 모습을 바라보고 있었다.

『그 망할 놈은 영토 확장을 선언하고는 주변에 전쟁을 걸었어. 반세임은 꽤 컸으니까. 주변을 차례차례 침략했지.』

3대— 슬레임 월트가 참가한 전투도 그런 침략 전쟁 중 하나였다고 한다.

마상에서 슬레이가 검을 들고 주변에 지시를 날렸다.

『무리하지 마라! 시간을 벌면 우리의 승리다!』

이끄는 건 150명 정도의 병사— 영지민이었다.
기사 몇 명의 모습도 있다.
3대가 덤덤히 설명했다.
『2대가 여러모로 정비해준 덕분에 당시에는 영지가 순조롭게 넓어지고 있었어. 새로운 마을도 늘고, 저택 주변도 활기가 늘어났거든. 시장도 정기적으로 열리고, 상점도 생겼지.』
당시에는 천 명을 넘는 영지민이 있었다고 한다.
4대도 그리워했다.
『승작(陞爵)하기 전에는 꽤 느긋하게 지냈으니까요.』
『4대는 그 망할 놈에게 은의를 느끼고 있을지도 모르지만, 내가 보기에는 당연한 일이었거든. 까놓고 말해서 나는 전쟁이 싫어.』
쳐들어오는 적을 막는 사이, 나중에 아군이 찾아와서 적을 쓰러뜨렸다.
슬레이는 마상에서 그 모습을 보고 있었다.
기억은 장면을 건너뛰었고, 슬레이는 쓰러진 적병이 있는 가운데를 걸었다.
쓰러진 적병 가운데는 아직 살아있는 사람이 괴로워하고 있었다. 슬레이가 다가가자, 그 병사는—.
『반세임의 악당 놈! 지옥에 떨어져라!』
그렇게 외치고는 피를 토하고 숨이 끊어졌다.
3대는 한 손으로 얼굴을 가렸다.
『……정말로 지옥이었어. 영토를 넓혀야만 하는 이유도 확실히 있었지. 당시에는 사람이 너무 많이 늘어났었거든. 흉작이 이어져서 식량난도 드문드문 일어났었어. 살아가기 위해서는 빼앗을 수밖에 없었지.』

식량이 없어서, 자칫하면 반세임 국내에서 귀족들의 분쟁이 일어나 피폐해질 뻔했다.

그럴 때, 반세임 국왕이 내건 방침이— 영토 확장이다.

국내에서 싸울 바에는 국외에서 빼앗자는 이야기다.

『바이스라는 토지는 축복받았었지. 흉작이라도 굶주려 죽는 일은 없었어. 하지만 다른 토지는 아니었거든. 전쟁에 참가하지 않으면 이번에는 국내 귀족들이 우리 영지에 쳐들어올지도 몰랐어. 식량을 찾아 우리 영지에서 모든 것을 빼앗을 수도 있었지.』

반세임이라는 나라는, 영주들이 가장 힘 있는 국왕을 따르는 구조다.

거기에 충성심은 별로 없고, 국왕이 가진 힘— 군사력, 경제력 등을 배경으로 한 권력을 따르고 있다.

같은 나라 사람이라는 인식이 희박하다.

그래서 같은 국내의 영주들끼리도 싸우는 것이다.

『전쟁에 참가하지 않는다는 선택지가 없었던 거야. 하지만, 뒤를 이은 그 망할 놈은 그걸 몰랐어.』

식량난에서 시작된 전쟁을, 뒤를 이은 젊은 국왕이 계속 이어가고 말았다. 대대적으로 영토 확장을 하겠다고 선언한 것이다.

『전쟁은 돈이 들어. 병사인 영지민은 피폐해지지. 인원을 모아 개척해야 하는 여유를 전부 전쟁에 쏟아 부어야 해. 싸워서 얻을 수 있는 보수도 있었지만, 나는 싫었어.』

장면이 변하자, 반세임 병사들이 적국의 마을들을 덮치고 있었다.

도시부에서도 기사나 병사들이 약탈을 벌이고, 끔찍한 광경이 펼쳐졌다.

슬레이는 보고 있기만 해도 괴로워지는 광경을 거리를 두고 지켜봤다.

부하 한 명이 슬레이에게 제한했다.

『영주님. 저희는 참가하지 않습니까?』

약탈에 참가하지 말라는 명령을 받은 부하들 가운데서는 불만을 가진 이도 있었다.

슬레이가 노려봤다.

『나는 하지 말라고 명령했어.』

『하지만, 다들 하고 있잖습니까. 지금은 조금이라도 벌어야—.』

슬레이가 검을 휘둘러서 그 병사의 목을 날렸다. 피가 튀었지만, 눈썹 하나 까딱하지 않고 주변에 다시 명령했다.

『—여기서 대기한다. 약탈에 참가한 자는 용서 없이 벤다.』

평소에 내가 봐온 3대와는 달리, 전장의 슬레이는 무척 무서웠다.

3대가 자신의 모습을 보고 한심한 듯 중얼거렸다.

『보고 있을 수밖에 없었어. 막을 수도, 도울 수도 없었지. 이런 나를 의장이라고 부르는 녀석이 있다면, 그 녀석은 왕바보야.』

4대가 위로했다.

『참가하지 않은 것만으로도 고결하다고 생각하는데요.』

『고결? 틀렸어. 타산적인 생각이야. 덮쳐온 녀석들에게서 소지품을 빼앗는 것하고는 달라. ……이윽고, 빼앗기 위해 전쟁을 하고 싶어지거든.』

빼앗는 편이 더 벌 수 있다는 걸 깨달은 사람들은 점차 죄책감이 흐려진다고 한다.

싸울 때마다 더 잔혹하게.

빼앗을 때마다 더 갈구하게 된다.

『미쳐 있었어. 다들 미쳐서, 그러다 렘런트에서 실패한 거야.』

장면은 다시 변했고, 그곳은 천막 안이었다.

슬레이보다도 젊은 남성이 호화로운 의자에 앉아있다.

반짝이는 갑옷을 두르고, 주변에는 기사들이 대기하고 있다.

참전한 영주들로 보이는 사람들의 모습도 있다.

슬레이는 참가한 영주 중 한 명― 남작의 수행원으로 이 자리에 온 모양이었다.

『그 녀석과는 주종 같은 관계가 아니었어. 이웃에서 신세를 지던 남작이 참가했으니까, 나도 마지못해 참가한 거야.』

그 남작은 당시의 월트 가의 주군― 주변을 규합하는 힘 있는 귀족이었다고 한다. 월트 가도 남작가를 따라 봉신이라는 위치에 있었다.

남작을 본 4대의 시선이 수상쩍게 빛났다.

날카로운 안광으로 노려보고 있다.
『……꽤 친해 보이는군요.』
3대도 뭔가 짐작했는지, 마지못해 당시의 일을 말했다.
『할아버지가 드래곤 슬레이어고, 아버지가 마물이나 도적을 마구 잡고 다녀서 두려움을 샀으니까. 남작가는 월트 가가 전장에서 믿음직한 가문이라고 생각하지 않았을까? 참전할 때는 매번 호출하더라.』
천막 안에서 회의가 열렸다.
지휘권을 쥐고 호화로운 갑옷을 입은 당시의 젊은 국왕이 지도를 앞두고 작전을 설명했다.
『우리를 극악무도라고 욕하는 렘런트의 바보들은 깔끔하게 멸망해줘야겠어. 우리는 녀석들보다 세 배 많은 병력을 준비했다. 포위해서 섬멸하는 것이 이번 작전이다.』
주변 기사들은 입을 모아 국왕을 칭송했다.
『멋진 작전이십니다.』
『렘런트의 얼간이들은 우리의 숫자 앞에 두려움에 떨고 있겠죠.』
『싸우기 전에 도망치지 않을까 걱정되는군요.』
참가한 영주들은 그런 그들을 차가운 시선으로 바라봤다.
천막 안에서 완전히 두 패로 갈린 온도차가 느껴진다.
"저기, 이건—."
『응? 아아, 망할 놈 주변에 있는 건 궁정 귀족 출신 녀석들이야. 저 녀석, 자기 맘에 드는 가신들에게 손에 넣은 영지를 나눠

줬거든. 영주 안에서도 망할 놈을 따르는 녀석도 있었지만……
대부분의 영주는 완전히 갈라섰을 무렵이야.』

남작과 슬레이가 작은 목소리로 대화를 나눴다.

『슬레이, 어떻게 생각하나?』

『전쟁이 이어져서 피폐해졌어요. 장비도 제대로 갖추지 못했고요. 세 배의 병력이라도 안심할 수 없어요.』

『적의 전의는 높다고 들었는데?』

『반세임 왕국 혐오가 매우 높으니까요. 그만한 일을 저지르기도 했고요.』

주변 영주들도 비슷한 의견이었다.

『궁정 귀족은 후방에서 지휘만 할 뿐인가.』

『소모되는 건 우리뿐이야.』

『공적은 모두 녀석들의 것인데 말이지.』

승리를 이어가던 국왕은 내가 보기에도 우쭐대는 것 같았다. 주변의 찬사에만 귀를 기울이고, 영주들의 의견은 「너무 소극적이다」, 「너희는 따르기만 하면 된다」, 「겁쟁이 놈」이라며 제대로 들어주지 않았다.

젊은 국왕이 말했다.

『렘런트의 어리석은 놈들은 포위해서 섬멸시켜라!』

슬레이는 차가운 눈으로 그 광경을 지켜보고 있었다.

전투가 시작되자, 렘런트의 군세는 일직선으로 반세임 본진을 향해 돌격해왔다.

천막 안에서 국왕이 당황했다.

『어째서냐! 어째서 이리로 오는 거냐! 아군은 아직 오지 않는 거냐!』

포위당한 적이 겁먹을 줄 알았는데, 반대로 느슨해진 본진을 향해 돌격을 가해왔다.

본진의 병력은 아군이 분산된 탓에 적다.

포위하려던 아군도 싸우고는 있지만, 먼저 반세임 측의 본진이 함락될 것 같았다.

나라도 이런 생각이 든다…… 이 녀석 바보 아니야?

그러나 3대가 말했다.

『포위해서 두들기는 건 나쁘지 않은 작전이었어. 하지만, 적을 너무 얕잡아본 거야. 자신들이 대체 뭘 해왔는지 알지 못한 거겠지.』

나는 바보라고 생각했지만, 3대는 작전 자체는 부정하지 않았다.

적이 보기에는— 반세임 왕국은 생트집을 잡아 주변국을 멸망시키고 약탈을 반복해온 악당이나 다름없다.

『상대도 질 수 없으니까. 왜냐하면, 패해버리면 기다리는 건 반세임의 약탈이야. 적도 필사적이었지. ……뭐, 그건 나도 마찬가지였지만.』

천막 안에 들어온 것은 진흙투성이의 슬레이와 주군인 남작이었다.

남작이 오자, 국왕이 외쳤다.

『왜 돌아온 거냐! 당장 싸워라! 내, 내가 쓰러진다면 반세임이 패배—.』

주변 부하들은 당황했고, 영주 귀족들은 국왕을 노려보고 있었다.

그런 가운데, 슬레이는 남작을 제치고 국왕의 안면을 주먹으로 후려갈겼다.

그걸 본 4대가 입을 벌리며 놀랐고, 나도 외쳤다.

"뭐 하는 건가요!"

3대는 씨익 웃었다.

『이때는 후련했지!』

국왕이 날아가서 의자에 부딪혀 쓰러지자, 주변 부하들이 순간 아연실색했다가 바로 무기를 들었다.

『네, 네놈!』

『어디의 누군지는 모르지만, 간단히 죽으리라 생각지 마라!』

『그놈을 붙잡아라!』

주변을 포함해서 슬레이의 이름을 아는 사람은 없었다.

당시, 슬레이는 기타 등등에 속한 일개 소영주에 지나지 않았으니까.

그러나—.

『—어?』

—영주 귀족들과 그 곁에 있던 기사들이 검을 뽑아서 덤벼든 것은, 슬레이가 아니라 국왕의 부하들이었다.

코에서 피를 뿜은 국왕이 오른손으로 코를 누르며 덜덜 떨었다.
주변에 아군이 없어졌기에 새파란 표정이었다.
바닥을 기는 국왕에게 다가간 슬레이는 쪼그려서 얼굴을 가까이 하고는 머리털을 붙잡아서 고개를 들게 했다.
『이, 이런 짓을 하고 무사히 돌아갈 수 있으리라—.』
목소리를 떠는 국왕 앞에서, 슬레이는 어디까지나 냉정했다.
『그래, 맞아. 너 때문에 나는 여기서 죽을지도 모르지. 하지만 안심하라고. 너도 여기서 죽으니까.』
영주나 기사들도 검을 뽑아서 다가왔다.
드디어 국왕이 실금하자—.
『여기 있는 전원이 너에게 충성을 맹세했다고 생각해? 아니. 우리에게 필요한 건, 네가 앉아있는 그 의자야. 왕국의 권력에 충성을 맹세한 거지, 너 개인에게 충성심 따윈 없어. 얼마든지 갈아치울 수 있는 무능한 국왕은 필요 없다고 생각하지 않아?』
국왕이 눈물을 흘렸다.
『사, 살려주세요. 뭐든 할 테니까! 살려주세요!』
눈물을 흘리는 국왕에게 슬레이가 차가운 미소를 지었다—.
『그래? 그럼 지금부터 너를 훌륭한 국왕으로 만들어주지.』
슬레이의 눈이 살짝 빛나자, 국왕이 덜덜 떨었다.
"3대의 아츠인가요?"
『맞아. 뭐, 라이엘도 곧 할 수 있게 될 거야.』
국왕의 낌새가 이상해졌다. 무서워서 이를 딱딱거렸고, 떨림이 멈추지 않아 보였다.

『……만약 내 가족, 내 영지에 악의를 품는다면, 그날부터 너는 끝나지 않는 악몽을 꾸게 되겠지. 이 자리에 있는 영주들을 벌해도 마찬가지야. 조금이라도 보복하려고 생각한 순간, 잠들 때도 깨어있을 때도 악몽을 계속 꾸게 될 거다.』

슬레이가 손을 떼자, 국왕은 주변을 손으로 휘저었다. 마치 그에게만 뭔가 보이는 것 같다.

『오지 마! 오지 마아아아! 살려줘! 누가 좀 살려줘!』

슬레이가 키득키득 웃었다.

『어라, 역시 사태가 끝나면 보복할 작정이었나 보네. 그대로 끝나지 않는 악몽을 꾸고 싶지 않다면 우리에게 손대지 말라고.』

국왕은 저항할 기력을 잃었는지 그 자리에서 눈물을 흘렸다.

남작이 다가왔다.

『슬레이. 지금부터 어쩔 거냐?』

『……제가 시간을 벌죠. 이 바보는 부탁합니다. 그리고, 제 가족도요.』

『알았다.』

4대가 중얼거렸다.

『……얄궂은 일이네요.』

주변 영주들이 슬레이에게 말을 걸어왔다.

시간을 벌겠다고 한 슬레이를 격려하는 말이나, 칭송하는 말 등등 다양했다.

슬레이는 쓴웃음을 지으며 천막을 나갔지만, 밖으로 나오자 바로 각오를 다진 표정이 되었다.

자신의 기사와 병사들이 기다리는 곳으로 온 슬레이가 말했다.

『미안하지만 나와 죽어줘야겠어. 젊은 사람, 아이가 아직 어린 아버지는 남아. ……원망해도 좋아.』

단적으로 설명하자, 백발이 섞인 남자가 앞으로 나왔다.

그 남자의 얼굴은 본 적이 있었다.

"2대에게 불평하던 사람이잖아."

나는 고생하던 2대의 마음도 모르고 불평하던 남자를 노려봤지만…….

『……선대에게는 신세를 졌습니다. 도련님을 모실 수 있다면, 속죄도 되겠죠.』

슬레이가 살짝 웃었다.

『도련님 소리는 마지막까지 고쳐지질 않네.』

「젊은이는 남아라」라고 말한 슬레이의 말에 반발한 젊은 기사도 앞으로 나왔다.

『영주님. 저, 저도 함께하겠습니다!』

3대가 그리워했다.

『저 아이가 초대 랜드버그야. 7대에게 듣기는 했지만, 내가 임명한 기사가 지금 시대에까지 이어지고 있다고 생각하니 왠지 신기한 기분이네.』

랜드버그라면, 월트 가 가신 가운데서도 손꼽히는 일족이다. 현재도 랜드버그 가는 유명한 기사를 속속 배출하며 월트 가를 뒷받침하고 있다.

……내가 기사로서 동경하던 사람도 랜드버그 가의 사람이었다.

슬레이는 웃으면서 초대 랜드버그를 후려쳤다.

국왕을 때릴 때도 그랬지만, 육체를 아츠로 강화하고 있다. 그래서 굉장한 힘을 발휘하고 있었다. 그러나 국왕을 때릴 때보다는 힘을 뺐다.

『너는 남아.』

다른 병사가 초대 랜드버그에게 말을 걸었지만, 대답은 없었다. 의식을 잃었다.

『영주님. 기절했습니다.』

『마침 잘됐네. 저 아이는 성실하니까, 눈을 뜨면 영지에 전령으로라도 보내라고. ……그럼, 가볼까.』

슬레이는 수십 명의 병사를 데리고 말에 올라 다가오는 렘런트의 대군을 향해 돌격했다.

전장.

슬레이는 마상에서 검을 휘두르며 돌진했다.

적 기사들을 차례차례 쓰러뜨리고, 검을 들었다.

『돌진해라!』

직후, 주변 하늘에서 차례차례 불덩이가 떨어졌다.

렘런트의 병사들은 위를 바라보며 고함쳤다.

4대는 그 광경을 보고는—.

『환상입니까?』

3대는 전장을 바라보며 수긍했다.

『맞아. 내 아츠야. 환상을 보여주고 있을 뿐이지. 그리고 또 하나가—.』

슬레이가 병사를 이끌고 돌격하자, 갑자기 적이 아군끼리 싸우기 시작했다.

그 틈에 적진 깊숙이 들어가자, 적 대장이 보였다.

적 대장이 창을 휘두르며 슬레이의 검을 받아냈다.

『환상이다! 아츠 사용자를 찾아서 죽여라!』

슬레이보다 연상이고, 근육질의 맹장 같은 느낌을 주는 대장이었다.

마상에서 검과 창을 부딪치며 싸우다가, 대장이 슬레이에게 뛰어들어 바닥에 떨어뜨렸다.

양자는 진흙투성이가 되어 싸우기 시작했다.

『반세임의 쓰레기들. 이 이상의 악역무도한 짓은 방치할 수 없다!』

『같은 의견이야. 하지만— 이 앞으로 보내줄 수는 없어.』

슬레이의 변화무쌍한 검의 움직임 앞에서 대장은 고전을 강요당했다.

3대가 전투를 보며 말했다.

『이 사람은 강했어. 그리고 긍지 높은, 반세임의 행동을 듣고 의분에 떨쳐 일어난 사람이었지. ……나도 싸우고 싶지는 않았어.』

대장의 창이 슬레이의 왼팔을 날려버렸다.

슬레이의 왼팔이 공중을 날자, 대장이 눈을 크게 떴다.

슬레이가 품으로 파고들어 검을 가슴에 꽂았기 때문이다.

『그래…… 네놈이 환상을 보여주고 있었나.』

슬레이가 검을 뽑자, 그곳에는 왼팔이 확실히 있었다.

베었다고 생각한 팔은 환상이었던 모양이다.

그러나 한계가 왔는지 슬레이도 새파란 얼굴이었다. 마력이 다해서 당장에라도 쓰러질 것만 같았다.

주변 아군도 차례차례 쓰러졌다.

『도련님!』

배에 창이 꽂힌 병사가 슬레이의 말을 데리고 왔다. 피를 토하면서도 슬레이가 말에 타도록 도움을 주고는, 그대로 말의 엉덩이를 때려서 달리게 했다.

그런 그에게 적의 창이 몇 개씩 등에 박혔고— 그럼에도 그 사람은 웃고 있었다.

"어째서…… 2대 때는!"

2대 때는 불만만 늘어놓으며 곤란하게 했던 영지민이었다. 그러나 3대 때는 목숨을 걸고 돕다니…… 나는 이해할 수 없었다.

3대가 내게 가르쳐주었다.

『당시에는 몰랐지만, 나중에 생각해 보고 그 사람이 옳았다고 생각하게 되는 일이 있으니까. 그는 그것에 미안함을 느끼고 있었을지도 모르지.』

도망치는 슬레이의 등에 화살이 꽂혔다.

그리고 적이 슬레이를 쫓으려 할 때— 포위하던 아군이 겨우 도와주러 왔다.

3대가 내게 말했다.

『……내 영지는 이 전장과 가까웠어. 여기서 반세임이 패하면 유린당하는 건 우리의 영지였지. 질 수는 없었어. 반세임의 잘못이라는 건 알지만, 가족에게 죽으라고는 할 수 없었어.』

"……3대."

『라이엘. 기억해둬. 아까 예외도 있었지만, 많은 병사들은 나를 위해 싸운 게 아니야. 영지에 남겨두고 온 가족을 위해 싸운 거야. 패하면, 지금까지 봐온 광경이 자신의 고향에 일어난다는 걸 알고 있었으니까.』

4대는 줄곧 침묵하고 있었다.

3대가 중얼거렸다.

『정말로…… 전쟁 같은 건 싫어.』

제82화 의장 슬레이 월트

3대의 기억은 전장의 광경에서 천막으로 옮겨왔다.

누워있는 슬레이를 치료하던 의사가 고개를 가로저었다.

이미 호흡이 약해진 슬레이는 멍하니 천장을 올려다보고 있었다. 눈동자에서는 빛이 사라졌고, 의식이 있는지도 알 수 없었다.

3대가 팔짱을 꼈다.

『……전장에서 죽고 싶지는 않았어.』

줄곧 침묵하던 4대가 안경을 벗고 고개를 들었다.

『3대— 아버지. 제 기억을 라이엘에게 보여줘도 되겠습니까?』

3대가 수긍했다.

『그래, 좋아. 나도 보고 싶어.』

4대가 눈을 손으로 가렸다.

『감사합니다.』

장면은 4대의 기억으로 바뀌었고— 그곳은 당시의 월트 가 저택이었다.

—그날, 마크스 월트는 저택에 있었다.

무척이나 커다란 싸움에 참가한 아버지, 슬레이를 신경 쓰고 있다.

"아버지, 괜찮을까?"

언제나 무사히 돌아와서는 「뒷일은 네게 맡기고 나는 은거하고 싶어」라고 농담을 말하는 슬레이를 떠올렸다.

"……이번에도 괜찮겠지?"

14세의 마크스는 전장에 나갈 나이가 아니어서 집에 있었다.

서서히 영지 안의 일을 돕게 되었고, 이대로 수년 후에는 본격적으로 슬레이의 보좌를 맡을 예정이었다.

영주의 지위를 이어받는 것은 30대 정도로 예정하고 있었다.

마크스는 저택에서 공부를 하고 있었는데, 저택이 소란스러워졌다.

"뭐지?"

방을 나와 계단을 내려가자 현관에서 눈물을 흘리는 기사가 있었다.

진흙투성이의 기사는 마치 엎드려 절하는 듯한 모습으로 외쳤다.

"아군은 승리했습니다. 하지만, 슬레이 님이 중상이라……의사는 길지 않을 거라고."

아버지가 기사로 임명했던 젊은 남자는 서둘러 보고하러 온 건지 피곤한 얼굴이었다. 분통함에 눈물을 흘리고 있고, 상처투성이였다.

마크스는 우두커니 섰다.

"……거짓말이야."

기사에게서 보고를 받은 건 【파세트 월트】— 슬레이의 아내

이자 마크스의 어머니였다.

무표정하게 보고를 듣던 파세트는 기사가 보고를 마치고 의식을 잃고 쓰러지자 저택에 있는 고용인들에게 지시를 내렸다.

"몸을 닦아주고 눕혀줘. 그리고, 남아있는 남자들을 모아."

다부지게 행동하고 있지만, 안색은 새파랬다.

슬레이와는 맞선으로 결혼한 파세트지만, 부부 사이는 나쁘지 않았다.

의욕이 없는 슬레이에게 질색을 하면서도 웃으며 뒷바라지 하던 여성이다.

"……어머니."

파세트는 몸을 돌리고는— 이렇게 말했다.

"마크스, 각오를 다지렴. 서둘러 서방님에게 가거라. 오늘부터는— 당신이 월트 가의 당주입니다."

정식으로 계승하지는 않았기 때문에, 엄밀하게는 영주가 아니다.

그러나 월트 가에게 그런 건 상관없었고, 누군가 영지를 이끌 사람— 영주가 필요했다.

마크스는 황급히 준비를 마치고 현관을 뛰쳐나갔다.

준비된 말을 타고, 몇 명의 호위를 데리고 슬레이가 있는 전장으로 향했다.

말을 타고 정비된 가도를 달렸다.

'빨리. 더 빨리!'

조급한 마음이 든 마크스가 아츠를 발현했다. 말들이 속도를 올렸고, 호위들이 서두르는 가운데 계속 달렸다.

마크스는 정비된 외길을 내달렸고, 점점 전장이 보였다.

도착하자 월트 가 병사가 기다리고 있었고, 마크스를 슬레이가 기다리는 천막으로 안내했다.

땀으로 범벅이 된 마크스가 천막으로 들어가자, 주변 기사나 병사들이 눈물을 흘리고 있었다.

슬레이는 괴로운 듯 미소 짓고는, 움켜쥐고 있던 푸른 옥—월트 가의 옥을 마크스에게 건넸다.

마크스는 그 손을 양손으로 움켜쥐었다.

"아버지! 아버지!"

"……마크스, 미안하다. 뒷일은, 부탁할게."

그렇게 말하면서 딱 한 번 깊은 호흡을 내쉰 슬레이는 눈을 감으며 숨을 거뒀다.

마크스는 몸을 떨었다.

근처에 있던 의사가 「지금까지 용케 견디셨습니다. 분명 아드님인 당신을 기다리고 있었던 거겠죠」라고 말했지만, 마크스의 귀에는 들어가지 못했다.

눈물을 흘리며, 푸른 옥을 쥔 슬레이의 손을 움켜쥐었다.

푸른 옥은 어렴풋이 빛나는 것처럼 보였다—.

3대와 4대의 기억을 모두 본 나는 그 자리에서 우두커니 서 있었다.

책에 적힌 내용과는 다른 진실 앞에서, 말이 나오지 않았다.

3대가 의장이라 불리는 걸 납득하지 못한 이유도 알게 되었다.

입을 연 것은 4대였다.

『……저는 이후 폐하께 여러 호의를 받았었죠. 진실은 몰랐으니까 은혜를 느끼고 있었습니다. 주군인 남작도 아무 말을 하지 않았으니까요.』

지금에 와서 진실을 알게 된 4대는 분통함을 느끼고 있었다.

알았다면, 은혜 같은 건 느끼지 않았을 거라고 중얼거렸다.

3대는 그런 4대를 책망하지 않았다.

『애썼다고 생각하고는 있어. 남작이 되어 급격하게 영지가 늘어났잖아? 관리만 하더라도 인원이 부족했을 테니까, 다른 곳에 신경을 쏟지 못하더라도 어쩔 수 없는 일이야.』

4대는 3대의 공적으로 승작— 출세했다.

남작이 되어서 영지도 넓어졌다.

출세라고 들으면 기쁜 일이지만, 3대에게서 갑자기 지위를 이어받은 4대는 고생했을 거다.

『……진실이란 잔혹하군요. 3대가 적 대장을 쓰러뜨렸는데, 공적은 폐하의 것이 되었으니까요.』

적 대장을 쓰러뜨린 것은 국왕이 되었다고 한다.

3대가 웃는 얼굴로 격노했다.

『그 망할 자식. 더 패줄 걸 그랬어.』

4대도 동의했다.

『그러게요. 저도 한 방 패줄 걸 그랬습니다.』

두 사람은 웃었다.

웃으며— 그리고, 나를 봤다.

『이제 알았지? 라이엘. 우리가 어떤 마음으로 싸웠는지…… 의장 같은 대단한 게 아니야. 나는 자기 멋대로고, 극악무도한 놈이라고.』

"……극악무도는 지나친 말 아닌가요?"

『영주 같은 건 악당이 아니라면 못 한다고. 뭐, 이 세상에 정의가 있다면 영주는 기본적으로 악당이지.』

점점 여느 때처럼 돌아온 3대는 나를 보고 조금 슬프게 웃었다.

『그러니까 이런 생각도 들어, 라이엘. 귀족 지위에 얽매이지 않는 게 좋아. 좀 더 자신을 위해 살면 돼.』

……일단 일류 모험가가 된다는 목표를 내걸긴 했지만, 나는 아직 인생 목표라고 할 만한 게 없다.

그런 내게, 3대는 자유롭게 하라고 말했다.

그러나 4대의 의견은 달랐다.

『저는 라이엘이 영지를 계승해줬으면 하는데 말이죠. 애초에 정통 계승자이고…… 저희에게는 그 정도의 애착이 있습니다.』

자신의 영지를 계승해주기를 바라는 건 4대 이후의 특징이다.

7대도 내가 영지를 되찾기를 바라는 마음이 전해진다.

3대는 그런 의견을 부정했다.

『얽매일 필요는 없다고 생각하는데? 라이엘의 행복에 영지는 상관없어.』

『쌓아온 것들이 있습니다. 간단히 버릴 수 있다면 고생하지 않아요.』

대를 거듭할수록 애착도 강해진다.

초대나 2대가 있었다면, 내게 어떤 말을 해줬을까?

다음 날.

나는 여관 1층에 있는 소파에 앉아서 클라라 씨와 이야기를 나눴다.

나는 클라라 씨에게 진실을 이야기해줬지만—.

"어? 왜 그렇게 미묘한 표정인가요?"

클라라 씨는 수상쩍은 거라도 보는 시선으로 나를 바라보더니, 메모하는 작업을 멈췄다.

아무리 봐도 나를 의심하고 있다.

"라이엘 씨의 이야기에는 신빙성이 없다고나 할까…… 국왕을 때렸는데도 무사했다는 것도 의심스럽고, 아츠라는 이유가 있다지만 적 대장을 쓰러뜨린 게 선조님이라는 이야기도 좀."

진실을 말해줬는데, 믿어주지 않았다.

이건 솔직히 예상 밖이다.

3대도 외쳤다.

『어째서! 믿어줘, 클라라! 가짜 역사서가 더 진실미가 있다고 말하지 말라고!』

클라라 씨는 고민하다가 결론을 내렸다.

"뭐, 당시 준남작가였던 월트 가가 폐하와 친근했다는 것도 수상쩍은 이야기니까요. 기타 등등 취급을 받았다는 건 납득

할 수 있어요. 대군에게 돌격해서 시간을 벌었던 것도 사실이겠지만, 적 대장을 쓰러뜨렸다는 건 수상하고요."

임금님을 두들겨 팼는데 그 후에 월트 가가 망하지 않았던 게 이상하다고 의심하고 있다.

확실히, 평범하게 생각하면 있을 수 없는 이야기다.

나도 3대의 기억을 보지 않았다면 의심했겠지.

"……전부, 진실이에요."

"라이엘 씨가 믿고 싶은 마음도 이해는 해요. 그래도 실제로 본 건 아니니까……."

봤다고요! 라고 말할 수 없는 게 괴롭다.

나는 역대 당주들을 동료에게도 비밀로 하고 있다.

그래서 아무리 진실이라고 설명해도 증거가 빈약한지라…….

"……자손의 증언으로서 기록해둘게요."

클라라 씨는 믿어주지 않았다.

내가 어깨를 떨구자, 에바 씨가 다가왔다.

아침부터 무척 기운차다.

"아, 라이엘이다! 덤으로 클라라도 잘 지냈어?"

덤 취급을 당한 클라라 씨는 에바 씨 앞에서 무표정하게 대답했다.

"잘 지냈어요. 거짓말쟁이 엘프 씨."

두 사람은 아침부터 사이가 나쁘다.

둘 다 이야기를 좋아한다는 공통 취미를 가졌지만, 성격 차이 탓에 두 사람은 어울릴 수 없는 관계가 되었다.

클라라 씨는 진실이란 정확하게 전해야 한다고 생각한다.

반면 에바 씨는 분위기가 흥겨워진다면 다소의 각색도 가능! 진실은 진실로 두고, 이야기는 즐거워야 한다고 생각한다.

……어울릴 수 없네.

“뭐, 클라라는 아무래도 좋아. 그보다도, 무슨 이야기 하고 있었어?”

“실은—.”

내가 렘런트의 기적에 관해 이야기하자, 에바 씨는 강한 흥미를 보였다. 내 옆에 앉아서 얼굴을 내밀며 열심히 이야기를 들었다.

그러자—.

“……좋네.”

“네?”

“그런 이야기, 나는 좋아해. 임금님을 두들겨 팼다는 점도 좋아. 의장이라 불리는 남자가 실은 누구보다도 임금님을 미워했다! 응, 흥겨워지네!”

진실을 원하는 클라라 씨는 믿어주지 않는데, 이야기를 과장하는 에바 씨는 3대의 진실을 좋아하는 모양이다.

3대도 곤혹스러워했다.

『……어라아?』

에바 씨는 내 양어깨를 잡았다.

“저기, 좀 더 이것저것 들려줘. 라이엘이 아는 이야기를 듣고 싶어. 오늘은 마구마구 이야기하자.”

눈이 진심이었다.

엘프는 새로운 화제나 모르는 이야기에 강한 흥미를 보인다고 들었다.

에바 씨를 보면 납득할 수 있다.

클라라 씨는 자리에서 일어나 방으로 돌아갔다.

"그럼 저는 이만."

그런 클라라 씨에게 에바 씨가 말을 걸었다.

"너도 가끔은 외출해야지. 책만 읽고 있으면 건강에 안 좋아."

"……어제는 장을 보러 갔었으니까요."

그렇게 말하며 계단을 올라간 클라라 씨는 조금 화난 것처럼 보였다.

어째서지?

4대가 한숨을 내쉬었다.

『라이엘은 정말로 안 되겠군요. 성장해서도 여성 대하는 법에는 진보가 없어요.』

6대가 웃었다.

『풋풋하지 않습니까! 뭐, 한동안 지켜보기로 하고, 문제는 에바입니다.』

에바 씨가 나를 보고 조마조마하고 있다.

"라이엘, 빨리 이야기 들려줘. 응? 빨리!"

흥분해서 얼굴이 빨갛게 물들었다.

조금 두근두근하다.

"아니, 그게—."

내가 곤란해하고 있는데, 과자를 든 샤논이 나타났다.

"하아, 남은 과자도 이것뿐인가. 사러 가야 하는데 바깥은 춥고, 눈으로 노는 것도 지겨워졌어."

그런 소리를 하고 있지만, 바로 최근에도 모니카와 함께 눈으로 놀고 있었다. 나도 잠깐 끼었는데…… 하루 종일 놀고, 다음 날도 놀려고 하던 녀석이다.

"너는 정말로 자유롭네."

아침부터 내가 말을 거는 게 싫었는지 「캑!」 하는 소리가 나왔다.

에바 씨가 샤논을 봤다.

"왜 과자를 들고 왔어? 방에서 먹으면 되잖아."

샤논이 어깨를 떨궜다.

"……언니가 약 조합을 시작했어. 그리고 요즘 과자를 먹고 어지르는 게 심해졌다며 화내서."

"그야 화내겠지."

당연하다고 하자, 샤논이 나를 노려봤다.

"너 정말로 시끄럽네."

"네가 얼간이인 거야. 미란다 씨에게 이른다?"

"……알았어. 과자 나눠줄 테니까 대화로 해결하자."

"과자로 낚을 수 있다고 생각하지 말라고."

나와 샤논의 대화를 보던 에바 씨가 키득키득 웃었다.

"왜 그러시죠?"

에바 씨는 나를 보며 미소 지었다.

“라이엘, 마치 어린애 같네. 왠지 그게 본래 상태처럼 보여. 나이가 가까운 남매라고나 할까? 두 사람 다 겉보기보다는 어리다는 느낌이네.”

그 말을 듣고 항의하려 하자, 역대 당주들도 동조했다.

『아~ 이해해.』

『확실히 라이엘은 나이에 비해 어려 보이죠.』

『샤논과 부딪칠 때는 기운차니까.』

『정신 연령이 가까운 게 아닐까요?』

『좀 더 어른이 되어야 한다. 여동생 같은 샤논에게는 다정하게 대해줘라.』

……나는 여동생이라는 존재가 싫어.

샤논이 에바 씨에게 항의했다.

“나는 라이엘보다 누나야! 나이는 몰라도, 이 녀석보다는 빠릿빠릿하다고!”

“사람을 언제나 기둥서방이라 부르면서, 오히려 네가 기둥서방처럼 빌붙고 있잖아! 그런 너보다 못났다는 식으로 말하지 마!”

서로 노려보자, 샤논이 과자를 테이블 위에 올려놨다.

그리고 천천히 사나운 참새의 자세를 잡았다.

“……너, 진심이냐. 진심으로 붙어보려는 거냐!”

샤논은 진심이었다.

모니카에게 무예를 배우는 우리는, 말하자면 동문이다. 동문이기에, 샤논이 진심이라는 걸 바로 알 수 있었다.

나도 진지하게 말했다.

"덤벼봐. 오늘이야말로 짓뭉개줄 테니까."

나도 사나운 참새의 자세를 잡자, 에바 씨가 깔깔 웃으며 소파를 두드렸다.

"두 사람 다 최고야! 그 진지한 표정이 좋네. 얼빠진 것처럼 보이는데 진지한 것도 포인트 높아."

나와 샤논이 에바 씨를 봤다.

"나는 진심이라고!"

"나는 진심이야!"

그걸 들은 에바 씨는 배를 잡고 웃었다.

"안 되겠어. 배가 아파!"

정신이 들자, 여관 종업원이나 손님도 우리를 보고 웃었다.

나와 샤논은 서로를 노려보면서 승부에 들어가려고 했는데—.

"……뭘 하시는 건가요? 라이엘 님."

1층으로 내려온 노웸에게 들키고 말았다.

"노웸!"

"라이엘 님, 다른 손님들에게 폐가 되잖아요. 여기서 날뛰는 건 그만둬주세요."

"아, 예. 그럼 밖에서—."

창문을 통해 밖을 보자, 오늘도 눈이 내리고 있었다. 바람이 강하고, 눈이 옆으로 흘러가서 시야가 좋지 않다. 밖에 나가서 싸우기에는…… 어울리지 않는 날씨다.

내가 자세를 풀자, 샤논도 자세를 풀었다.

마찬가지로 밖에 나가서까지 싸우고 싶지는 않다고 생각한 거겠지.

노웸이 어이없어하며 한숨을 내쉬었다.

"에바 씨도 보고 있지만 말고 싸움을 말려주세요."

노웸이 주의를 주자 에바 씨는 사과했지만…… 웃고 있었다. 도저히 반성한 것처럼 보이지 않는다.

"미안해. 그래도 재미있어서."

"그래도 말려주세요."

"그치만, 요즘 밖에 나가지 못해서 재미없는걸. 아~아, 어딘가로 나가고 싶어."

소파에 누운 에바 씨는, 노웸이 행실이 불량하다며 주의를 주자 다시 일어났다.

그리고는 샤논을 보며 말했다.

"맞다! 두 사람, 다음에 나랑 같이 외출하지 않을래? 너희하고 나가면 여러모로 즐거울 것 같아."

"뭐~? 내가 이 녀석하고? 뭐, 짐꾼으로 써줄 수는 있을지도 모르겠네."

"자기 짐 정도는 알아서 들어."

"너, 정말로 나한테 다정하지 않네. 여자를 다정하게 대해주는 게 남자잖아."

"아니, 너를 여자로 생각한 적은 없거든."

샤논의 이마에 푸른 핏대가 떠오르더니, 내 무릎을 걷어찼다.

"아얏!"

"바~보!"

예전과는 다른 날카로운 발차기는 아무튼 아팠다. 얼마 전까지는 체력 부족이라 아무것도 못하던 녀석이었는데, 좋은 움직임을 보여주게 되었다.

과자를 들고 2층으로 도망치는 샤논을 보내주자, 노웸이 내게 야단을 쳤다.

"라이엘 님, 조금 더 친하게 지내주세요."

"아니, 그치만……."

어째서인지 그 녀석과는 싸우게 된다.

상성이 나쁜 게 아닐까?

그런 우리에게 에바 씨가 「상관없잖아」라고 말했다.

"두 사람은 사이가 좋으니까 싸우게 되는 거야."

나는 그 말에 납득하지 못해서 에바 씨에게 의심 어린 시선을 보냈다.

"어라, 나를 의심해?"

시선을 돌리자, 에바 씨는 어쩔 수 없다는 표정을 지었다.

"그렇게 우리에게는 별로 맨얼굴을 보여주지 않네. 아직도 노웸과 샤논 말고는 씨를 붙이고 있고. 나머지는 모니카 정도?"

그렇게 말해도, 저기…… 곤란하다.

—그날 밤.

노웸은 왕도에 있는 월트 저택을 찾았다.

궁정 귀족인 월트 가가 대대로 살던 집이 팔리게 되었다고 들어서 발을 옮긴 것이다.

건물은 해체가 진행되고 있었고, 예전과는 다른 경치가 보였다.

"친가에 전해야겠네요."

집을 뛰쳐나와 라이엘을 쫓아온 노웸이지만, 방치할 수 없다고 보고 연락을 넣기로 했다.

후드 달린 로브를 착용하고 눈이 내리는 거리를 걸었다.

밟은 눈이 소리를 냈다.

"같은 월트 가라도 이렇게나 다르면 언어도단이네요."

노웸은 혼잣말을 중얼거리며 무표정하게 눈 위를 걸었다—.

—왕도의 어느 술집.

그 근처 골목에서, 리오넬은 3인조에게 폭행을 당하고 있었다.

"웃기고 있어!"

"사기를 쳐서까지 이기고 싶은 거냐!"

"덤으로 싸움까지 걸다니 바보냐?"

폭행을 당하는 건 리오넬이었지만, 여기에는 이유가 있었다.

3인조와 포커를 했는데, 리오넬이 사기를 쳤다. 부정행위는 바로 밝혀졌고, 격노한 3인조가 항의하면서 리오넬은 술집에서 쫓겨났다.

그 후, 3인조가 나오는 것을 기다린 리오넬이 습격했다.

3인조에게도 얻어맞은 흔적이 보였다.

"가자."

"이 녀석, 요즘 평판이 안 좋은 기사 아냐?"

"그러고 보니 그런 소문도 있었지."

3인조는 떠나갔다.

리오넬은 진흙에 더러워진 눈 위에 엎어져 있다가 몸을 돌려 하늘을 올려다봤다.

"……젠장."

입 안이 찢어져서 입가에 피가 흘렀다.

너덜너덜한 옷은 며칠이나 입고 있던 것이다.

카지노에서 재산을 날려 토벌대에서 받은 보수를 모조리 쓰고 말았다.

집도 팔고, 가지고 있던 훈장도 전당포에 넘기고…… 그렇게 얻은 돈도 다 써버렸다.

가족에게는 질책을 들었지만, 그럼에도 리오넬은 도박을 그만두지 않았다.

돌아오고 나서 사람이 달라졌다는 말을 듣게 되었고, 말을 걸어오는 친구도 없어졌지만— 그럼에도 리오넬은 웃었다.

"아~아, 져버렸네. 앞으로 어떻게 할까."

히죽히죽 웃으며 남에게서 빼앗을까 고민하던 차에 목소리가 들렸다.

"……너, 리오넬?"

리오넬이 상반신을 일으키자, 그곳에는 짐을 한 손에 든 아리아의 모습이 있었다.

"어, 아—."

"다쳤어? 잠깐 기다려."

손수건을 꺼낸 아리아는 리오넬의 피를 닦아줬다. 아리아 뒤에 선 소피아는 고개를 갸웃했다.

"아는 사이인가요?"

"……토벌대 때 같은 반이었어."

"아~ 그래서."

소피아는 납득한 모양이었다.

소피아는 리오넬이라는 걸 알아채지 못했다.

아리아는 조금 슬픈 표정을 지었다. 히포그리프 토벌대에 참가한 리오넬은 아리아의 반에 있었지만, 적전 도망을 저질렀으니까.

리오넬은 아리아에게만큼은 지금의 모습을 보여주고 싶지 않았다.

"술 냄새가 나네. 더러운 부분도 눈에 띄고."

아리나는 리오넬을 걱정하며 말했다.

"……하고 싶은 말은 이것저것 있지만, 성실하게 노력해야지. 모처럼 살아남았으니까."

아리아는 손수건을 리오넬에게 건네고 그 자리에서 떠나려 했다.

"자, 잠깐만!"

아리아와 소피아가 돌아봤다.

리오넬은 일어나서 손수건을 움켜쥐었다.

"지금은 이런 상태지만, 분명…… 아니, 반드시 더 높은 곳에 올라갈 거야. 출세할 거라고!"

아리아는 미소를 지었다.

"그래. 열심히 해."

등을 돌리며 손을 흔든 아리아를 소피아가 쫓아갔다.

리오넬은 피로 더러워진 손수건을 코로 가져가서 냄새를 맡았다.

"……아리아의 냄새야. 기다려. 반드시 맞이하러 갈 테니까."

어두운 미소를 지은 리오넬은 아리아의 등이 보이지 않게 될 때까지 응시했다—.

눈이 내리는 바람에 우리는 왕도에서 나가지 못하고 있었다.

랄프 씨의 보복을 경계했지만, 아무래도 움직임은 보이지 않는다.

근처에 감시를 두고 있지도 않고, 속았는데도 아무런 간섭을 해오지 않는다.

"오히려 꺼림칙하네."

눈이 쌓인 왕도를 걸으면서 주변에 신경을 쏟았지만 조용했다.

옆을 걷는 모니카는 나와 외출한 것이 기쁜지 싱글벙글 웃고 있다.

"치킨 자식과 데이트라니 최고네요. 눈 내리는 왕도라는 것도 그윽하고, 저도 행복 메모리가 늘어나서 따끈따끈해요."

"행복 메모리?"

"치킨 자식과의 사랑을 엮은 기록이라고 생각해주세요."

"흐~응. 잘됐네."

"차가워! 치킨 자식이 눈보다 차가워! 그래도 그런 치킨 자식도 정말 좋아해요."

모니카는 무슨 소리를 들어도 기뻐하는지라, 나는 어이없어할 수밖에 없었다.

화제를 바꾸기로 했다.

"데미언은 아직 왕도에 있어?"

"갑자기 화제를 바꿨네요. 뭐, 상관없지만요. ……데미언 교수는 왕도에 머물고 있어요. 아무래도 만들던 도구가 완성되지 않나 보더라고요. 그 양산품과 함께 왕도 밖에 있는 포터에서 숙박하고 있어요."

데미언이 만든 포터는 내 것보다 매우 컸다.

모니카의 말로는 「덤프카」라고 하는데, 릴리 씨가 메인으로 완성시켰다고 한다.

포터의 설계도를 써서 단기간에 만들어낸 데미언이나 릴리 씨도 굉장하다.

"한번 보고 싶네."

"훗, 저와 치킨 자식이 힘을 합친 사랑의 결정체인 포터 정도는 아니에요. 그나저나, 왕도의 낌새가 이상하네요."

모니카가 두리번두리번 주변을 봤다.

"이상해?"

"네. 밖에 나올 때 소문을 이것저것 모아봤는데, 반세임 왕국의 왕태자 전하가 다른 나라 공주와의 약혼을 파기했다고 하네요. 그리고 바로 새로운 약혼자가 나왔다는 소문도—."

"……거짓말이지?"
내가 중얼거린 뒤, 역대 당주들도 아연실색했다.
『약혼 파기? 무슨 일이 있었나?』
『일반적으로는 생각할 수 없는 일이군요.』
『어지러워지겠어.』
『어지러워지겠군요.』
『……잠깐만요. 내가 살아있을 무렵에 왕태자 전하의 약혼자 후보는 판바이유 왕국의 공주였을 텐데요?』
판바이유 왕국.
반세임 왕국의 서쪽에 위치한 대국으로, 예전에는 격하게 싸우던 나라다.
양가가 혼인을 맺는 흐름이 된 이유는 나도 모르지만, 약혼 파기라니 이상하다는 말밖에 할 수 없었다.
"야, 그 이야기 사실이야?"
"사실이에요. 단지, 이상한 건 지금부터예요. 왕도 주민들은 그걸 받아들이고 있는 모양이에요. 떠들썩거리지도 않고, 오히려 밖에서 온 상인들이 사실을 알고는 당황하고 있다는 인상이었어요."
왕도 주민들은 훨씬 불안하게 생각하더라도 이상하지 않다.
약혼 파기가 원인이 되어 전쟁이 벌어지면 주민도 무관계하지 않게 되니까.
"그러고 보니, 클라라 씨가 묘하게 신경 쓰인다고 말했던 것 같은데……."

모니카는 자기가 입수한 소문 이야기를 내게 해줬다.

"어렴풋한 정보라서 그동안 귀에 들어오지 않았지만, 판바이유 왕국의 공주는 왕도에 머물고 있다고 해요. 약혼이 파기되었는데 여전히 질질 끌면서 눌러앉아 있는 것도 이상한 이야기 아닐까요?"

"……이상, 하지?"

내가 당혹스러워하고 있는데, 3대가 즉답했다.

『당연히 이상하지. 뭔가 뒷사정이 있는 걸까?』

4대도 신경이 쓰이는 모양이다.

『조사해보고 싶습니다만, 지금의 라이엘이 왕가의 공주와 면회하는 건 무리겠죠.』

……6대가 미묘한 목소리를 냈다.

『아~ 안 돼. 월트 가는 판바이유 왕국의 공주와는 만나지 않는 게 좋아.』

7대가 동의했다.

『맞습니다.』

내가 보옥을 움켜쥐자, 7대가 웃었다.

『라이엘, 나와 6대는…… 판바이유 왕국과 싸운 적이 있다.』

……그거 확실히 거북하겠네.

그러나 여기서 끝이 아닌 것이 6대와 7대였다.

『판바이유 왕국의 선대, 혹은 선선대에 영웅적인 왕이 있었지. ……전장에서 내가 쓰러뜨렸다.』

『참고로 나는 그 아들을 너덜너덜하게 만들어 쫓아냈다. 영지도 마구 빼앗아왔지.』

두 사람은 그립다는 듯이 이야기했다.

『그 녀석은 강했다. 반세임 왕국에 쳐들어와 이름난 기사들을 차례차례 쓰러뜨리고 왕도 센트럴 근처까지 쳐들어왔지. 그야말로 영웅이라 부르기에 어울리는 남자였지만…… 내가 더 강했다.』

나는 머리를 감싸 쥐었다.

『나 때도 그쪽에서 쳐들어와서 말이다. 영지를 되찾았다며 기뻐하던 그 녀석들을 격퇴하고 오히려 영지를 크게 빼앗아왔지. 어떠냐, 라이엘. 할아버지는 굉장하지?』

손주에게 자랑하는 7대는 무시하고.

2대 연속으로 월트 가가 판바이유 왕국을 흠씬 두들겨 팼다.

그렇다면 확실히 만날 수 없겠네. 아니, 만나고 싶지 않다.

—바이스령.

월트 가의 본거지인 대도시에서 귀족으로 보이는 여행 집단이 문을 지나 출발했다.

몇 대의 호화로운 마차를 많은 짐마차와 병사들이 둘러싸고 있다.

말을 탄 기사도 많고, 문 근처에는 배웅하는 민중들의 모습도 있었다.

월트 가의 8대 당주인【마이젤 월트】는 호화로운 마차 안에서 가족과 함께 향후의 일을 이야기했다.

"나 참, 왕도를 오가는 건 힘들군."

아내인 【클레어 월트】는 옆에 앉은 【세레스 월트】의 옷을 매만졌다.

"몇 번이고 불러내는 왕궁의 행실도 화가 나네요. 자, 세레스는 움직이지 마렴. 옷에 주름이 잡히잖니."

미소를 지으며 딸의 복장을 다잡는 아내를 본 마이젤도 웃었다.

"너희도 이제 곧 이 성가심에서 해방될 거다. 조금만 참아라."

어머니에게 어리광을 부리던 딸이 고개를 갸웃하며 마이젤을 바라봤다.

"저희 둘만요?"

마이젤은 유감스럽다는 듯이 끄덕였다.

"아무리 그래도 나까지 영지를 비울 수는 없으니 말이다. 세레스를 왕도에 보내주고 나서는 돌아와야겠지. 하지만 걱정하지 마라. 클레어는 세레스와 함께 있을 테니. 왕도에 있는 월트 가 저택은 너희를 위해 다시 지었으니 쾌적할 거다."

세레스는 불만스럽게 입술을 삐죽였다.

"싫어요. 아버님하고도 함께 있고 싶어요."

토라진 세레스에게 곤란해하면서도 기쁜 표정을 지은 마이젤은 설득하듯이 말했다.

"하지만 영지를 방치할 수는 없으니 말이다. 뭐, 한동안 나도 머물 거다. 귀여운 『외동딸』인 세레스의 멋진 모습을 봐야 하니까."

클레어가 입가에 손을 대며 미소 지었다.

“그래. 소중한 외동딸이니까.”

……이미 두 사람의 마음속에서 아이는 세레스뿐. 라이엘의 화제는 전혀 나오지 않았다.

방약무인한 세레스지만, 부모 앞에서는 귀여운 딸이다.

불만스럽게 고개를 수그렸지만—.

“행삿날에는 꼭 제게 와주세요. 아버님이 안 계시면 싫어요.”

“그건 아버지로서 기쁜 말이구나. ……약속하마, 세레스. 너의 행사에는 무슨 일이 있어도 달려올 거다.”

미소를 지은 세레스는 나이에 맞는 소녀다운 표정이었다.

라이엘이나 다른 사람에게 보이는 태도를 부모에게는 절대 보이지 않는다.

정말로 행복한 가족의 모습이 그곳에 있었다.

단지, 그 가족의 고리 안에서 라이엘이 있을 곳은 없었다—.

제83화 판바이유의 공주

세상은 어째서 생각처럼 되지 않는 걸까?

판바이유 왕가가 소유하는 저택에 호출받은 나는 미란다 씨와 노웰을 양옆에 앉히고 홍차를 마시고 있었다.

뒤에는 모니카가 대기하고 있다.

눈앞에서 홍차를 마시는 여성은 【리안 판바이유】— 판바이유 왕국의 공주이며, 반세임 왕국 왕태자 전하의 전 약혼자다.

옅은 핑크색의 긴 머리를 땋아서 위로 올려 묶었다.

피부는 하얗고, 머리색과 같은 핑크색 눈동자로 나를 바라보고 있다.

오프숄더식의 프린세스 드레스를 입고 있어서, 귀여움이 느껴지는 공주님이라는 이미지다. 살짝 부풀어 오른 가슴은 작지도 않고 크지도 않다.

단지, 조금 야윈 것처럼 보인다.

화장으로 감추고 있었다.

……어째서 내가 판바이유 왕국 공주와 마주 보고 앉아있느냐면, 원인은 미란다 씨에게 있다.

리안 왕녀가 미란다 씨에게 시선을 돌리며 미소 지었다.

"오랜만이네, 미란다. 그나저나, 우수한 당신에게도 결점을 찾았어. 남자 취미는 나쁜가 봐."

5대가 어이없어했다.

『이 공주님, 갑자기 비아냥거리고 있는데. 너무 미워하는 거 아냐?』

미워하더라도 어쩔 수 없다.

월트 가는 그만한 일을 했으니까.

미란다 씨가 어깨를 으쓱했다.

"이래 봬도 보는 눈은 있다고 자부하고 있어요. 그보다도, 소문을 듣고 놀랐어요."

"나도 당신이 모험가가 되었을 줄은 몰랐어."

두 사람은 서로 웃고 있지만, 나는 조금도 즐겁지 않았다.

미란다 씨는 왕도에서 리안 왕녀와 안면이 있는— 아니, 몇 번 다과회에 초대받은 사이라고 한다.

그런지라 미란다 씨가 소문을 조사하던 중에, 리안 왕녀 쪽에서 접촉해왔다.

주변에 있는 기사, 고용인이 나를 노려보고 있다.

내가 월트 가 사람이라는 걸 알고 살의를 보내는 것이다.

위가 욱신욱신 아프다.

리안 왕녀가 다시 내게 시선을 보냈다.

"……그럼, 폐적됐다고 해도 당신은 그 월트 가의 피를 이은 사람이야. 판바이유 왕국과의 악연은 알고 있어?"

우후후 웃으면서 터무니없는 이야기를 던져왔다.

나는 이 자리에서 도망치고 싶었다.

"선대, 그리고 선선대와 여러 일이 있었다고 들었습니다."

"맞아. 여러 일이 있었지. 나의 조부님은 당신의 선조인 파인즈 월트에게 쓰러졌어. 판바이유의 영웅이었던 조부님을 쓰러뜨리다니, 굉장한 분이었겠지."

나는 손을 떨었다.

보옥 안에서는 『이야~ 쑥스럽네』라며 느긋하게 웃는 6대의 목소리가 들린다.

그래도 그 6대는 여러모로 문제가 많은 사람이어서…… 바깥에서 애를 만들지를 않나, 부인이 무서워서 도망치지를 않나, 측실도 만드는 등 제멋대로 사는 사람이었다.

"게다가 당신의 조부님은 내 아버지를 전장에서 쫓아다녔어. 덕분에 아버지는 여전히 악몽을 꾸신다고 해. 덤으로 두 분은 판바이유의 영지를 무척 많이 빼앗아간 모양이야."

7대가 그리워했다.

『그 애송이에게도 이런 딸이 생겼나…… 시간의 흐름이 느껴지는군.』

판바이유 왕국 국왕이 아직 젊은 시절, 7대가 전장의 혹독함을 가르쳐준 모양이다.

6대의 아츠로 조사해보니, 리안 왕녀를 제외하고 저택에 있는 인물들은— 전부 내게 적의를 드러내고 있어서 새빨갛게 표시되어 있다.

리안 왕녀만이 어느 쪽도 아닌 노란색을 나타내고 있다.

적의는 없지만, 아군도 아닌가…… 이 사람은 대체 무슨 생각일까?

노웸이 리안 왕녀에게 물었다.

"그래서, 용건이라는 건 무엇인가요?"

"……월트 가의 개는 충성심이 대단하네. 주인님이 괴롭힘 당하는 게 마음에 들지 않는 걸까?"

월트 가의 개란, 노웸의 친가인 폭스즈 가의 멸칭이다.

노웸은 반론하지 않았다.

리안 왕녀가 홍차를 마시며 이야기를 시작했다.

"보고 싶었거든. 그 여자의 오빠가 어떤 남자인지. 미란다에게 편지를 받았을 때는 놀랐어."

나는 미란다 씨를 봤다.

"……용케 이분과 친해지셨네요. 애초에 미란다 씨에게도……."

월트 가의 피가 흐르고 있는데 말이지.

미란다 씨는 의미심장하게 미소를 지었다.

"맞아. 그래서 리안 님이 내게 심술을 부리려고 일부러 다과회에 초대했던 게 계기야."

6대가 화를 냈다.

『최악의 여자로군!』

그런 6대에게 불만을 토로한 건 7대다.

『6대는 최악의 남자지만요.』

리안 왕녀도 미소 지었다.

"처음에는 그랬었어. 그래도 이야기를 나눠보니 재미있었으니까, 그 후에는 친구라고 생각하고 있고. 뭐, 미란다가 어떻게 생각하는지는 모르겠지만. 자, 그럼 내 이야기로 돌아갈까."

내가 신경 쓰이는 건, 리안 왕녀가 꺼낸 그 여자의 오빠라는 말이다.

"라이엘 공, 이렇게 면회하고 나서 알게 되었습니다. 당신은 아직 미치지 않았네요."

"네?"

"정확하게는, 그 여자— 세레스에게 미치지 않았다는 의미에요."

"역시 왕궁은 심각한 상황인가요?"

"심각해. 판바이유의 기사들이 세레스를 한 번 만나기만 했는데도 넋이 나가버렸어. 왕도에서도 세레스의 인기는 높아."

5대가 놀랐다.

『초대가 말했던 『사신(邪神)의 아이』…… 정말 틀린 말이 아닌 건가?』

사신에게 홀린 자.

사신의 아이.

시대의 틈새마다 나타나서 대륙을 혼란에 빠뜨리는 존재.

내가 중얼거렸다.

"—사신의 아이."

리안 왕녀가 놀랐다.

"어머, 알고 있었어? 맞아. 그 세레스라면 사신의 아이라고 불려도 이상하지 않지. 그 아이— 그 여자는 【루퍼스】를 내 눈앞에서 홀려버렸어."

차기 국왕으로 기대받는 왕태자— 【루퍼스 반세임】 전하를 홀린 건, 내 여동생인 세레스였다.

그 사실에 현기증이 났다.

이야기 도중, 노웰이 세레스보다도 내게 더 놀라고 있었다.

"라이엘 님, 어디서 그 이야기를?"

"어?"

"사신의 아이라는 이야기요. 어디서 들으셨나요? 보통은 연결 지을 수 없어요."

"아, 그게…… 어디였더라? 할아버님에게 들은 걸지도."

노웰이 나를 응시했다.

7대가 말했다.

『난 사신의 아이라는 건 동화에 나오는 것밖에는 몰랐다만?』

그래도 내가 알고 있다면, 그건 7대에게 들은 이야기라고밖에 말할 수 없다.

미란다 씨가 의아해했다.

"동화 속 이야기지? 사신의 아이라면 나도 들은 적이 있지만…… 세레스와 무슨 관계가 있다는 거야?"

리안 왕녀가 설명해주었다.

"동화 속에 나오는 사신의 아이는 사신에게 힘을 빌려서 장난을 치는 존재야. 하지만 옛날에는 대륙을 혼란에 빠뜨린 【아그리사】와 같은 존재를 사신의 아이라고 불렀다고 해. 라이엘 공은 잘 알고 계시네요."

미란다 씨가 납득했다.

"뭐, 연결점은 있어 보이네. 동화에서는 나쁜 짓을 저지르다가 마지막에는 사신에게 속아서 목숨을 잃는다는 이야기였는데. 원래 소재는 그거였구나."

노웸이 나를 바라봤다.

"맞아요. 그래서 라이엘 님이 세레스 님을 사신의 아이라고 부르신 건 의외였어요."

……뭔가 의심하고 있는 것 같다.

"채, 책에서 읽은 걸지도."

노웸이 나를 계속 바라보고 있었기에, 리안 왕녀에게 화제를 돌렸다.

"그, 그래서, 홀린 뒤에는 어땠나요?"

리안 왕녀가 나를 응시하고는, 서서히 내게 적의를 보냈다. 6대의 아츠가 그녀의 적의가 부풀어 오르고 있다는 것을 알려주었다.

머릿속에 보이는 저택의 지도— 내 눈앞에 배치된 광점이 노란색에서 붉은색으로, 그리고 더욱 붉고 활활 타오르는 붉은색으로 변했다.

살기가 부풀어 오르는 것을 알 수 있었다.

모니카가 움직이려 했다. 동시에 주변에서 대기하는 기사들도 검을 뽑기 위해 손을 댔고—.

"……그 후에 바로, 세레스의 말에 따라 루퍼스가 약혼을 파기했어. 그건 몇 번째 연회였을까? 사교계에 나온 세레스가 센트럴에 찾아올 때마다, 루퍼스는 마음이 흐트러졌어."

처음에는 마음에 걸리는 정도.

그러나 두 번째부터…… 왕태자 전하는 세레스를 사랑하게 되었다고 한다.

세 번째에는 세레스를 사랑한다고 리안 왕녀 앞에서 고백했다는 모양이다.

……까놓고 말해서 이상하다.

"그 세레스에게 두 번이나 저항한 걸 칭찬해주고 싶을 정도야. 그래서 지금도 나는 루퍼스가 눈을 뜨지 않을까 해서 이곳에 남아있었어. 하지만, 이제 그것도 끝이야. 시간 초과지."

"시간 초과?"

"나라에서 돌아오라는 지시가 내려졌어. 앞으로 바빠지겠네."

5대의 말에 가슴이 아려왔다.

『작은 분쟁으로는 끝나지 않겠는데. 세레스 한 명 때문에 대체 얼마나 많은 사람이 죽을지 알 수가 없겠어.』

판바이유와의 국경에서 전쟁이 시작될 것이다.

세레스 때문에 수많은 사람이 죽게 된다.

리안 왕녀가 나를 바라봤다.

빛이 사라지고, 어두컴컴한 무언가가 깃든 눈동자가 나를 바라보고 있다.

"용케 미치지 않고 있네. 아니, 어쩌면 나도 모를 만큼 미쳐버린 걸까? 세레스 주변에 있는 인간은 누구도 멀쩡하지 않았어."

멀쩡하지 않았다는 말을 듣자, 7대가 깨달았다.

『……마이젤과 클레어조차도 세레스에게 미쳐버렸다는 건가.』

어린 시절의 기억 속에 있는 두 사람과, 집에서 쫓겨나기 전 현실의 두 사람.

너무나도 달랐던 건, 세레스에게 미쳐버려서?

가슴을 누르자, 미란다 씨가 내 어깨에 손을 올렸다.

"잠깐, 괜찮아?"

노웰도 마찬가지다. 나를 걱정하면서, 주변을 향한 경계를 높였다.

리안 왕녀는 고개를 수그리며 살짝 웃었다.

입가밖에 보이지 않지만, 입꼬리를 든 얼굴에서는 귀여움이 아니라 광기가 느껴졌다.

"어머, 실례. 경계하게 만든 모양이네."

적의가 서서히 사라지고, 광점의 색이 붉은색에서 노란색으로 돌아갔다.

"……나라로 돌아가면, 나는 미묘한 대접을 받겠지. 약혼자를 빼앗긴 얼간이 공주가 되려나? 아무튼, 환영받지는 않을 거야."

돌아가더라도 미묘한 대접.

남아봤자 의미가 없다.

리안 왕녀는 우리에게 판바이유의 상황을 말해줬다.

"재미있는 걸 가르쳐줄게. 내가 예전에 나라로 돌아갔을 때의 이야기야. 나는 줄곧 세레스의 이상한 점을 전해왔지만, 아무도 믿어주지 않았어. 아츠로 사람을 현혹시켰더라도, 그런 결과는 있을 수 없다면서."

미란다 씨가 의구심을 가졌다.

"거짓말이죠? 그치만, 실제로 그렇게까지—."

"굉장하다니까. 이웃나라조차도 이상함을 알아채지 못하고 있어. 내가 무능해서 약혼이 파기됐다고 말하는 귀족들은 있어도, 세레스를 위협적이라고 생각하지는 않는 것 같아. 기껏해야 경국(傾國)의 미녀 정도일까? 반세임의 국력이 떨어진다면 오히려 좋다는 정도의 인식이야."

세레스가 이렇게나 이상한 모습을 보여주고 있는데, 주변 나라는 고사하고 국내에서조차 위기감이 없었다.

4대가 고민에 잠겼다.

『판바이유가 얕보고 있다? 아니, 그런 건 아니겠죠. 이 경우…… 세레스에게 그런 능력이 있거나, 단순히 접촉한 자가 농락당하거나 호의를 품었기 때문이겠죠. 이야기가 전해질 때 구전만으로는 믿어주지 않고, 세레스와 접촉한 인간에게 이야기를 들으면 세레스에게 유리한 발언밖에 나오지 않는 걸지도 모릅니다.』

3대가 한마디로 정리했다.

『으~음, 성가시다는 말이네.』

리안 왕녀가 우리를 보며 살며시 웃었다.

"앞으로 반세임은 어지러워질 거야. 도망친다면 최악이라도 국외를 추천해. 그러지 않으면 큰일이 벌어질 거야."

미란다 씨가 리안 왕녀에게 물었다.

"리안 님이 그렇게 판단하셨다면 틀림없을지도 모르겠네요. 그래서, 앞으로 예정은 어떠신가요?"

"눈이 녹으면 저택을 나갈 거야. 여기에는 두 번 다시 돌아오지 않거나, 돌아오더라도 판바이유가 센트럴을 함락시키는 날이겠지."

6대가 나도 알 수 있도록 이야기를 정리해줬다.

『즉, 판바이유는 세레스에 의해 혼란에 빠질 반세임을 지켜보겠다는 건가. 경우에 따라서는 쳐들어와서 왕도를 노리려는 의도가 있는 모양이군.』

7대가 씁쓸하게 말했다.

『국경이 인접한 나라가 두고 보지는 않을 겁니다. 국내에 머무는 건 위험하겠군요.』

5대도 강한 흥미를 보였다.

『궁정 귀족은 몰라도, 영주들이 어떻게 생각할지도 신경 쓰이네. 라이엘, 자세한 이야기를 들어봐.』

"리안 님. 반세임 국내에 있는 영주 귀족들의 낌새는 아시나요?"

"신경 쓰여? 당신이 알아봤자 의미는 없어 보이지만, 재미있으니까 가르쳐줄게. 먼저, 세레스에게 심취한 영주 귀족들이 있어. 얕보는 이들도 많고. 이 두 개의 그룹이 대부분이야. 일부는 경계를 강화하고, 왕궁에도 항의하고 있어."

멀쩡한 영주도 있어 보이지만, 항의하더라도 지금의 왕궁은 들어주지 않는 것 같다.

"이상한 점을 알아채고 움직이지 않는 영주도 많네. 상황을 살피기 위해 지금은 관망을 결심한 것 같아. 내가 보기에는, 귀족들이 모여서 세레스를 치는 건 무리야."

5대가 이야기를 듣고 납득했다.

『그렇겠지. 판단을 고민하는 녀석들도 많겠어.』

3대도 동의했다.

『여차할 때는 타국으로 전향하는 영주도 나올 것 같네. 이거 어지러워지겠어.』

뭐라 말할 수 없는 감정이 내 마음을 지배했다.

가슴이 묘하게 답답했다.

4대가 나를 신경 쓰면서 말했다.

『……라이엘이 기억을 잃은 것도, 혹시 세레스와 관련이 있는 게 아닐까요?』

7대가 격하게 동의했다.

『충분히 있을 법합니다. 마이젤과 클레어 두 사람이 미쳤다면, 무슨 일이 일어나더라도 이상하지 않아요. 하지만 그러면 한 가지가 신경 쓰이는군요. 세레스는 라이엘을 미워하고 있던 것 아니었습니까?』

역대 당주들은 세레스가 나를 미워하고 있다는 걸 안다.

내가 전부 이야기했으니까.

그러나 여기서 하나 신경 쓰이는 건, 방약무인— 왕태자도 농락할 정도인 세레스가 어째서 나를 방치한 건가 하는 것이다.

죽일 만큼 미워하고 있었을 거다.

자기 손을 더럽히고 싶지 않았다? 아니, 그 녀석과 싸울 때는 확실히 살기를 느꼈다. 살인을 주저하는 녀석도 아니다.

……어째서 나를 방치하고 있지?

기억이 없는 것과 관련이 있나?

모든 것을 알 수 없었다.

리안 왕녀가 미소를 없애고, 조금 슬픈 표정을 지었다.

"……나라로 돌아가면 나는 독자적으로 움직일 거야. 나를 버린 루퍼스도 용서할 수 없지만, 그 이상으로 그 여자를 용서할 수 없어. 나라로 돌아가면 나는 공주가 아니라 출가했다 돌아온 대접을 받을 테니, 여러모로 바빠지겠네."

약혼 파기를 당한 리안 왕녀에게 잘못은 없지만, 주변에서는 그렇게 보지 않는다. 출가했다 돌아온— 약혼이 파기되어 돌아온 여자라고 멸시하는 사람도 나올 거다.

그녀는 자국으로 돌아가도 마음 편히 있을 수 없다.

아니, 본인이 마음 편히 있을 생각이 없다.

가슴 속에 품은 복수심을 불태우며 뭔가 할 작정인 모양이다.

"오늘은 이야기를 나눠서 다행이야. 다시 만나자는 말은 할 수 없지만, 서로 전장에서 재회하는 일은 피하고 싶네."

이야기가 끝나고, 우리는 저택을 나왔다.

—보옥 안.

라이엘을 뺀 역대 당주들이 대화를 나눴다.

4대가 곤란한 듯 안경 렌즈를 닦았다.

『자, 그럼 어떻게 할까요.』

6대는 팔짱을 끼고 진지한 표정을 지었다.

『예전의 라이엘은 손도 발도 내밀지 못했다고 하던데, 지금의 라이엘이 이길 수 있을지가 문제군요.』

7대는 이마를 손으로 누르며 고뇌에 잠겼다.

『남매가 살육전을 벌이기를 바라지 않는다는 말은, 물러터진 생각이겠지요.』

7대의 입장에선 두 사람 모두 귀여운 손주다.

라이엘과 세레스가 싸우는— 살육전을 벌인다는 건 생각하고 싶지 않은 것이리라.

3대가 어깨를 으쓱했다.

『얽혀봤자 문제밖에 일어나지 않을 테니, 이대로 외국으로 가면 돼.』

5대는 외국이라는 말을 듣고 바로 베임을 떠올렸다.

반세임 왕국의 동쪽에 위치하는 베임은 중간에 나라 몇 군데가 끼어있기에 도망치기에는 적합해 보였다.

『반세임의 동부에는 몇 번 발을 들인 적이 있는데, 베임의 이야기를 자주 들었지. 교역으로 번창하는 대도시라던데. 모험가도 많지만, 권력을 쥐고 있는 건 상인이라고 하더라.』

3대가 의문이 든 모양이었다.

『동부에 뭔가 볼일이라도 있었어?』

『……아내들이 동부 출신이야.』

5대— 프레더릭스는 다섯 명의 여성을 곁에 두었다. 그래서 후세에는 호색하다고 전해진다.

정실, 측실, 모두 동부 출신이었다.

4대가 그리워했다.

『동부는 무예가 번성하던 지역이었죠.』

3대가 고개를 갸웃했다.

바이스령은 반세임 왕국의 남부에 있다.

동부와 교류가 있는 게 의아했던 것이리라.

『뜻밖이네. 할머니는 북부 출신이고, 어머니도 동부와는 인연이 없었어. 파세트도 동부 출신은 아니었고.』

5대가 당시의 일을 이야기했다.

『그 시절에는 동부에서 여러 일이 있어서, 피난을 온 귀족이 많았거든.』

4대가 5대를 노려봤다.

『확실히 여러 일이 있었지요. 정말로「여러」일이.』

두 사람은 그 이상 이 화제를 건드리지 않았다.

3대가 이야기를 되돌렸다.

『세레스라는 아이는 주변에 주는 영향력이 크고 라이엘보다 강해. 이건 확실한 정보야. 미란다도 이기지 못했다고 말할 정도니까, 정말로 강하겠지만…… 어떻게든 할 수 있을지도 몰라.』

어떻게 하느냐에 따라서는 대처할 수 있지 않을까?

그런 3대의 말에 5대가 달려들었다.

『얽히지 말자고 한 건 너잖아. 확실히 싸울 방법은 있을지도 모르지만, 우리는 세레스를 모르니까 판단하기 곤란해.』

전원의 시선이 7대에게 모였다.

그걸 짐작한 7대가 대답했다.

『몇 번 물어보셔도 대답은 같습니다. 내가 아는 세레스는 귀여운 손녀였습니다. 아츠 같은 건 모르고, 그 후에 무슨 일이 있었는지도 모릅니다.』

7대가 살아있을 당시에는 이상하다고 불릴 만큼의 편린을 느끼지 못했다.

『……나의 기억은 보옥을 놓을 때까지. 그리고는 기억이 끊어졌으니, 그 후에 무슨 일이 있었는지는 말할 수가 없습니다.』

대체 무슨 일이 있었는가?

역대 당주들도 해답을 내지 못하고 있었다—.

그날은 매우 맑았다.

길을 걷자, 길가에 쌓인 눈에 반사된 빛이 눈부시다.

"오랜만에 좋은 날씨네."

에바 씨가 그렇게 말하자, 샤논이 머플러를 풀었다.

"왠지 덥고, 눈부셔."

"태양빛이 눈에 반사되는 거야."

"그래?"

에바 씨의 지식에 감탄한 샤논은 기분 좋게 길을 걸었다.

나를 더한 셋이서 밖으로 나온 이유는, 에바 씨가 예전 이야기를 떠올렸기 때문이다.

—셋이서 외출하자.

리안 왕녀의 저택에서 돌아온 나는 여관에서 고민에 잠기는 일이 많아졌다.

그런 나를 걱정한 에바 씨의 배려인 걸지도 모른다.

"라이엘은 아직 이것저것 고민하고 있어?"

신경을 써주는 것은 기쁘다.

"뭐, 이것저것요."

하지만, 여동생이— 세레스가 나라를 위기 상황으로 몰고 간다는 걸 알게 된 나는 무엇을 해야 좋을지 알 수 없게 되었다.

이대로 베임으로 도망쳐도 되는 걸까?

정말로 나는…… 이대로 있어도 되는 걸까?

해답이 나오지 않는다.

샤논이 가슴을 폈다. 굴곡도 뭣도 없는 가슴은 보고 있으면 슬퍼질 정도다.

"알고 있어. 그런 건 『바보의 고민은 쉬는 거나 다름없다』고 하는 거야. 모니카가 가르쳐줬어."

에바 씨가 웃었다.

"모니카는 재미있네. 이야기를 듣기만 해도 질리질 않아. 아~ 정말로 이 파티에 들어와서 다행이야."

두 사람 모두 웃는 얼굴이다.

4대가 나를 보며 조금 어이없어했다.

『라이엘. 두 사람에게 걱정을 끼쳐서는 안 됩니다. 좀 더 당당하게, 그리고 즐겁게 있으세요.』

두 사람을 위해 웃으라는 4대에게 그럴 기분이 아니라고 반박하고 싶었지만— 확실히, 두 사람에게 걱정을 끼칠 수는 없다.

"……오늘은 어디로 가죠?"

내가 화제를 던지자, 샤논이 양손을 흔들며 어필했다.

"나! 나나나~! 나는 노래를 듣고 싶어! 여러 이야기도!"

그런 샤논에게 에바 씨가 뺨을 부풀렸다.

"내 노래로는 부족하다는 거야?"

"연습이 아니라, 제대로 된 곳에서 듣고 싶다고!"

무대라도 보러 가고 싶다는 건가?

샤논은 고개를 수그렸다.

"그게, 지금까지 그런 곳은 가본 적이 없어서."

왕도에서 눈이 보이지 않았던 샤논은 연금 생활을 강요당해왔다. 바깥에 나갈 수가 없었던 거다.

에바 씨가 「그렇다면」 하고 말했다.

"그럼 엘프가 모이는 술집에 초대해줄게. 그래도 아직 개점한 시간이 아니니까, 그때까지 여기저기 돌아다니자."

샤논이 한 손을 높이 들었다.

"찬성! 아, 라이엘은 짐꾼이야."

"……너, 내가 그렇게 싫냐?"

샤논은 히죽 웃으면서 고개를 끄덕였다.

셋이서 왕도를 돌았다.

포장마차에서 군것질을 하고, 가게를 들여다보며 물건을 구입했다.

샤논과 싸우고, 과자 쟁탈전을 벌이고…… 어째서일까? 배려할 필요가 없어서 편했던 걸지도 모른다.

그렇게 시간은 저녁이 되었다.

슬슬 술집이 열릴 시간이다.

마지막에 들른 곳은, 액세서리를 파는 노점이었다.

에바 씨와 샤논이 들여다봤다.

“에바 씨도 흥미가?”

이런 말을 하기는 그렇지만, 비싼 물건을 다루는 곳은 아니다. 그런데도 에바 씨는 진지하게 보고 있어서 신경이 쓰였다.

“마을을 돌 때 선물이 되거든. 여자아이는 기뻐하고, 여러 디자인의 물건이 있으니까 보고 있으면 질리지 않아.”

액세서리 말고는 빗이나 머리핀 등도 있었다.

샤논이 그중 하나를 빤히 바라봤다.

그것은『브로치』였다.

에바 씨가 나를 팔꿈치로 찔렀다. 얼굴을 보니「사줘」라고 말하고 있었다.

……내가 사줘야 하나?

망설이고 있는데, 역대 당주들의 야유가 들려왔다.

『사줘.』

『비싼 물건도 아니지 않습니까.』

『……사주는 게 좋아.』

『라이엘, 이 정도는 싼 편이다. 나는 비위를 맞추려고 금화 수백 닢의 보석을 준비했었으니까.』

『6대는 좀 더 반성해야 하지 않겠습니까? 라이엘, 사주거라. 오히려 이 흐름에서 사주지 않을 셈이냐? 할아버지는 믿을 수가 없다만?』

—6대의 의견은 무시하기로 하고, 전원 일치로 사주는 게 좋다고 하고 있다.

샤논의 태생 등등 이것저것 생각한 것이리라.

나는 지갑에서 돈을 꺼냈다.

"하나—."

『바~보! 라이엘 이 바보!』

3대가 내게 주의를 줬다.

『에바에게도 줘야지. 아까 보고 있던 물건을 사줘야 할 거 아냐.』

4대가 덧붙였다.

『후일, 나머지 사람들의 선물도 준비하도록 하죠. 똑같은 물건은 안 됩니다.』

5대는 평소보다 신경질적이었다.

『선물은 금액을 비슷하게 맞춰. 우열을 만들지 마. 그리고, 본인에게 어울리는지 고민하고 나서 사. 선물 선택의 센스 운운하기 전에, 상대를 위해 샀다는 게 중요하니까. 평소에 뭐가 필요하다거나 하는 말을 들으면 그걸 골라.』

……왜 이렇게 세세한 소리를 들어야 하는 걸까?

에바 씨가 보던 『팔찌』도 구입하기로 했다.

"……이 브로치하고, 팔찌도 주세요."

"감사합니다."

점주가 나를 보고 씨익 웃었다.

"형씨, 귀여운 아이들을 데리고 다니네. 그쪽 엘프 아이가 연인인가?"

……착각한 모양이다.

정정하려고 했다.

"아니—."

"맞아. 그러니까 깎아줘."

에바 씨가 웃으며 그렇게 말하자, 점주가 「어쩔 수 없구만」 하고 말하며 조금 싸게 해줬다. 정말로 조금뿐이었지만.

"저, 저기……."

"신경 쓰지 마. 일일이 진지하게 대답하면 끝이 없거든."

에바 씨는 그렇게 말하며 내게 받은 팔찌를 바라봤다.

샤논이 나를 올려다봤다.

브로치를 건네주자, 「눈치가 있네」, 「뭐, 받아줄게」 같은 소리를 할 줄 알았는데…….

"……고, 고마워."

브로치를 양손에 들고 뺨을 붉히고 있었다.

"어? 왜 기뻐하는데? 평소였다면 『받아줄게』 정도는 말했을 텐데."

"네가 나를 어떤 식으로 보고 있는지 알겠어."

평소의 샤논으로 돌아오자, 어쩐지 안심이 됐다.

웃음이 나오자, 바보 취급을 당했다고 생각했는지 나를 투닥투닥 때렸다.

"웃지 마!"

제84화 동문

엘프가 경영하는 술집은 많은 손님들로 북적였다.

술집에는 작은 무대가 놓였고, 예술인들이 공연을 벌였다.

노래를 부른 엘프가 나오기도 한다.

가게 앉은 엘프들의 끊임없는 생 연주가 흘렀다. 무척 즐거운 술집이다.

"여기, 우리가 와도 되나?"

에바 씨는 요리를 차례차례 먹어치웠다.

"손님이라면 대환영이야. 만약 리퀘스트가 있다면 점원에게 말하면 돼. 돈을 내면 무대에서 공연이든 노래든 해줄 거야. ……조금 비싸긴 해도."

샤논은 손을 움켜쥐며 엘프들의 쇼를 진지한 표정으로 바라보고 있었다.

요리는 조금 먹고 나서는 눈길도 주지 않는다.

손님들의 환성이나 박수가 들려오자, 일단락됐는지 쇼를 공연하던 엘프가 무대 옆으로 내려갔다.

가게 안에 조용한 음악이 흐르기 시작하자, 웨이터가 다가왔다.

잘 보니 남장한 여성 엘프였다.

"에바, 너 잘 먹네. 동족이더라도 요금은 확실히 받을 거야."

쇼트헤어에 미인이지만, 멋진 타입이라 남장도 잘 어울리는 여성 엘프.

에바 씨가 입가를 닦으며 추가 주문을 했다.

"괜찮아. 지금은 호주머니가 뜨끈하거든. 덤으로 고급 손님을 데려왔는데, 그런 태도를 보여도 되겠어?"

"어라, 그렇게 부자가 됐어? 그럼 뭔가 리퀘스트는 있으신가요? 오늘은 인기 가수가 비어있어요."

샤논은 쇼가 끝나자 주스를 마시기 시작했는데, 리퀘스트 이야기를 듣자 눈을 반짝였다.

『라이엘.』

4대의 그 말을 듣자, 나는 또 시작이라고 생각하면서 그 사람을 지명하기로 했다.

"얼마죠?"

"금화 한 닢이에요. 뭐, 적당한 가격의 사람들도 있으니까, 은화 한 닢이라도—."

여성은 어차피 무리라고 생각했는지 다른 엘프를 소개하기 시작했다.

내가 지갑에서 금화 한 닢을 꺼내자, 여성의 태도가 변했다.

"손님…… 에바 말고 저로 바꾸시지 않을래요? 저, 이래 봬도 노래나 춤이 특기인데요."

"자기를 팔아치우지 말고, 빨리 일이나 해."

여성이 마지못해 돌아가자, 잠시 뒤 한 엘프가 나왔다.

주변 손님들이 웅성대기 시작했다.

"이봐, 릴림이야."

"누가 거금을 냈군."

"하아…… 언제 봐도 아름답네."

금색의 긴 머리는 바닥에 닿을 것만 같다. 드레스를 입었고, 눈을 감은 여성은 엘프의 특징인 긴 귀에 귀걸이를 끼고 있었다. 날씬한 몸이고 라인이 아름답다.

우아하게 인사하고는 노래를 부르기 시작했다.

그 노랫소리는 매우 아름다웠다. 투명하다고 해야 할까, 귀에 잘 울린다고나 할까…… 지금까지 본 출연자와 다르다는 건 내가 봐도 확연히 알 수 있었다.

샤논도 몰입해서 듣고 있다.

심장을 붙잡히는 듯한 노랫소리를 들은 에바 씨가 나지막하게 중얼거렸다.

"언젠가 뛰어넘겠어."

에바 씨의 노래도 좋다고 생각하지만, 엘프 중에는 그 이상인 사람이 아직 있는 것 같다.

노래가 끝나고 박수가 술집을 가득 채우자, 여성은 이쪽을 보며 미소를 짓고는 손을 흔들었다. 샤논이 크게 손을 휘두르며 답했다.

손님들이 기뻐하는 가운데, 찬물을 끼얹는 소리가 보옥에서 들려왔다.

『10분에 금화 한 닢은 비싸군요. 은화 한 닢으로 해두면 좋았을 것을.』

……4대였다.

확실히 비싸지만, 저 노랫소리는 들어서 좋았다고 생각한다.

"굉장하네요. 그냥 굉장하다는 말밖에 나오지 않아요."

내 감상에 에바 씨도 동의했지만…… 재미있지는 않은 모양이다.

"대단한 베테랑이니까. 100년의 차이는 간단히 메울 수 없어."

샤논이 되물었다.

"어? 100년?"

에바 씨가 키득키득 웃었다.

"엘프는 장수하거든. 덤으로 외모도 젊어. 뭐, 우리가 보면 늙은이라는 걸 알 수 있지만."

엘프는 100세를 넘는 것도 신기하지 않은지, 조금 전에 봤던 릴림 씨는 100세를 넘은 대단한 베테랑이고, 엘프 중에서도 원로라고 한다.

에바 씨는 우리에게 단언했다.

"언젠가 저 사람을 넘어서 내가 최고가 될 거야. 라이엘 일행이 살아있는 동안에 꼭 실현하겠어."

"……으, 응원할게요."

그렇구나. 우리가 죽은 뒤에도 에바 씨만큼은 살아가는 건가.

샤논이 뭔가 알아챈 표정을 지었다.

"어, 혹시, 에바는 엄청 연상?"

"실례네. 나는 아직 16세야!"

만약 30세나 40세라는 말을 들었다면 곤란했겠지.

어떤 반응을 보여야 할지 몰랐을 테니까.

또래라고 생각해서 가볍게 대응했지만— 상당한 연상이라면 실례되는 일이다.

그 후에 추가로 주문한 요리가 나왔다.

에바 씨는 자신의 꿈을 이야기했다.

“언젠가 나 말고는 모르는 이야기를 노래로 부를 거야. 아무튼 온 대륙을 여행하고, 내 눈으로 보고, 귀로 듣고, 그리고 노래로 만드는 거야. 북방의 【공주기사】도 흥미가 있어. 베임으로 간다면 【성녀】도 만나고 싶어. 두 명의 【전투처녀】도 유명해. 아직 이름이 알려지지 않은 영웅도 많이 있을 거야!”

샤논이 흥미를 보였다.

“왠지 굉장한 이명이 잔뜩 있네!”

“최근에는 특히 여성 영웅이 많아. 적어서 눈에 띄는 걸지도 모르지만, 남방에도 굉장한 사람이 있다고 들었어!”

에바 씨는 언젠가 영웅들을 만나 이야기를 듣고 싶다며 눈을 반짝였다.

6대가 흥미를 보였다.

『흐음, 여걸이라. 외모가 아름답다면 만나보고 싶군.』

7대가 어이없어했다.

『그런 여걸은 남자보다도 듬직할 게 뻔하지 않습니까.』

그대로 셋이서 식사를 즐긴 뒤, 우리는 가게를 나왔다.

—미란다는 여관으로 돌아가는 도중이었다.

필요한 도구를 구입하고 돌아가는 길이다.

멈춰 서서 몸을 돌렸다.

“어라, 겨우 움직였어?”

그곳에 있는 것은 레날도였다.

“아가씨, 전해드릴 것이 있습니다.”

“뭔데? 돌아오라고 하는 거라면—.”

“아뇨. 곧바로 왕도를 나가주셨으면 합니다. 아니면 돌아다니지 말고 폭풍이 떠나기를 기다려주시지요.”

미란다는 레날도가 하려는 말을 간파했다. 움직일 수 없는 시기에 나가라고 말하고, 그리고 계절적으로 「폭풍」이라는 말도 이상하니—.

“세레스가 왔나 보네.”

“네. 어제 도착했습니다.”

눈이 내리는 가운데 이동한 월트 가의 집단이 아무 일도 없었다는 듯이 왕도에 들어왔다.

“예정보다 빨랐습니다. 오기 전에 전해드릴 작정이었는데, 늦어지게 되어서 죄송합니다.”

미란다는 혀를 차고 싶은 걸 참았다.

‘가능하면 만나고 싶지 않아. 무리해서 내일이라도 출발하거나, 여관에 틀어박힐 수밖에 없나.’

“알았어. 그나저나, 이 시기에 어째서 왕도에?”

“……그건.”

레날도가 아는 정보를 말하자, 미란다는 놀라서 말문이 막혔다—.

돌아가는 길.

큰길에서 동떨어진, 창고가 나란히 늘어선 길을 걷고 있었다.

여관에 돌아가기 위한 지름길이 창고 구역을 빠져나가는 이 길이었다.

근처에 강이 흐르고 있어서, 수운이 가능한 곳이다.

인적은 드물다.

"아~ 즐거웠어. 또 가고 싶어."

만족한 샤논이 양팔을 크게 휘두르며 걸었다.

"출발하기 전에 모두 함께 가고 싶네. 라이엘도 즐거워한 것 같으니까 다행이야."

"어, 아…… 응."

에바 씨의 조금 붉어진 뺨. 그리고 웃음 때문에 긍정하고 말았다. 하지만, 정말 즐겁기는 했다.

어깨의 힘이 조금 빠진 것 같다.

"다음에는 어떤 노래를 들을까?"

다음 방문을 기대하는 듯한 샤논의 모습을 보며 살짝 미소를 짓자, 에바 씨가 고개를 끄덕였다.

"역시 웃는 게 최고야. 라이엘, 웃을 때는 귀엽네."

"귀, 귀엽다고?!"

"응. 평소에는 어딘가 미덥지 못해도 본심을 보일 때는 멋지고, 웃는 얼굴은 귀여워. 나는 칭찬하고 있는 건데?"

기쁘지만, 조금 부끄러웠다.

샤논이 반론했다.

"에이~ 미덥지도 않고, 바보고, 웃는 얼굴은 바보 취급하는 것 같아서 꽝인데."

"그건 너한테만 그럴 뿐이야."

반박하자, 샤논은 나를 때리려고 다가왔다. 그러나 지면이 얼어서 그런지 나에게 닿기 전에 발이 미끄러졌다.

"자, 넘어지잖아. 조심해야……지."

샤논을 받아내서 일으켜 세워주자, 시야에 몇 명이 이리로 다가오는 모습이 들어왔다.

나는 순간 움직일 수 없게 되었고, 낌새가 이상하다는 걸 깨달은 에바 씨가 말을 걸었다.

"라이엘?"

내 시야 너머에 있는 건, 일찍이 동문 사형(師兄)이었던 【알프레트 바덴】이었다. 찰랑찰랑한 흑발을 흔들며 걸어오고 있다.

키는 크고, 허리에 찬 것은 사브르였다.

조금 화려한, 귀족이 입는 옷. 판초풍 코트를 위에 걸치고 이리로 오고 있다.

그 뒤에 있는 건, 월트 가의 병사들이다.

병사는 훈련을 받은 직업으로서의 병사— 영지민을 징병한 이들이 아니다.

그들도 우리를 눈치챘다.

"그 푸른 머리와 눈…… 기억에 있는데. 너, 라이엘이냐."

알프레트는 내게 차가운 시선을 보냈다.

샤논과 에바 씨를 감싸듯이 앞으로 나오자, 7대의 낮은 목소리가 들렸다.

『라이엘을 함부로 부르는 거냐, 바텐 가의 애송이 놈이!』

바텐 가라는 말을 들은 3대가 떠올렸다.

『바텐 가? 아, 그러고 보니 우리가 도박장 관리를 맡겼던 가문인가. 흐응, 기사가 된 거구나.』

4대가 놀랐다.

『……예? 잠깐 기다려주세요. 그런 이야기는 듣지 못했는데요.』

『말하지 않았으니까. 그게, 우리 쪽에도 도박장이 있었잖아. 그걸 관리하던 게 바텐 가야. 어? 몰랐는데 기사로 임명했어? 도박장에서 수입이 있었잖아?』

『몰랐고, 그런 수입은 제 대에는 없었습니다! 오랜 세월 도박장 관리자가 누구인지도 몰라서 얼마나 고생했는지 알기는 하는 겁니까!』

5대가 격노했다.

『이봐, 기다려. 우리 영지 안에 성가신 조직을 만들었던 게 혹시— 바텐 가냐?』

6대가 고함쳤다.

『우리를 이용하는 게 목적이었지, 해를 끼칠 적의는 없었던 건가. 그래서 내 아츠에 반응하지 않았던 거군. 이 기생충 놈들!』

7대도 노기를 품은 목소리를 냈다.

『아무리 대책을 세워도 허점을 찔릴 만했군요. 가까이에 배

신자가 있었으니. 라이엘, 저놈은 베라! 베어버려라! 우리가 허락한다!』

대체 무슨 소리를 하는지 알 수가 없었는데, 4대가 설명해 줬다.

『월트 가 영지에는 범죄 조직이 존재했습니다. 뒤에서 이것저것 하던 집단입니다. 아무리 대책을 세워도 도망쳤고, 우리의 정보는 술술 새어 나갔죠. 하지만 바덴 가가 관련이 있었다면 납득이 가는군요.』

분노를 드러낸 5대가 3대에게 고함쳤다.

『왜 입 다물고 있었어! 저 녀석들의 일족 탓에 우리는……!』

『아니, 그런 말을 하면 곤란해. 왜냐하면 난— 전사했으니까.』

아무도 반박하지 못했다.

4대가 책상을 두드리는 소리가 들렸다.

『대가 바뀌어서 소란스러웠던 무렵, 처음에 저택 정리를 도와줬던 것이 바덴 가의 사람이었죠. 지금 생각해 보니, 저택에 있던 증거를 회수한 걸지도 모르겠군요.』

3대가 변명했다.

『누군가가 관리해야만 했으니까, 월트 가와의 사이에 계약서도 준비했었어. 설마 내 사후에 뒤에서 이것저것 저지르리란 생각은 할 수가 없었고.』

랜드버그 가가 충신의 일족이라면, 바덴 가는 월트 가를 이용해온 일족이라는 뜻이다.

그러나, 지금은 그보다도…….

"역시 그렇군. 월트 가의 수치가 우리 앞에 나타나다니 배짱 한번 좋구나."

이 자리는 싸우지 않는 게 좋다고 생각해서, 두 사람을 데리고 떠나려 했다.

그러나 그들은 무기를 들었다.

알프레트가 사브르를 뽑았고, 그 뒤에서 대기하던 세 명이 단검을 뽑아 우리 세 명을 둘러쌌다.

샤논이 놀랐다.

"어, 뭐야?!"

에바 씨는 샤논을 보호하기 위해 끌어안은 뒤에 나와 등을 맞댔다.

"라이엘, 네 지인이 살기를 내뿜고 있잖아! 대체 뭘 한 거야."

"……저는 아무것도 하지 않았어요."

그런 내 말을 듣자, 알프레트가 눈살을 찡그렸다.

"아무것도 하지 않았다고? 너라는 존재 자체가 세레스 님의 오점인 거다! 오늘 여기서 만난 것도, 너를 죽이라는 여신의 인도하심이겠지."

진심으로 죽이려 한다는 것을 알 수 있었다.

『뭐야 이 녀석? 오점에, 여신의 인도하심이라니…… 정신 나갔잖아.』

3대가 어이없어하고 있지만, 상황은 곤란하다.

우리를 둘러싼 세 명의 병사는 훈련을 받은 병사다.

나는 이를 악물고 손가락을 튕겼다.

지면에 마법진이 나타났고, 그 안에서 사브르가 두 개 나오자 양손으로 각각 쥐었다.

그 모습을 본 알프레트가 바보 취급하듯이 웃었다.

"잔재주가 능숙해졌구나. 너와 동문이라고 생각하니 구역질이 나지만, 내가 직접 상대해주지. 너희들, 뒤쪽 두 명은 마음대로 해도 좋다."

알프레트가 파고들어 거리를 좁히자, 병사들도 움직여서 에바 씨와 샤논을 노렸다.

"—이런 곳에서!"

내 사브르와 알프레트의 사브르가 부딪치며 불똥을 튀겼다.

알프레트의 코트가 충격으로 확 흔들리자, 허리춤에 찬 단검이 보였다.

본 적이 있는 단검이었다.

"그 단검을 어디서 손에 넣은 거지!"

내 노기를 받은 알프레트가 순간 놀라면서도 순순히 답했다.

"세레스 님께서 주신 거다. 원래는 꾀죄죄한 3인조 모험가가 가지고 있었지. 하지만 그분이 입수해서, 내게 포상으로—."

"—어떻게 됐지?"

"뭐?"

"그 세 명을 어떻게 한 거야!"

알프레트가 가진 단검은 다리온에서 알게 된 모험가 론도 씨가 가지고 있던 것이었다. 특별하게 만든 그 단검은, 마구다.

간단히 손에서 놓을 물건이 아니다.

알프레트는 나를 베고 들어오며 말했다.

"아, 죽었지. 세레스 님께서 죽이셨다. 그 3인조는 운이 좋아. 한 명은 내가 죽였지만 말이지."

나는 알프레트를 밀어내고는 사브르로 베어 들어갔다. 깊이 파고들어 날린 일격은 알프레트가 물러나는 바람에 뺨을 스치는 정도로 그쳤다.

알프레트는 뺨의 상처를 확인하고 인상을 찌푸렸다.

오른손에 든 사브르의 끝을 내밀었다.

"절대로 용서 못해."

—급하게 여관으로 돌아온 미란다는 1층에 있던 소피아를 발견했다.

"소피아, 모두는?"

"라이엘 공 일행과 아리아가 돌아오지 않았어요. 그리고 릴리 씨가 오셨어요. 라이엘 공에게 꼭 해줄 말이 있다고, 벽 바깥으로 와줬으면 좋겠다고 해요."

"아리아는 혼자?"

"네. 단지, 근처에 장을 보러 갔을 뿐이라 바로 돌아올 거예요—."

여관 문이 열리자, 그곳에 아리아의 모습이 있었다.

"다녀왔어."

"아리아, 할 말이 있으니까 잠깐 와봐."

미란다가 아리아를 불렀다. 아리아는 바깥 상황을 이야기했다.

"그보다도 들어봐. 밖에서 싸움이 벌어진 모양이야. 이 근처래."

소피아는 다른 일행들을 부르러 계단을 올라갔다.

"싸움?"

"직접 본 건 아니야. 근데, 모험가와 기사가 싸우고 있다나 봐. 창고 거리 근처래. 본 사람이 무서워하고 있었어."

미란다는 뭔가 불길한 예감을 느꼈다.

"저기, 그 사람들의 특징은?"

"거기까지는 못 들었어."

그러자, 노웸과 다른 일행들이 1층으로 내려왔다.

"왜 그러시나요?"

미란다는 레날도에게 들은 정보를 노웸에게 전했다.

"—세레스 님이 왕도에?"

"맞아. 라이엘이 돌아오면 상담하자. 가능하면 이런 곳에서 당장 나가고 싶긴 하지만."

클라라가 밖을 봤다.

"라이엘 씨 일행, 늦지 않나요? 샤논이 있는데 이런 시간까지 돌아다닐 것 같지는 않은데요."

모니카도 걱정했다.

"원래는 돌아오더라도 이상하지 않은 시간대인데요."

미란다가 아리아의 이야기를 떠올렸다.

'설마 라이엘 일행이?'

밖으로 나가 확인하려 하자, 여관 문이 열리고 손님이 들어왔다. 2인조는 조금 흥분하며 이야기하고 있었다.

"기사와 모험가의 싸움이라니 좀처럼 볼 수 없다고."

"덤터기를 쓰는 건 사양이야. 귀족에게 찍히면 끝장이라고."

미란다가 2인조에게 다가갔다.

"잠깐 이야기 좀 들려주실래요?"

"으, 응."

"그 싸우고 있다는 모험가를 봤나요?"

"봤어. 푸른 머리를 하고 있더라고. 엘프와 조그만 여자아이도—."

직후, 모니카가 여관을 뛰쳐나갔고, 아리아가 외쳤다.

"잠깐! 기다려!"

미란다는 바로 방으로 달렸다.

"아리아와 소피아는 무기를 들고 창고 거리로 가. 클라라는 나랑 같이 오고. 노웸은—."

클라라가 문을 가리켰다.

"가버렸어요."

미란다는 혀를 차고 말았다—.

—왕도를 어슬렁어슬렁 걷던 리오넬은 창고 거리에 와 있었다.

창고들이 나란히 선 좁은 틈새.

거기에 숨듯이 주저앉아 추위를 막으려 했다.

그러나 막을 수 있을 리가 없어서 몸을 떨었다.

"추워."

그런 곳에서 떨고 있는데, 금속이 부딪치는 소리가 들려왔다. 사람의 목소리도 들리지만, 리오넬은 그 금속음을 들은 적이 있었다.

전장에서 들은 소리다.

"싸우나?"

골목에서 고개를 내밀자, 그곳에는 라이엘의 모습이 있었다.

"저, 저 녀석! ……응?"

누군가를 지키고 있어서 제대로 싸울 수 없어 보였다.

혼자서 네 명을 상대하는 라이엘의 몸에는 베인 상처가 눈에 띄었다.

리오넬은 추악한 미소를 지으며 그 모습을 지켜봤다—.

알프레트의 찌르기를 사브르로 튕겨내자, 이번에는 병사들이 에바 씨와 샤논을 덮치려는 낌새를 보였다.

그쪽으로 의식을 돌리면, 곧바로 알프레트가 다시 베고 들어온다.

아무래도 싸우기가 힘들다. 에바 씨는 빈손이다. 당연히 샤논도 무기는 없다.

알프레트는 히죽히죽 나를 바라봤다.

가지고 노는 듯한 전법을 걸어오고 있다.

"젠장!"

제대로 싸울 수 없는 내게 에바 씨가 말을 걸어왔다.

"라이엘, 나도 마법 정도는 쓸 수 있어. 일단 먼저 병사들을 쓰러뜨릴게."

병사들이 히죽히죽 웃었다.

"드센 엘프로군."

"마법이라. 수준에 따라 다르겠지만—."

"자, 어디 보여봐라!"

에바 씨가 기세등등한 병사들에게 마법을 날렸다.

주변에 바람이 몰아치며 병사들을 덮쳤다.

그러자, 한 명이 앞으로 나가서 방어 자세를 취했다. 한 명이 마법을 받아내자, 다른 두 명이 돌아 들어가서 에바 씨를 덮쳤다.

"—거짓말!"

"살상 능력이 낮은 마법이구나! 우리를 이 정도로 쓰러뜨릴 수 있으리라 생각지 마라!"

병사가 단검을 에바 씨에게 찌르려 해자, 내가 끼어들어서 한 명을 걷어찼다.

다른 한 명의 단검을 사브르로 튕겨냈다.

그러나, 그러는 사이에 알프레트의 사브르가 내 어깨를 스쳤다.

"또 그렇게!"

걷어찬 병사는 곧장 일어났고, 다른 한 명도 놓친 단검을 회수해서 바로 자세를 잡았다. 지금까지 상대하던 도적이나 모험가들과는 다른 움직임이다.

보옥에서는 복잡한 감상이 들려왔다.

『나 참. 믿음직하지만 적으로 돌아서니 성가시군.』

5대가 그런 감상을 남겼지만, 나는 조언을 원하기보다는 알프레트가 가진 단검이 신경 쓰였다.

에바 씨가 샤논을 안았다.

"이 녀석들 정신 나갔어. 마법 앞에 뛰어들다니 말도 안 돼."

아무래도 월트 가 병사들은 무척이나 단련한 모양이다.

나는 크게 심호흡했다.

알프레트가 병사들에게 지시를 내렸다.

"쳐라."

병사들이 다가왔다.

"……썬더 크랩."

나는 사브르를 하늘로 들고 마법으로 벼락을 떨궜다. 격렬한 빛과 소리가 발생하며 지면에 쌓인 눈이 날아갔다.

눈이 피어올라 시야가 막힌 가운데, 에바 씨와 샤논을 업고 내달렸다.

어깨에 올라간 샤논이 알프레트를 보고 외쳤다.

"라이엘, 피해!"

무언가가 내 등으로 다가오고 있다.

"뭐야?"

아츠의 힘으로 느낀 그 무언가는, 커다란 팔이었다.

즉시 오른쪽으로 뛰어 피하자, 우리가 있던 곳에 손자국이 생겼다. 눈 위에 생긴 커다란 손자국.

시야가 급격하게 맑아졌다.

알프레트는 미소를 짓고 있었다.

병사들은 귀를 막고 그 자리에 엎드려 움직이지 못하고 있다.

알프레트는 그런 병사들을 보고 혀를 찼다.

"너희들, 그러고도 월트 가의 병사냐? 하지만 조금 전의 마법은 놀랍더군. 바보처럼 검과 마법을 단련했을 만해. 하지만 너는 세레스 님의 발끝에도 미치지 못한다."

샤논와 에바 씨를 내리고 사브르를 다시 들자, 샤논이 내 옷을 손가락으로 잡아당겼다.

"라이엘, 저 녀석 이상해. 저 녀석 주변에 상반신뿐인 사람이 있어."

"사람?"

알프레트에게 변화는 없다. 그러나 내 아츠도 저 녀석 주변에 뭔가 있다는 것을 느끼고 있었다.

마력으로 사람의 형태 같은 것을 만들어 알프레트를 지키고 있다.

"……아츠인가."

알프레트가 눈살을 찌푸렸다.

"그러면 안 되지. 아츠를 남에게 가르쳐주는 못된 여자아이는 여기서 처단해야겠어."

혀를 핥는 알프레트를 본 에바 씨가 「기분 나빠」라고 말했다.

직후, 알프레트의 뒤에 있던 보이지 않는 거인의 손이 뻗어왔다.

"죽어라!"

몸을 낮추고, 사브르를 어깨보다 위로— 오의의 자세를 변화시켜서 그대로 파고들며 공중에서 회전해서 보이지 않는 팔을 베었다.

"—뭣!"

알프레트가 놀라는 사이에 접근하자, 사브르를 찔러왔기에 튕겨냈다. 날아온 발차기를 일부러 받아내며 물러난 뒤, 그대로 눈 위를 구르며 일어섰다.

나는 알프레트 앞에서 웃었다.

왼손에 든 단검을 보여줬다.

"미안하네. 돌려받겠어."

내가 왼손에 들던 사브르는, 알프레트의 허벅지에 꽂혀있었다.

걷어차일 때 찌르면서 단검을 빼앗은 거다.

6대가 웃었다.

『라이엘, 넌 손재주가 있구나! 자, 그럼 이 녀석을 어떻게 할까—.』

무릎을 꿇은 알프레트는 미간에 주름을 잡으며 나를 노려봤다.

"이 변변찮은 찌꺼기 놈이!"

샤논이 외쳤다.

"히익! 손이 늘어났어! 라이엘, 커졌어!"

나도 느끼고 있었다. 알프레트를 지키는 거인이 커지고, 손이 네 개로 늘어났다. 알프레트는 튕겨낸 사브르를 줍고, 허벅지를 찌른 나의 사브르를 고생하며 뽑았다.

"조각조각 내 주마."

그렇게 말하자, 아츠로 만들어진 거인이 내게 세 개의 팔을 뻗었고, 하나는 사브르를 잡아 찌르려 했다.

언뜻 보면 사브르가 공중에 떠서 나를 노리는 것처럼 보이지만—.

보인다면 아무것도 아니다.

나를 잡으려는 팔을 뛰어넘고, 알프레트에게 달려가서 그대로 사브르를 쥔 오른손으로 후려쳤다.

아츠로 강화된 육체 덕분에, 알프레트는 크게 날아가서 눈 위를 굴렀다.

조금 전까지는 두 사람을 신경 쓰느라 전력을 내지 못했지만, 이러면 싸울 수 있다. 마법에 맞은 병사가 죽지 않을까 불안했지만, 아무래도 괜찮은 모양이다.

"……일어서. 론도 씨 일행의 복수야. 이걸로 끝이라고 생각하지 말라고."

5대가 내게 냉정해지라고 호소했다.

『라이엘, 지금은 물러나. 회수할 물건은 회수했어. 두 사람을 데리고 도망치면 돼.』

나는 5대의 의견을 무시하고 알프레트에게 다가가기 위해 발을 내디뎠다. 피로 물든 눈을 밟으며 걸어가자, 알프레트가 웃었다.

"바보 녀석. 터무니없는 어리광쟁이로군."

"뭐?"

"너, 사람을 죽여본 적이 없지? 그러니까 방금 나를 베지 못한 거다. 조금 전에 나를 베었다면 그나마 가망이 있었을 것을."

무슨 소리지?

그렇게 생각했을 때다. 무척 호화로운 마차가 이 자리에 찾아왔다.

주변에는 기승한 기사 말고도, 병사들의 모습이 보인다.

"……월트 가의 문장."

마차에는 월트 가의 문장이 그려져 있었다.

코에서 피를 흘리는 알프레트가 나를 보며 웃었다.

"너는 끝이야."

마차에서 모습을 드러낸 것은…… 잊을 수도 없는 세레스였다.

하얀 모피 코트와 모자를 쓰고, 눈 위에 내려서서 주변을 돌아봤다.

어느새 모여있던 구경꾼들이 숨을 삼켰다.

마치 세레스 주변만 특별한 분위기가 나는 것 같다.

가증스럽지만 그림이 되는 여동생은, 칼집에 들어있는 레이피어를 왼손에 들고 있었다.

"세레스 님, 찾았습니다. 라이엘이—."

다음 순간, 세레스는 레이피어를 뽑았다.

"월트 가의 기사가 저 쓰레기에게 패하다니 말이 안 된다고 생각하지 않니?"

"—어?"

알프레트가 멍하니 있자, 주변 기사나 병사들이 세레스에게 동의했다. 지금까지 동료였던 남자를 태연하게 욕했다.

"기사의 수치로군요."

"이런 기사는 월트 가에는 필요 없겠습니다."

"제가 같은 입장이었다면 이 자리에서 자결했을 겁니다."

알프레트는 아무 대답도 하지 못했다.

샤논이 울고 있다.

"……저 사람, 이제 틀렸어. 이미 베였어."

에바 씨가 샤논을 안으며 달랬다.

"왜 그래? 대체 뭐가—."

세레스가 이리로 다가왔다. 알프레트에게서 떨어지자, 툭 하고 무언가가 떨어지는 소리가 들렸다. 알프레트의 주변의 눈에 피가 번지며 빨개졌다.

3대가 놀랐다.

『……언제 벴어?』

6대도 놀랐지만, 샤논의 말을 떠올린 모양이었다.

『샤논이 베었다고 말했을 때는, 이미…….』

7대가 당혹스러워했다.

『누구냐. 저건 대체 누구냐.』

4대가 7대의 반응에 의문을 가졌다.

『저 소녀가 세레스 아닙니까?』

나는 살짝 끄덕였다.

그러나 7대는 강하게 부정했다.

『전혀 다릅니다! 모습은 닮았지만, 분위기가 전혀 달라요! 세레스는 저런 아이가 아니었습니다!』

5대가 내게 말했다.

『……라이엘, 도망쳐. 지금 당장 두 사람을 데리고 도망쳐!』

세레스는, 나를 보더니 입을 초승달처럼 벌리며 웃었다.

"찾았~다."

제85화 사신의 아이

—노웸은 서두르고 있었다.

창고 거리를 향하는 노웸에게는 여유가 없어서, 전속력으로 내달렸다.

'서둘러야 해.'

그러나 갑자기 멈춰 섰다.

눈 위를 조금 미끄러지며 멈추고는, 은색의 지팡이를 들었다.

"……방해하지 말아 주세요. 아버님."

그곳에 서 있는 것은【제라드 폭스즈】— 노웸의 아버지였다.

"오랜만이구나, 노웸."

친아버지에게 무기를 겨눈 노웸은 당장에라도 움직이려 했다.

그때 제라드가 노웸에게 말했다.

"네게 알릴 것이 있다."

그렇게 말하며 이야기를 시작한 아버지 앞에서, 노웸은 무기를 내렸다—.

여기서 만날 줄은 몰랐다.

"무능한 쓰레기인 네가 아직도 살아있을 줄은 몰랐네. 역시 제대로 없애버리지 않으면 안 되겠어."

나는 다리가 떨리고, 호흡이 흐트러졌다.

세레스에 대한 공포가 떠오른다.

자세를 잡으려고 해도, 몸이 생각처럼 움직이지 않는다.

『라이엘, 뭐 하고 있어! 당장 움직여! 그 녀석은 안 돼. 절대로 싸우지 마!』

5대의 목소리가 보옥에서 들렸다.

다른 역대 당주들도 「도망쳐라」라고 하고 있다.

내 앞에 선 세레스가 미소 지었다.

"사라져."

정신이 들자 날아가고 있었다.

바닥을 구르며, 오른손에 들고 있던 사브르를 놓고 눈 위에 쓰러졌다.

"라이엘!"

에바 씨와 샤논이 달려가서 나를 일으키려 했다.

세레스를 보자, 주변에 떨어진 내 사브르를 병사들에게 줍게 했다.

명품 사브르를 두 자루 모두 든 세레스는— 칼날을 맨손으로 뭉개버렸다.

"뭐야, 무디잖아. 조금은 즐길 수 있을 줄 알았는데, 정말 잔챙이네."

떨고 있는 내게 에바 씨가 말을 걸어왔다.

"라이엘, 일어나. 어서 도망쳐야 해."

세레스가 나를 바라봤다.

"놓치지 않아. 어라? 혹시 엘프? 맞다. 떠올랐어. 엘프는 노래를 잘 부른다고 하니까, 손발을 잘라서 나만을 위해서 노래하는 도구로 만들어야겠네."

무슨 소리를 하는지 모르겠다. 정신이 나갔다고밖에 할 수 없다.

주변 사람들은 웃고 있는 세레스에게 찬사만을 보냈다.

"근사한 제안입니다."

"저 엘프는 세레스 님의 것이 되어 행복하겠군요."

"그럼 바로 준비를—."

세레스는 이번에는 샤논을 바라봤다.

"어라? 거기 있는 건 고물딱지잖아? 맞아, 사크라이 가의 고물딱지…… 어라라? 혹시, 눈이 보이게 된 걸까?"

샤논이 무서워하고 있다.

세레스 앞에서 움직이지 못하고 있다.

"뭐야, 쓰레기끼리 모여있네. 아, 그러고 보니 당신의 언니는 어디 있어? 고물딱지는 필요 없지만, 그 언니만큼은 갖고 싶은데."

그 말을 듣자 샤논이 외쳤다.

"고, 고물딱지 아니야. 우리는— 쓰레기가 아니라고!"

보옥 안에서 7대의 목소리가 들렸다.

『라이엘, 막아라! 섣불리 세레스를 자극하지 마라!』

조금 전까지 즐거워하던 세레스가 무표정해졌다.

"……뭐? 너 따위가 내게 대들어?"

한없이 차가운 목소리.

우리를 보는 눈도 똑같다.

마치 쓰레기라도 보는 눈이었다.

“기분이 나쁘네. 여기서 셋 다 죽여야지. 어떻게 죽일까? 아, 맞다! 오랜만에 태우자! 요즘은 추우니까, 분명 따스해질 거야. 그 정원사 늙은이를 태웠을 때처럼, 호쾌하게 태우는 거야!”

—떨림이 멎었다.

고개를 들고, 나는 순진하게 그 자리에서 춤추기 시작한 세레스에게 물었다.

“—뭘 했다고?”

“으응?”

“정원사 늙은이라고? 젤 할아버지를 말하는 건 아니겠지?”

천천히 일어선 나는 들고 있던 단검을 칼집에서 뽑아 에바 씨에게 건넸다. 칼집에는 론도 씨의 단검을 넣었다.

그리고, 보옥을 움켜쥐었다.

“누구를 태운 거냐!”

내 노기를 본 세레스가 웃었다.

“정원사…… 젤이라고 하나? 그 망할 늙은이. 뒈지지도 않고 있어서, 꾀죄죄한 오두막과 함께 통째로 태워버렸어. 어라? 혹시 화났어?”

웃는 세레스를 본 7대가 슬픈 목소리로 말했다.

『……젤을 그렇게…… 세레스, 너라는 아이는…….』

보옥을 왼손에 움켜쥐자, 형태를 바꿔 활이 되었다. 은색의 활이 모습을 드러내자, 3대가 외쳤다.

『라이엘, 왜 도망치지 않는 거야!』

젤 할아버지는 내 생명의 은인이다.

"너는, 너만큼은 여기에서!"

그리고 론도 씨 일행은 친구였다. —용서할 수 있을 리가 없다.

게다가…… 지금의 나는 두 사람을 데리고 세레스에게서 도망칠 수 없다.

한 번 싸워봤기에 안다.

지금의 세레스는 예전의 세레스와는 다르다. 더욱 강해졌다.

"흐응, 재미있는 걸 가지고 있네."

활을 겨누자, 빛의 화살이 출현했다. 하나가 아니다.

열 개 정도 동시에 출현한 화살을 주저하지 않고 쐈다.

위력이 너무 강해서 조금 전 전투에서는 사용하지 않았다. 그러나 세레스 상대로 아끼고 있을 수는 없다.

빛의 화살이 세레스를 덮치자, 그대로 보이지 않는 무언가에 부딪쳐서 폭발했다.

6대가 혀를 찼다.

『방어에 특화된 아츠인가.』

4대가 말도 안 된다며 말했다.

『그럼 세레스의 사람을 현혹시키는 능력은 아츠가 아니라는 겁니까? 아니면 저 아이가 다수의 아츠를 가지고 있다는 게 되는데—.』

7대가 당혹스러워했다.

『설마…… 세레스가 가지고 있는 건…….』

마침 폭발로 인해 발생한 연기 안에서 세레스가 모습을 드러냈다.

멀쩡한 모습으로 싱글벙글 웃고 있다.

"겉보기만 못하네. 그럼, 다음에는 이쪽에서 가겠어."

레이피어를 휘두르자, 세레스의 위에서 냉기가 모였다. 하얀 연기가 발생하며 얼음이 나타나더니 차례차례 커져서 형태를 얻었다.

그건 창의 형태를 띠었고, 세부 장식까지 재현한 예술품 같은 창이 완성되었다.

언뜻 보기에는 저건 위험하다고 생각해서, 있는 힘껏 빛의 활시위를 당겼다.

세레스가 레이피어 끝을 내게 겨눴다.

"이 정도로 죽으면 즐길 수가 없지만, 그건 그것대로 재미있겠어."

얼음창이 나를 향해 날아왔다.

격추하기 위해 화살을 쏘자, 창과 화살이 격돌해서 폭발했다. 그러나 저쪽이 더 위력이 강했는지, 폭풍이나 냉기가 내 쪽을 향해 힘차게 불어왔다.

주변 온도가 단숨에 내려갔다.

왼팔로 얼굴을 감쌌지만, 움직이자 몸 표면에 발생한 얼음이 빠직빠직 소리를 냈다. 냉기를 받기만 했는데도 이렇다.

직격했다면 위험했을 거다.

창고 거리의 길을 하얀 연기가 뒤덮고, 그게 걷히자 보이는 경치는—.

『이봐이봐, 거짓말이지?』

5대가 거짓말이라고 한 광경은, 공중에 뜬 얼음창들이다.

열 개 정도가 아니라, 100개를 넘는 숫자가 공중에 떠서 내게 창끝을 겨누고 있다.

샤논을 안은 에바 씨 쪽으로 가자, 하늘에서 창이 차례차례 떨어졌다.

"자자, 도망치지 않으면 꿰뚫려서 얼음덩어리가 될걸!"

웃고 있는 세레스의 목소리가 매우 불쾌하게 들렸다.

창이 지면에 박힐 때마다 돌풍과 냉기가 불어와 시야가 나빠졌다.

두 사람 근처까지 온 나는 론도 씨의 단검을 손에 들었다.

두 사람은 추위에 몸을 떨고 있어서 도망치지 못하고 있다.

"론도 씨…… 사용할게요!"

갑자기 보옥의 목소리가 흐트러졌다.

『라— 도……망쳐!』

흐트러진 보옥의 목소리는 누구의 목소리인지 알 수 없다.

보옥과 일반적인 마구는 상성이 나쁘다고 들었는데, 확실히 나쁘다. 움켜쥐고 있던 은색 활이 목걸이로 돌아갔다.

단검의 날에 문양이 떠오르며 반짝였다. 방어에 특화된 아츠가 깃든 마구다.

우리를 지키기 위해 나온 빛의 벽이 차례차례 덮쳐오는 얼음창을 막아냈다.

론도 씨가 단검에 관해 이야기해준 덕분에 나는 이렇게 세레스의 공격을 막을 수 있었다.

에바 씨가 내 뒤에서 말을 걸어왔다.

"라이엘, 미안해. 우리가 있어서—."

"—상관없어."

"어?"

"상관없다고. 세레스 앞에서는 무의미해. 두 사람이 있든 없든 열세야. 여기서 도망치는 것조차— 그렇다면, 싸울 수밖에 없잖아!"

자신을 향해 외쳤다.

론도 씨 일행을 죽이고, 젤 할아버지를 불태우다니…… 나는 용서할 수 없었다.

서서히 우리를 둘러싼 빛의 벽이 약해졌다.

단검에 금이 가고, 마구가 한계를 넘어섰다.

"내가 시간을 벌 테니까, 두 사람은— 그 사이에……!"

샤논이 외쳤다.

"너는 어쩔 건데!"

"누군가가 남지 않으면 안 돼!"

그리고 마지막 얼음창이 빛의 벽과 격돌해서 튕겨났다.

단검은 부서졌고, 나는 보옥을 오른손에 쥐어서 은색의 대검을 불러냈다.

주변은 냉기로 인해 경치가 일변했다. 어디를 보더라도 얼음만이 펼쳐진 외길— 안쪽에는 세레스가 기다리고 있다.

"세레스!"

"어라, 이번에는 대검이야?"

내 몸에서는 청백색 불꽃이 뿜어져 나왔다. 초대의 아츠로 육체를 한계까지 강화하고, 7대 이외의 아츠를 모두 사용했다.

대검을 들어서 세레스에게 도약해 내려치자 충격으로 주변의 얼음이 부서져 날아갔다.

세레스는, 내 대검 위에 올라가 있었다.

"느~려. 정말로 쓰레기네."

그대로 세레스의 돌려차기를 맞고 창고 벽에 격돌한 나는 바로 일어나서 대검으로 베어 들어갔다.

세레스는 모두 피하고, 나를 레이피어로 찔렀다.

"상처가 나아가네. 그게 네 보옥의 힘일까?"

6대가 놀랐다.

『이 소녀, 지금—.』

4대가 분한 듯이 중얼거렸다.

『지금의 라이엘로도 상대가 되지 않는다니 믿을 수가 없군요.』

대검으로 올려 베자, 충격파가 발생해 주변 얼음이 파괴되고 공중에 뜨며 반짝반짝 빛났다.

세레스가 내게 다가왔다.

"뭐, 결국은 쓰레기네. 월트 가 역대 당주들의 아츠가 있다고 해도 별것 아니야. 선조님들도 네게 붙었다면 어차피 쓰레기겠지."

세레스는 보옥을 알고 있었다. 그리고 역대 당주들의 기억이 되살아난 것도 알고 있다는 말투였다.

그러나, 내가 용서할 수 없었던 건— 보옥을 쓰레기라 욕한 것이다.

세레스는 역대 당주들도 쓰레기라고 말했다.

"너느으으은……!"

"아하하하! 화났어?"

『진정해, 라이엘! 그보다도 보옥을 알고 있다는 건, 세레스가 가진 노란색 옥은—.』

5대의 목소리를 무시하고 세레스를 베었지만, 회피당했다. 여세를 몰아 방향을 바꿔 공격했지만 세레스가 맨손으로 막았고, 대검은 꿈쩍도 하지 않았다.

7대가 외쳤다.

『라이엘. 저건 제노아의 노란색 옥이다! 대체 어디서 손에 넣었는지는 모르겠지만, 저건 위험하다. 만약 저쪽도 같은 보옥이라면— 저건 반세임 왕국이 건국되기 이전부터 존재하던 거다!』

힘을 줬지만, 대검은 전혀 움직이지 않았다.

"그쪽도 같은 보옥이냐."

내가 중얼거리자, 세레스는 한쪽 눈썹을 들며 불쾌감을 보였다.

"같다고? 바보 취급하지 마. 그쪽의 덜떨어진 것과는 달리,

이쪽은 진짜 보옥이니까. 네가 가진 가짜는 불량품 같지만."

가짜라고 멸시하는 세레스를 향한 분노가 더욱 끓어올랐다. 나를 믿고 사라진 초대나 2대를 바보 취급당한 기분이다.

"내 보옥에 있는 건 단 한 명이야."

세레스가 대검을 걷어차고, 내가 크게 몸을 젖히자 접근해왔다. 억지로 대검을 내리치자, 이번에는 레이피어를 휘둘렀다.

레이피어의 칼날이 열기를 발하며 붉게 물들었다.

그 칼날이 내 대검을 산산조각 파괴해서 흩뿌려버렸다.

"그 정도의 무기로 어떻게 되리라 생각한 걸까!"

세레스는 왼손으로 내 안면을 잡아서 그대로 벽에 처박고는, 벽을 따라 달리기 시작했다.

"자, 견뎌보라고!"

나를 써서 벽을 크게 가로로 깎아냈다.

세레스의 힘에 저항하려 해도, 나로서는 전혀 견뎌낼 수 없었다.

"초대의 아츠를 쓰고 있는데."

그리고 세레스는 나를 다른 창고 벽으로 던졌다.

벽에 처박힌 나는 튕겨나서 지면에 떨어졌다.

얼음이나 눈이 섞인 지면은 차갑고 따갑다.

기어서 일어나려 하자, 세레스가 머리를 밟았다.

꾹꾹 짓누르고 있지만, 밀쳐낼 수가 없다.

"비참하네! 너한테 잘 어울려."

보옥은 내 근처를 굴러다니고 있고, 대검은 이미 사라졌다.

일어나려고 해도 떨쳐낼 수가 없었는데 갑자기 해방되었고—.

"자, 날아가!"

세레스가 내게 왼손을 내밀고는 불꽃을 내뿜으려 했다.

나는 보옥을 주워 움켜쥐었다.

여기까진가 하고 반쯤 포기하게 되었을 때, 마법이 세레스를 덮쳤다.

세레스는 내게 마법을 날리는 것을 멈추고, 자신에게 날아온 마법을 튕겨내서 없앴다.

마법이 날아온 방향으로 시선을 돌리자, 그곳에는 에바 씨가 오른팔을 이쪽으로 겨누고 있었다.

"어째서……!"

에바 씨는 웃고 있었다.

"샤논은 확실히 도망치게 했어."

대답이 되지를 않잖아. 나는 도망치기를 원했는데.

세레스가 왼손을 에바 씨에게 겨눴다.

"너는 천천히 태워 죽여주겠어. 엘프는 불에 타면 어떤 목소리로 울까?"

무표정하지만, 목소리에 분노가 담긴 세레스가 마법을 날리려 했다. 서둘러 일어나야 하는데, 대검을 사용한 탓인지 몸이 말을 듣지 않았다.

"이럴 때……!"

그러나, 상황이 일변했다.

퍽— 그런 소리가 주변에 들리자, 떨어져서 상황을 지켜보던 기사들이 외쳤다.

"세레스 님!"

세레스가 동요한 기사들을 노려봤다.

"너희는 움직이지 마! 나를 방해하지 말라고!"

"네, 넵!"

내 눈앞에 손바닥 사이즈의 얼음이 굴러왔다.

그것은 세레스의 머리에 직격해서 모피 모자를 찌그러뜨리고는 내 눈앞에 떨어졌다.

세레스는 피하지 못했다.

침묵한 세레스가 부들부들 분노에 떨기 시작했다.

핏발선 눈을 크게 뜨고는 주변을 찾자, 샤논이 서 있었다.

에바 씨보다 더욱 뒤쪽에 있고, 호흡이 조금 흐트러졌다.

마안의 힘을 사용하고 있는지, 샤논의 눈동자는 금색으로 빛났다.

"샤논, 왜 도망치지 않았어!"

나보다도 작고, 힘도 없는 샤논은 당당하게 대답했다.

"나는! 나는 저 여자한테 반드시 복수하겠다고 맹세했어! 도망치다니 싫어! 너희를 두고 도망치면 나는 평생 후회할 거니까!"

던진 얼음은 그렇게 크지도 않다.

세레스에게 준 대미지는 없는 거나 다름없다.

그럼에도, 샤논은 세레스에게 일격을 가했다.

그 모습을 본 나는 힘을 쥐어짜서 일어났다.

샤논에게 의식이 쏠린 세레스를 억누르기 위해서다. 그러나 몸에 닿기 직전 세레스가 그 자리에서 사라져버려서, 목표를 잃은 나는 바닥에 쓰러졌다.

세레스는 샤논 바로 앞까지 순식간에 이동해 있었다.

"샤논, 도망쳐!"

외친다고 어떻게 되지는 않겠지만, 외치지 않을 수 없었다.

분했다. ……손도 발도 내밀지 못하는 것이 이렇게나 분할 줄은 몰랐다.

나는 누구 하나 지킬 수 없다.

"그렇게는 안 돼!"

에바 씨가 마법을 날리려 하자, 세레스가 왼손을 에바 씨에게 겨눴다.

"꺄앗!"

에바 씨는 그 자리에서 날아가서 벽에 부딪혀 쓰러지고는 의식을 잃었다.

"에바 씨!"

몸이 움직이지 않는다.

6대가 외쳤다.

『샤논!』

5대가 세레스를 향해 말했다.

『괴물이냐. 이 정도일 거라고는 아무도 예상하지 못했어.』

자신들의 예상을 월등히 웃도는 세레스의 힘을 보자, 역대 당주들도 곤혹스러울 수밖에 없는 것 같다.

세레스는 샤논의 목을 왼손으로 잡고 들었다.
"그 눈, 특별해 보이네."
"이, 이거 놔!"
괴로워하는 샤논을 바라보면서, 세레스가 꺼림칙하게 웃었다.
"고물딱지에게는 아까워. 그러니까, 눈알을 도려낸 뒤에 고문해줄게. 천천히, 시간을 들여 죽여주겠어."
어떻게 해야 하지? 어떻게 해야 샤논을 구할 수 있지……!
나는 고민했고, 곧바로 해답에 도달했다.
자연스레 웃음이 나왔다.
"—뭐야, 화난 거냐?"
3대가 내 행동을 보고 초조해했다.
『라이엘, 여기서 도발은—. 그래, 각오를 다진 거구나.』
납득한 3대에게 대답하기 위해 보옥을 강하게 움켜쥐었다.
나는 에바 씨를 보고, 다시 세레스에게 시선을 돌리고는 비웃었다.
"그렇게나 여유로운 척했으면서 머리 위가 텅텅 비다니 웃음거리네! 네가 고물딱지 취급하던 샤논에게 한 방 먹은 기분은 어때!"
세레스를 비웃으며 바보 취급했다.
세레스는 나를 돌아보더니, 샤논을 내던지고 이리로 다가왔다.
압도적인 힘을 가졌더라도, 알맹이는 어리광쟁이 아이다. 표적을 휙휙 바꾸고, 자신의 감정을 우선하는 세레스라면 반드시 내게 오리라 생각했다.

레이피어를 든 세레스가 돌격하자, 나는 즉시 왼손으로 가드했고— 그대로 튕겨나서 창고 벽에 부딪혔다.

세레스의 레이피어가 내 왼팔을 찔러 벽에 박았다.

"끄악!"

칼날이 꾹꾹 움직이자, 왼팔에 격통이 스쳤다. 세레스는 나를 몇 번이고, 몇 번이고 짓밟듯이 걷어찼다.

"쓰레기가, 오물이, 무능한 놈이! 나를 바보 취급하지 마! 너 같은 찌꺼기만 남은 쓰레기가, 이 나를 비웃지 말라고!"

격노한 세레스는 조금 전과는 달리 나를 향한 분노를 불태우며 이성을 잃었다.

……그래. 그러면 돼.

세레스의 발차기를 받아내던 오른팔이 부러지자, 호흡이 거칠어진 세레스의 움직임이 멈췄다. 레이피어를 꾹꾹 움직이며 내가 괴로워하는 모습을 지켜봤다.

"내가 너한테 바보 취급받는 일이 있어서는 안 돼. 나는 그걸 위해서—."

"—끄악!"

이러는 사이에 에바 씨와 샤논이 도망쳐주기를 기원할 뿐이다. 세레스의 의식을 내게 모으기 위해, 괴로워하면서도 미소를 지었다.

고개를 들자, 세레스가 오른손을 들어 타오르는 거대한 화염구를 만들었다. 검붉은색으로 타오르는 불꽃이 주변의 눈이나 얼음을 녹였다.

나는 이미 움직일 수가 없었다.

"죽어, 쓰레기가! 너 따위, 노웰만 없었다면—."

……어째서 여기서 노웰의 이름이 나오는 거지?

다음 순간, 세레스가 딱 한 번 레이피어에 박힌 노란색 옥으로 시선을 보냈다. 그리고, 레이피어를 내게서 뽑아 그 자리에서 재빨리 떨어졌다.

"치킨 자식을 건드리지 마라아아아!"

조금 전까지 세레스가 있던 곳에 커다란 망치가 떨어졌다.

격노한 모니카가 내 앞에 나타났다.

"……모니카."

"말하지 마세요. 바로 다른 분들이 달려올 거예요. 이 자리는 모니카에게 맡겨주시길."

거대한 망치를 든 모니카는 세레스에게서 시선을 떼지 않았다.

"오토마톤? 흐응, 고대인이 만든 자동인형이라. 해체하면 재미있을 것 같네."

중얼중얼 혼잣말을 늘어놓는 세레스에게 모니카가 돌격했다.

망치를 세레스에게 후려쳤지만, 세레스는 왼팔로 받아냈다.

저 얇은 팔 어디에 저런 힘이 있는지 모르겠지만, 모니카가 파워에서 밀리는 모습은 처음 본 것 같다.

『모니카라도 안 되는 겁니까. 라이엘, 움직일 수 있겠습니까?』

4대의 목소리가 들리자, 나는 「무리 같아요」라고 대답했다. 마력도 다하고, 몸은 너덜너덜해서 움직이지 않는다.

『정말로 인간인지 의심스러워. 저게 사신의 아이— 초대는 정확하게 알아봤네. 우리도 세레스를 얕보고 있었고.』

3대의 목소리에는 분통함이 배어 나왔다.

모니카가 망치를 세레스에게 후려치면서 말했다.

"당신을 보니 적의가 솟아오르네요. 당신은 정말로 인간인가요?"

"실례되는 인형이네. 뭐, 내가 인간을 초월한 존재라는 건 인정해줄게!"

세레스가 모니카를 걷어차자, 모니카는 창고 벽에 처박혔다.

"모니카!"

외치자 입에서 피가 나왔다. 매우 위험한 상황이다.

모니카는 다른 위치에서 창고의 벽을 뚫고 나왔다. 세레스 뒤로 돌아 들어가 망치를 옆으로 후려친다.

"튼튼하네. 조금 흥미가 생겼어."

"기쁘지 않네요. 치킨 자식을 죽이려 한 당신만큼은 절대로 용서할 수 없어요!"

의식을 되찾은 에바 씨와 샤논이 내게 달려와 응급조치를 해줬다.

"안 돼. 피가 너무 많이 흐르고 있어."

에바 씨는 초조해했고, 샤논은 울고 있었다.

"너, 왜 나를 구한 거야!"

"시끄러워. 지켜주겠다고 했잖아."

도망치면 됐을 텐데……. 그러나 본심으로는 두 사람이 곁에 있어 주는 것이 기뻤다.

세레스가 마법을 날리자 모니카가 날아갔다. 지면에 떨어진 모니카는 오른팔을 잃고 옷이 타버렸다.

조금 늦게 망치가 지면에 떨어졌다. 심하게 타서 새카매졌고, 연기가 나오고 있다.

세레스 쪽을 보니, 세레스 주변에만 눈도 얼음도 없었고, 단숨에 기온이 상승해서 덥다.

모니카는 일어나서 왼손으로 망치를 들었다.

"모니카, 너 왜 재생하지 않는 거야!"

샤논이 너덜너덜한 모니카를 보며 울었다.

모니카에게는 자가 수복 능력이 있다.

"저의 수복에는 치킨 자식의 마력이 필요해요. 여기서 수복을 진행하면, 치킨 자식이 죽어요. 그것만큼은 절대 싫어요. 사절이에요!"

평소에는 장난스러운 태도인 주제에, 어째서 이럴 때만…….

나는 억지로 초대의 아츠를 사용했다. 리미트 버스트— 육체 강화에 더해서 몸의 부담을 무시하는 아츠는 사용하면 상처가 낫는 효과도 있다.

"라이엘, 무리하면 안 돼!"

에바 씨가 나를 걱정했지만, 아무것도 하지 않으면 죽을 뿐이다.

"어떻게든 저 녀석을 막아야 해."

세레스가 모니카를 덮치려던 그때였다.

이번에는 배틀 액스가 세레스를 덮쳤다. 그걸 레이피어로 튕겨낸 세레스가 다음으로 나타난 아리아 씨의 창을 왼손으로 잡아서 막아냈다.

"어라, 재빠르네."

"거짓말이지!"

자신의 아츠로 가속해서 눈에 보이지 않는 속도로 창을 찔렀다. 세레스는 그런 아리아 씨의 공격을 간단히 막아낸 것이다.

레이피어를 머리 위로 들자, 그곳에 소피아 씨가 배틀 액스를 내리쳤다.

가늘고 찌르는 공격에 특화된 레이피어가 배틀 액스— 전투도끼를 막아내고 있었다.

"말도 안 돼!"

소피아 씨도 믿기지 않은 것이리라.

아리아 씨의 창을 잡아서 소피아 씨에게 던지자 두 사람이 부딪쳐서 쓰러졌다.

"약하네. 정말로 잔챙이뿐. 이 쓰레기를 구하러 왔다는 건, 혹시 동료야? 잔챙이에게는 어울리는 동료네."

두 사람이 일어나서 무기를 들었다.

세레스는 흥미가 없어 보였다.

"너희들. 저 두 사람을 상대해주고 있어. 나는 지금부터 쓰레기를 태울 거니까."

기사나 병사들이 무기를 들고 두 사람을 둘러쌌다.

아리아 씨가 창을 들었다.

"소피아. 전원의 움직임을 막아줘."

소피아 씨가 고개를 가로저었다.

“아까부터 하고 있어요. 하고 있지만—.”

효과가 없었던 거겠지. 병사들의 움직임은 둔하지만, 그래도 움직이고 있다. 기사들에게는 효과가 보이지 않는다. 7대가 분통해했다.

『본래라면 라이엘을 지켜야 하는 기사들이 적으로 돌아섰다는 건가.』

그순간, 갑자기 거대한 검은 호랑이가 기사나 병사들을 쓸어버리면서 달려오더니, 그 등에 올라탄 미란다 씨와 클라라 씨가 두 사람을 회수했다.

『미란다!』

6대가 목소리를 높였다. 그건 잘 왔다는 목소리—.

5대가 서서히 냉정해졌다.

『이걸로 조금은 살아남을 확률이 올라갔어.』

이긴다고 말하지 않는 건, 그만큼 힘의 차이가 있어서겠지.

미란다 씨는 이리로 오더니, 호랑이 등에서 내려와 세레스 앞에서 무기를 들었다.

“클라라, 라이엘 일행과 함께 그대로 도망쳐.”

샤논이 미란다 씨를 보고 외쳤다.

“언니!”

“어서 가! —나라도 시간을 벌 수 있을지 의심스러워.”

세레스는 시시해 보이는 표정이었다.

“……그쪽의 편을 드는 의미를 알고 있는 거야?”

"알고 있어."

"유감이네. 당신, 내 마음에 들었는데."

미란다 씨는 울고 있는 샤논을 힐끔 바라봤다.

"나는 당신이 싫거든."

"그래. 그럼 사라져."

미란다 씨가 만들어낸 거대한 검은 호랑이는 골렘이었다. 세레스에게 보내자, 순식간에 썰려서 흙으로 돌아갔다.

그 틈에 나이프를 차례차례 던졌다. 화살촉 같은 모양을 한 투척 나이프는 날 부분이 점토처럼 되어있다.

세레스 주변에 뿌려서 차례차례 폭발을 일으킨 미란다 씨가 우리를 위해 골렘을 하나 준비했다.

귀엽게 데포르메된 거미는 등이 컸다.

"라이엘을 태우고 도망—."

그런 골렘을, 하늘에서 떨어진 세레스가 짓뭉갰다.

"유감입니다. 놓치지 않아요~!"

아리아 씨와 소피아 씨가 세레스를 덮쳤지만, 두 사람은 걷어차여 날아갔다.

모니카가 세레스를 붙잡으려 했지만, 레이피어에 베여서 왼팔과 오른 다리가 절단되어 바닥에 미끄러져 쓰러졌다.

클라라 씨가 의수인 왼손을 세레스에게 겨누자, 그곳에서 불이 뿜어져 나왔다.

"……이게, 라이엘 씨의 여동생인가요."

클라라 씨가 놀라는 것도 무리는 아니다.

불꽃 속에 있는데도 화상조차 입지 않고 걸어오고 있다. 클라라 씨의 왼팔을 붙잡은 세레스가 그대로 뭉개버렸다.

"흐응, 이거 의수구나."

"윽!"

공포에 질려 움직이지 못하는 클라라 씨를 구하기 위해 움직인 것은 에바 씨였다. 세레스와 클라라 씨 사이에 끼어들어서 내게 받은 단검을 찔렀다.

"이게에!"

그러나 세레스는 간단히 걷어냈고, 에바 씨는 지면에 쓰러졌다.

"에바 씨!"

에바 씨를 구하려던 클라라 씨를 붙잡기 위해 세레스가 손을 뻗었다. 그런 세레스의 팔에 미란다 씨의 실이 휘감겼다.

"너희들, 빨리—."

—도망치라고 말하기도 전에 세레스가 억지로 미란다 씨의 실을 잡아당겼다. 그대로 끌려간 미란다 씨는 벽에 부딪혔고, 실은 레이피어로 끊었다.

"언니!"

벽에 부딪혀 쓰러진 미란다 씨에게 달려간 샤논이 필사적으로 말을 걸었다.

"나를 건드리지 말라고. 하아, 그나저나 더러워졌네. 이 코트, 마음에 들었는데…… 맞다! 결혼하는 기사가 있었지. 그녀석한테 선물하자. 아내는 안지 말고 매일 밤 이 코트를 안고 자라고 해야겠어. 재미있잖아."

악취미이기 그지없다. 어째서 이런 여동생이 되었는지 이해하기 힘들다.

세레스가 미웠다.

내게서 모든 것을 빼앗고, 내가 얻지 못한 것을 모두 얻고—그리고, 겨우 손에 넣은 것조차 파괴하고 있다.

동료가 눈앞에서 차례차례 쓰러지는 광경을 보며, 나는 눈물을 흘렸다.

그런 내 모습을 보자, 세레스가 해맑은 미소를 지었다. 너무나도 기뻐하는 그 얼굴이, 내게는 어마어마하게 추악하게 보였다.

"좋네, 그 얼굴! 그 얼굴을 보고 싶었어! 정말 최고야. 너는 마지막에 죽여줄게. 그때까지 이 녀석들을 천천히 눈앞에서 희롱하다 죽여주겠어. 아아, 벌써부터 기대돼서 견딜 수가 없네."

황홀한 표정을 지은 세레스에게, 나는—.

"너느으으으은! 너 같은 녀석에게!"

일어나서 발을 내디디려는 순간—.

세레스가 그 자리에서 뭔가를 두려워하듯이 물러났다. 조금 전까지의 여유도 사라졌고, 힐끔힐끔 레이피어에 박힌 노란색 옥을 보고 있다.

지금까지 우리에게 보여준 적이 없는 그 모습— 시선 너머에 있는 건.

"—노웸."

왼손에 지팡이를 든 노웸이, 천천히 걸어왔다.

그 얼굴은 평소의 다정한 모습이 아니라, 무표정했고— 그리고 우리를 힐끗 보고는 살짝 눈살을 찡그렸다.

우리를 지나쳐서 세레스 앞에 선 노웸의 입이 열렸다.

"……약속과는 다르네요. 세레스 님."

세레스는 노란색 옥으로 시선을 돌리면서 노웸과 대화를 시작했다.

"그랬었나? 잊어버렸네."

"제가 말씀드렸을 텐데요. 라이엘 님께 손을 대면 용서하지 않겠다고."

"……흐응, 그래서 어쩌려고? 나는 세레스 월트야. 너희가 소중히 여기는 월트 가의 후계자. 그런 내게 손을 대겠다는 거야?"

"필요하다면 그렇게 할 뿐이죠. 제게 중요한 것은 라이엘 님이에요. 당신의 우선순위는 그 아래고요."

노웸의 말은 매우 차가웠고, 노기를 품고 있다는 걸 알 수 있었다.

나를 지키려 하는 것도 알 수 있다.

그러나— 그러나!

"노웸, 대체 어떻게 된 거야!"

노웸은 내 목소리를 듣고도 돌아보지 않았다.

세레스는 노웸과 싸우는 것을 주저하는 것처럼 보인다. 우리와 싸웠을 때는 압도적인 차이를 보이던 세레스가 고민에

잠겨있다.

"……지금의 나는 강해. 너 따위에게 질 것 같아?"

"이길 수는 없겠죠. 하지만, 시험해 보시겠나요? 저는 이기지 못할지도 모르지만, 세레스 님도 멀쩡할 수는 없어요."

세레스의 얼굴이 씁쓸한 표정으로 변했지만, 분노에 몸을 맡겨 공격해오지는 않았다. 노란색 옥을 계속 보고 있다.

대체 저 안에 누가 있는지 신경 쓰였지만, 세레스는 아랫입술을 한 번 깨물고는 레이피어를 칼집에 넣었다.

"……물러나 주겠어. 이러면 되지?"

"네, 이쪽에서 쫓지는 않아요. 그리고, 하나 질문이 있는데요."

"뭔데?"

돌아가려고 등을 보이던 세레스가 몸을 돌려서 노웸의 얼굴을 봤다.

"당신은 세레스 님인가요, 아니면 『셉템』인가요?"

순간, 세레스가 단숨에 노기를 발했다.

"나를 그 이름으로 부르지 마!"

다시 전투가 벌어질 것 같았지만, 세레스는 다시 노란색 옥—보옥을 신경 쓰더니, 그대로 마차로 향했다.

세레스와 월트 가 기사, 병사들이 물러가는 모습을 본 노웸은 이리로 다가왔다.

안도감과, 다양한 감정이 나를 덮쳤다.

"라이엘 님. 지금 바로 치료해 드릴게요."

노웸이 내 곁에 왔다.

입을 열려고 했지만, 내 의식이 멀어졌다.
그대로 바닥에 쓰러지자, 우리 곁에 마차가 다가왔다.
월트 가가 아닌, 그 가문 문장은— 판바이유 왕가의 것이었다.

—월트 가 마차 안.
세레스는 정말로 짜증이 났다.
하지만. 지금의 모습은 레이피어에 박힌 노란색 보옥을 보면서 혼잣말을 중얼거리고 있는 걸로밖에 보이지 않았다.
"시끄럽네. 그래그래, 알았어. 나 참, 왜 내가 그 녀석을 따라야만 하는 거야."
그런 세레스는, 마차가 속도를 낮추고 있다는 걸 알아챘다.
마부가 무슨 소리를 냈고, 주변 기사나 병사들이 대응했다.
기사가 보고하러 찾아왔다.
"세레스 님, 저기—."
"뭔데?"
"리오넬 월트라는 남자가 세레스 님을 뵙고 싶다고 합니다."
평소에는 빠릿빠릿한 기사가 곤혹스러워하고 있었고, 세레스는 잠시 고민했다. 신경 쓰이는 건 남자의 이름이다.
"월트?"
노란색 보옥으로 시선을 돌리고는「흐응」하고 감탄한 목소리를 냈다.
세레스는 미소를 지으며 말했다.
"재미있어 보이네. 데려와."

"예!"

기사가 그 남자를 데려오자, 세레스는 순간 놀라면서도 배를 잡고 웃기 시작했다—.

제86화 진실

—판바이유 왕가가 소유한 센트럴의 저택.

그곳을 찾아온 건 데미언이었다.

리안 앞에서 소파에 누워있다.

“유명한 데미언 교수를 보게 되어 영광이에요. 소문대로의 인물이네요.”

데미언 뒤에 대기하고 있는 릴리가 고개를 숙였다.

“주인님은 연구 말고는 흥미가 없으셔서요.”

사과처럼 보이지만, 결국 변명이었다.

“……오토마톤이라는 건 정말 신기하네요. 실례되는 태도가 기본인가요?”

데미언은 흥미 없다는 듯이 답했다.

“글쎄? 그래도 라이엘 쪽의…… 누구였더라?”

“뽀용뽀용이요.”

릴리에게 이름을 확인받은 데미언은 「그랬었지」라고 말하며 말을 이었다.

“뭐, 그 뽀용뽀용 쪽이 더 심하지. 고대인이 그런 식으로 만들어서 그런 것 아닐까? 흥미는 없지만, 분명 고대인은 대범했던 거겠지. 그보다도, 여기에 라이엘 일행이 있다면서?”

리안은 자유로운 데미언의 모습을 보고 조금 어이없어했다.

"확실히 이 저택에 머물고는 있죠. 지금은 누군가와 이야기 할 수 있는 상태는 아닌 것 같지만요."

데미언이 안경을 벗었다.

"어라, 중상인가?"

리안이 고개를 가로저었다.

"부상의 문제는 아니에요. 그들은 이제 틀린 걸지도 모르겠네요. 한번 무너진 신뢰 관계는 원래대로 돌아가지 않으니까요."

리안은 그렇게 말하며 데미언에게 라이엘 일행의 이야기를 시작했다—.

저택의 어느 방.

내가 숙박하는 이 방에 전원이 모였다.

의자에 앉은 나는 붕대투성이.

그런 나를 걱정하는 노웸에게, 미란다 씨가 말했다.

"노웸은 믿을 수가 없어."

목에 걸린 보옥은 조용했다.

누구도 노웸을 감싸려 하지 않는다.

미란다 씨도 손목에 붕대를 감았고, 샤논은 조용히 고개를 숙인 채 미란다 씨를 안고 있다.

"그 세레스와 어떤 관계인 걸까?"

그 자리에서 세레스가 물러난 것은 노웸과 싸우고 싶지 않았으니까. 게다가 노웸이 세레스와 뭔가 약속을 했다는 건 명백했다.

노웸은 나를 바라봤다.

“……라이엘 님은 이제 막 깨어나셨어요. 이야기라면 다른 기회에 해주세요.”

미란다 씨의 추궁은 멈추지 않았다.

“그렇게 도망칠 거야? 너, 대체 뭘 숨기고 있는 거야.”

에바 씨가 노웸을 감쌌다.

“잠깐 기다려. 노웸 덕분에 살았잖아!”

미란다 씨는 「그러게」라고 말하며 인정했지만.

“우리가 손도 발도 내밀지 못했던 세레스가, 노웸이 오니까 물러나더라. 대체 무엇 때문에 실력을 숨기고 있었던 걸까?”

소피아 씨가 고개를 가로저었다.

“미란다 씨, 진정하세요. 노웸 씨를 책망해서 뭘 하고 싶으신 건가요?”

그런 소피아 씨의 의견을 무시한 미란다 씨가 내게 시선을 보냈다.

“라이엘에게 정해달라고 할까. 나는 노웸과 동료로 함께 해나가는 건 무리야. 비밀로 하고 있었기 때문만은 아니야. 노웸은 믿을 수가 없어.”

노웸을 감싼 것은 아리아 씨였다.

“기다려봐. 노웸은 라이엘을 위해—.”

“그것도 수상쩍어. 그때, 노웸은 모니카 다음에 바로 여관을 나갔어. 그런데 도착한 건 우리 이후였지. 우리가 추월했다는 거야?”

노웸은 묵묵히 이야기를 들었다.

클라라 씨가 미란다 씨의 말을 보충했다.

망가진 의수를 눈앞에 놓고 보고 있었다.

“노웸 씨가 길을 잘못 들었다고는 생각할 수 없어요. 만약 저희와 다른 루트를 선택했다 해도, 도착이 너무 늦어요.”

아리아 씨가 반박하려 하자, 모니카도 미란다 씨 쪽에 선 발언을 했다.

“세레스와의 대화로 짐작해보면, 저희에게 뭔가 숨기고 있다는 건 사실이겠죠. 『셉템』이란 대체 무슨 의미가 있는 걸까요?”

그때, 노웸이 세레스에게 말했던 이름이다.

당신은 세레스인가, 아니면 셉템인가.

노웸이 뭔가 알고 있는 건 사실이다.

아리아 씨도, 그리고 소피아 씨도 노웸을 바라봤다.

……노웸은 대답이 없었다.

에바 씨가 발을 동동 굴렀다.

“너희들! 노웸이 없었다면 전원 큰일이 벌어졌을 거야! 은혜를 원수로 갚으려는 거야?”

미란다 씨는 무척 차가운 눈초리로 반박했다.

“그때는 고마워. 이러면 될까? 애초에 믿을 수 없는 녀석과 앞으로 함께 해나갈 수는 없어. 언제 자다가 목이 달아날지 모르잖아.”

보옥에서는 7대의 목소리가 들렸다.

『정론이군. 지금의 노웸은 믿을 수가 없다.』

다른 역대 당주들은 아무 말이 없다.

7대의 의견을 긍정하고 있는 모양이다.

미란다 씨가 내게 결단을 요구했다.

"라이엘, 당신이 정해. 노웰을 여기서 내보내지 않는다면, 나와 샤논은 따라갈 수 없어."

"네?!"

놀란 건 샤논이었다.

나는 오른손으로 얼굴을 누르며 말했다.

"……노웰, 내 몸 상태는 문제없어. 진실을 말해줘."

노웰은 한 번 눈을 감고는, 천천히 다시 떴다.

"네, 라이엘 님."

노웰의 이야기가 시작됐다.

"먼저 전해드릴게요. 저는 세레스 님을 위해서도, 월트 가를 위해서도 아닌, 라이엘 님을 위해 살고 있어요. 라이엘 님의 편이에요."

미란다 씨가 「그럼 좋겠네」라고 중얼거렸다.

"6년 전. 그리고 지금에 이르기까지를 말씀드리려면, 사전에 알아야 하는 정보가 있어요. 이야기는 센트라스 왕국이 멸망하고, 반세임이 새로운 왕국을 건국할 때까지 거슬러 올라가요."

"어라, 대단히 옛날이야기네. ……계속해."

미란다 씨는 들어주겠다는 태도를 보이며 가슴 밑에 팔짱을 꼈다.

노웸이 이야기하는 건, 일찍이 대륙을 지배한 왕국— 센트라스 왕국에 대해서다.

"대륙 전체를 지배하던 센트라스 왕국은 한 여성의 탄생으로 인해 붕괴의 길을 걸어요. 이름은 아그리사…… 자신 이외의 왕족을 처형하고, 여왕을 자칭하며 온갖 악역무도한 짓을 벌였던 여성이죠. 대륙을 피폐하게 만든 경국의 미녀라고 하면 아시겠죠?"

아리아 씨가 울컥한 표정을 지었다.

"나도 그 정도라면 알고 있어. 하지만 그게 어쨌다고? 무슨 이야기인지 전혀 모르겠는데."

아그리사의 이름이 나왔지만, 그게 나와 무슨 연결이 있는지는 누구도 상상하지 못했다.

"……아그리사는 확실히 토벌됐어요. 하지만 반세임은 센트라스 왕가의 핏줄을 원하며 아그리사의 아이를 변경의 황무지에 유폐했죠."

모두가 놀랐다.

이야기에도, 역사서에도— 아그리사의 아이와 손주는 모두 죽었다고 들었기 때문이리라.

내가 이 이야기를 들었을 때는 가볍게 흘려버렸었다. 그러나 지금은—.

"귀족의 피는 마법사의 피예요. 센트라스 왕국의 핏줄은 마법사로서도 당시에 가장 우수한 핏줄이었으니까요. 반세임은 그 피를 받아들이고 싶었던 거겠죠."

3대는 그 이야기가 신경 쓰였던 모양이다.

『어째서 숨겼는지 모르겠네. 핏줄의 정통성을 가지고 대륙의 새로운 지배자를 자칭하려면, 숨겨서는 안 됐어. 숨겨뒀다가 언젠가 자신들의 핏줄에 받아들일 작정이었는지도 모르지만, 아그리사의 핏줄이잖아? 디메리트가 너무 큰 것 같은데. 숨겨서 받아들일 정도의 힘이었나?』

디메리트는, 아그리사라는 악녀의 피를 잇는다는 것…… 모든 사람에게 공포의 대상이었던 아그리사다. 그 피를 받아들이면, 악녀의 자손이 될 것이다.

5대가 다른 시점에서 생각했다.

『초대의 말로는, 진짜 요물이거나 괴물이었다지 않았나. 그런 녀석의 피를 원하는 이유를 모르겠는데. 자신들이 쓰러뜨린 상대잖아? 왜 피를 원하지? 마치 뭔가…… 아그리사보다도 두려워하는 무언가가 있었던 것 같잖아.』

아그리사의 피를 받아들인다.

거기에 무슨 의미가 있는지는 지금은 알 수 없다.

클라라 씨의 안경이 조금 기울어졌지만, 본인은 그걸 신경 쓸 여유도 없는지 그대로 노웰에게 물었다.

"자, 잠깐만요. 역사서에는 센트라스 왕국의 자손은 없다고 하던데…… 게, 게다가, 살려둘 이유를 모르겠어요. 왕가의 핏줄을 받아들여서 대륙의 지배자라는 정통성을 보여야 한다면, 숨겨서는 의미가 없잖아요."

그 질문에 대답한 건 미란다 씨였다.

"역사 같은 건 이긴 녀석이 마음대로 할 수 있으니까. 불리한 진실은 숨기더라도 이상하지 않아. 게다가, 노웸이 확실히 말했잖아. 반세임 왕가는 그 핏줄을— 힘을 원했다면서? 나는 그것도 의문이긴 하지만."

노웸은 고개를 끄덕이며 이야기를 계속했다.

"일족은 반세임의 감시하에 놓였고, 변경의 황무지에서 이름뿐인 후작으로 살아가게 돼요. 본래라면 몇 대 뒤에 양가가 화해하고 혼인을 맺을 예정이었죠. 하지만, 시대의 흐름 탓인지 그건 실현되지 않았어요."

적당히 열기가 식을 무렵에 피를 받아들일 작정이었지만…….

대륙은 센트라스 왕가 붕괴 후, 각지에서 나라가 난립하게 된다.

탄생하고는 멸망하고, 격렬한 전쟁이 이어졌다.

언제부턴가 반세임 왕국은 센트라스 왕가의 피를 받아들이는 것을 잊어버렸다.

"때를 봐서 받아들일 작정이었던 것이, 장기간의 냉대가 이어지고 말았어요. 후작가는 반세임이 몇 대에 걸쳐 자신들을 괴롭히기 위해 가둬둔 거라 생각하게 되었죠."

4대가 어이없어했다.

『정말이지 귀찮게 되어버렸군요. 화해고 뭐고 할 수가 없게 되지 않았습니까.』

동의한 것은 6대였다.

『쓸데없는 원한과 고통만 쌓였으니까요. 솔직히 화해는 무리라고 포기했었습니다.』

노웸의 이야기가 이어졌다.

"시대가 흘러, 판바이유 왕국과 격렬하게 싸우던 무렵이에요. 후작가는 반란을 일으켰어요. 판바이유 왕국에게 눌려서 약체화된 반세임에게 싸움을 건 거죠."

에바 씨도 곤혹스러워했다.

"들은 적도 없는 이야기네."

"그건 반란이 조기에 해결되었기 때문이에요. 당시 월트 가의 당주는 7대이신 브로드 님. 라이엘 님의 조부에 해당하세요."

7대의 이야기가 나온 무렵…… 샤논은 졸려오는지 고개를 흔들어댔다.

미란다 씨가 방에 있는 소파에서 재우는 가운데, 이야기는 계속됐다.

"후작가는 반세임에 패했어요. 이유는 판바이유 왕국과의 전투를 브로드 님이 조기에 끝냈기 때문이에요. 훌륭한 승리였으니까요."

여력이 생긴 반세임 왕가는 반란을 알아채고 조기에 진압.

원래부터 싸울 힘이 거의 없었던 후작가는 숙청당하게 되었다.

그랬어야 하는데…….

"반란 진압 후, 후작가의 생존자는 딸 한 명만이 남게 되었어요. 사정을 알게 된 월트 가는 당시 왕가의 상담자라는 위치에 있었어요. 브로드 님은 반세임과 향후의 일을 상의했고, 살아남은 딸을 거두게 되죠."

아리아 씨와 소피아 씨를 제외한 모두의 시선이 내게 모였다.

두 사람이 곤혹스러워했다.

"어? 무, 무슨 일인데?"

"라이엘 공에게 뭔가 있나요?"

그런 두 사람에게 모니카가 보충 설명을 했다. 조금 바보 취급하는 미소를 짓고 있다.

"어라? 지금까지의 이야기로 눈치채지 못했다고요? 안쓰러운 두 분을 위해 가르쳐드리죠. 다시 말해서! 치킨 자식은 센트라스 왕가의 피를 이은 겁니다!"

아리아 씨가 고개를 갸웃했다.

"어, 왜?"

포즈를 잡은 모니카가 조금 곤란해했다.

"……이거, 처음부터 이야기한 게 정답이었네요. 암여우치고는 좋은 판단이었어요."

노웸이 세세하게 설명해줬다.

"당초에는 센트라스 왕가의 핏줄을 여기서 단절시키는 건 아깝다는 판단을 내렸어요. 왕가에서 숨겨줄 수는 없어서, 믿을 수 있는 브로드 님에게 딸— 제노아 님을 맡긴 거죠."

미란다 씨가 중얼거렸다.

"라이엘의 조모님이네."

소피아 씨가 놀랐다.

"그, 그건!"

아리아 씨도 겨우 알아챈 것이리라. 내 얼굴을 보고 놀랐다.

7대는 당시를 떠올리자 조금 분한 모양이었다.

『……설마 이런 일이 벌어질 줄이야.』

노웸이 「여기서부터가 중요해요」라고 말하며 설명으로 돌아왔다.

"브로드 님과 제노아 님은 맺어졌어요. 반세임도 월트 가에 센트라스 왕가의 핏줄이 들어가는 걸 염려하기는 했어요. 하지만 제노아 님의 격렬한 분노는 왕가를 향하고 있었으니까, 월트 가를 사이에 두고 몇 대가 지난 뒤에 피를 받아들이자는 방침을 정한 거예요."

5대가 바보 취급하듯이 중얼거렸다.

『어디서 들은 이야기네. ……똑같은 짓을 반복한 결과 태어난 게 세레스인 건가. 웃을 수가 없어.』

"본래 저는 라이엘 님과 결혼할 신분이었어요. 라이엘 님이나, 아니면 라이엘 님의 아들이 왕가 직계에서 딸을 들이고, 월트 가는 공작가가 될 예정이었으니까요."

그리고 공작가가 된 월트 가에서 딸을 들여서, 왕가는 센트라스 왕가의 핏줄을 받아들일 작정이었다…… 몇 세대에 걸쳐서 질척질척하게 진행하려던 거다.

"……월트 가에 시집을 오게 된 제노아 님이 가져오신 물건이 있어요. 그것은, 노란색 옥— 아니, 보옥이라고 불러야 할 마구였죠."

아리아 씨가 자신의 목에 걸린 붉은 옥을 손에 들었다.

"어, 이거? 호, 혹시 세레스가 그렇게나 강했던 이유가……!"

노웸은 고개를 가로저었다.
“옥과는 달라요. 옥은 어디까지나 아츠를 기억하는 도구에요. 애초에 보옥을 모조한 열화품이 옥이죠.”
옥의 오리지널.
세레스가 한 말은 그런 의미였던 거다.
“대대로 일족의 여성이 보관하던 노란색 보옥에는 한 명의 인격이 기억되어 있었어요. 보옥과 옥의 차이점이죠. 보옥은 아츠만이 아니라 인격도 기억해요.”
미란다 씨가 눈을 가늘게 뜨고 중얼거렸다.
“아그리사구나.”
노웸은 긍정하며 말을 이었다.
“세레스 님이 가지고 있던 노란색 보옥— 그것은 제노아 님이 월트 가에 가지고 온 노란색 보옥이에요.”
7대가 힘없이 동의했다.
『그래. 그건 제노아가 관리하고 있었지. 아무 일도 없다면 클레어나 세레스에게 계승하겠다고 했지만…….』
7대도 그쪽 기억은 없는 모양이다. 그러나 세레스가 가지고 있다면, 할머님은 세레스에게 노란색 보옥을 건네준 걸까?
“제노아 님은 노란색 보옥을 봉인하셨어요. 누구에게도 계승하지 않고 세상을 떠나셨죠.”
미란다 씨는 노웸을 믿지 못한 모양이다.
“그걸 왜 당신이 알고 있어?”
“세레스 님이 노란색 보옥을 손에 넣으셨으니까요. 경위는 모르겠지만, 그날부터 세레스 님은 변하셨어요."

소피아 씨가 아리아 씨의 붉은 옥을 봤다.

"커다란 힘을 얻고 변했다는 건가요?"

노웸은 고개를 가로저었다.

"……제노아 님이 가져오신 노란색 보옥은 그저 아츠를 사용하는 도구가 아니에요. 아그리사의 힘을 그대로 재현하는 것. 바꿔 말하면, 아그리사를 부활시키는 도구죠."

3대가 한숨을 내쉬었다.

『이거 또 무척이나 귀찮은 일이네.』

4대가 놀랐다.

『보옥의 역할이란 설마—.』

인격을 보존하고, 새로운 육체에 이식하는 것?

경악스러운 말의 연속이라 냉정함을 잃어버린 아리아 씨가 말했다.

"자, 잠깐만. 그런 일이 가능할 리가—."

모니카는 즉답했다.

"불가능하지는 않네요."

이 자리의 분위기가 이상해졌다.

클라라 씨가 중얼거렸다.

"오컬트 같은 이야기네요."

"제가 보기에는 마법이 존재하는 것만으로도 충분히 오컬트이고 판타지인데 말이죠. 자, 그럼. 이야기를 계속 들어볼까요?"

노웸은 그제야 내 이야기를 했다.

"……라이엘 님에게는 열 살 전후의 기억이 없어요. 혹은 무척이나 애매해졌죠."

전원의 시선이 내게 모였다.

"……잠깐만. 확실히 애매하긴 해도, 어린 시절의 기억은 확실히 있어."

노웸은 고개를 가로저었다.

"지금의 라이엘 님과 이전의 라이엘 님은 다른 사람이에요. 세레스 님이 보옥을 손에 넣은 그날에 한 것은, 라이엘 님에게서 모든 것을 빼앗고 파괴하는 것이었어요."

파괴라는 말에 위화감이 느껴졌다.

소피아 씨가 나를 보며 말했다.

"그럼, 혹시 라이엘 공이 때때로 철부지 같았던 건—."

노웸이 수긍했다.

"모든 것을 빼앗긴 라이엘 님은 당초에는 정신적으로 훨씬 어리고 불안정했어요. 저택에서도 나가지 못하고, 세상을 알 기회가 주어지지 않았죠. 기억의 대부분을 잃고 그런 생활을 보냈으니 철부지가 되는 것도 어쩔 수 없어요."

내가 정신적으로 어리고 철부지였던 이유는 세레스에게 있었다. 뭔가 당했다는 생각은 했었지만, 그래도 설마 이런 일이 가능했다니 예상 밖이다. 예상조차 하지 못했다.

미란다 씨가 확인했다.

"파괴라는 건 무슨 뜻이야? 죽였다는 것하고는 다른 거지?"

"라이엘 님은 주변의 기대를 받는 인물이었어요. 천재, 기린아라고 불린 적도 있었죠. 세레스 님은 그런 라이엘 님에게서 모든 것을 빼앗고 폐인으로 만들려고 했어요."
"그런 게 가능해?"
"그것도 아츠의 능력 중 하나에요."
"……잠깐만. 세레스가 주변을 매료하는 건 아츠 때문 아냐? 그 보옥에는 그 밖에도 아츠가 있어?"
기억된 인격은 하나.
그러나 아츠는 다수 존재한다.
확실히 내가 가지고 있는 푸른 보옥과는 다르다.
"확실하게 다수 존재하고 있어요. 아츠만이 아니라 아그리사의 힘을 재현할 가능성도 있죠."
화제가 엇나갔다며 중얼거린 노웸이 말을 이었다.
"세레스 님은 라이엘 님에게서 기억, 마력, 그 밖의 여러 가지를 빼앗았어요. 한 번에 모든 것을 빼앗을 수는 없기에, 조금씩 빼앗아갔죠. 월트 가 저택의 분위기도 그때부터 달라졌어요. 제가 눈치챘을 때는 이미 늦었죠."
……내가 세레스에게 모든 것을 빼앗겼다고?
기억도, 그리고 힘도…… 있을 곳조차도 세레스에게 빼앗긴 건가.
"자, 잠깐만. 노웸. 왜 세레스는 내게 그런 짓을 한 거지? 기억을 잃기 전의 나는 그렇게 미움 받고 있었어?"
세레스가 내게 복수한 건가 싶었는데, 그런 건 아닌 모양이다.
"아니에요. 라이엘 님은 모두에게 다정하고, 그리고 세레스 님도 귀여워했어요. 단지…… 세레스 님이 태생적으로 그런 성격이었다고밖에 말할 수가 없네요. 지금 생각하면, 생전의 제노아 님은 그걸 염려해서 보옥을 세레스 님에게 넘기지 않은 게 아닐까요."

내게 모이는 시선은 동정적이었다.

이유가 있다면 그나마 이해할 수 있다. 그러나 그 녀석의 기분에 따라 모든 것을 빼앗긴 나는 대체 어떻게 해야 하지?

모니카가 물었다.

"아그리사라는 악녀에게 이미 몸을 빼앗긴 게 아닌가요?"

"그건 아니에요. 그날, 저는 폭스즈 가 사람과 만났어요. 이야기를 들어보면, 아직 세레스 님은 자신을 유지하고 있어요."

"……유지하고 있는데도 그 모양이라면, 아그리사 운운하는 이야기와는 상관없이 위험하네요."

노웸이 나를 봤다.

"월트 가의 변화를 눈치챈 뒤, 저는 세레스 님과 교섭했어요. 라이엘 님에게 손을 대지 말라는 약속을 받아냈죠. 세레스 님도 당시에는 지금보다 힘이 약했고…… 제게도 교섭할 여지가 있었으니까요. 성인이 될 때까지는 저택에서 돌보는 것도 인정받았어요."

미란다 씨가 허리에 손을 댔다.

"그 후에 라이엘은 연금 생활. 성인이 되자마자 쫓겨났다는 거네. 그래. 몇 할은 진실이라고 하더라도, 역시 납득할 수 없어."

에바 씨가 미란다 씨를 노려봤다.

"너, 노웸이 라이엘을 얼마나 걱정하는지—."

"그래서야. 그래서 더더욱 믿을 수 없어. 노웸, 너는 의무로 라이엘 곁에 있는 거야? 대답해봐."

노웸은 고개를 가로저었다.

"의무는 아니에요. 제가 그러고 싶기 때문이죠. 월트 가나 친가와는 상관없어요."

"그럼 질문을 바꿀게. 너, 라이엘에게— 우리에게 뭘 시키고 싶은 거야?"

노웸은 잠시 고개를 수그리며 침묵한 뒤, 얼굴을 들었다.

"……세레스 님을 막을 수 있는 건 라이엘 님뿐이에요. 라이엘 님은 세레스 님의 매료에 대항할 수 있어요. 다른 사람으로는 안 돼요. 특히 이성— 남성은 세레스 님이 전력을 보이게 되면 곧바로 농락당해요."

노웸이 부자연스러울 정도로 내 곁에 여성을 모은 이유. 그건 세레스에게 있었다.

"그럼, 내 주변에 여자를 모은 건—."

"싸우든, 도망치든, 매료되지 않는 강한 여성이 필요했어요. 실제로 그날 누구 한 명도 세레스 님에게 매료되지 않았어요. 남성이었다면…… 이렇게 되지는 않았겠죠. 드물게 매료되지 않는 분도 있지만, 여성보다는 적을 테니까요."

노웸이 말했다.

"저는 세레스 님에게는 이길 수 없어요. 기껏해야 부상을 입힐 정도의 힘밖에 없죠. 게다가 제가 쓰러진다면, 다음에는 라이엘 님이 표적이 돼요."

그것만큼은 할 수 없었다고 말하는 노웰에게 뭐라고 말해야 좋을지 알 수 없었다.

떠오른 것은 『셉템』이라는 말이다.

"그럼, 셉템이라는 건 뭐야?"

"……아그리사의 별칭이에요. 일곱 번째 여신, 아그리사는 그 환생이라고 자칭하고 있었으니까요."

3대는 몰랐던 모양이다.

『때때로 그렇게 여신을 자칭하는 사람이 나오긴 했지만, 잔학무도한 아그리사가 일곱 번째 여신이라. 사람들에게 가장 다정했던 여신의 이름을 자칭한 건 비꼬는 의미였을까? 그나저나, 세레스는 셉템이라 불리는 걸 무척이나 싫어하던데.』

5대가 한숨을 내쉬었다.

『—그럼, 라이엘. 너는 어떻게 할 거야?』

주변의 시선 앞에서, 나는 결단을 내리지 못했다.

"……시간이 필요해."

그렇게 말하며 대화를 끝냈다.

제87화 결단

노웸이 진실을 이야기한 밤.

나는 보옥 안으로 왔다.

원탁의 방에 떠오른 것은, 부서진 은색의 대검과 활이다. 양쪽 모두 부서져서, 쓸 수 있을 것처럼 보이지는 않았다.

3대가 곤란한 듯 이야기를 꺼냈다.

『노웸이 뭔가 숨기고 있다는 생각은 했었지만, 상상 이상으로 무거운 이야기였네. 가능하면 좀 더 빨리 상담해줬으면 좋았을 텐데.』

7대가 어깨를 떨궜다.

『제노아가 가지고 있던 노란색 옥이 진짜 보옥이고, 아그리사의 기억이 있을 줄은 생각도 하지 못했습니다.』

4대가 7대에게 날카로운 시선을 보냈다.

『아그리사의 피를 받아들이려 했다가 터무니없는 일이 벌어졌군요.』

『누가 이런 일이 일어나리라 상상할 수 있겠습니까? 애초에, 여기 있는 전원이 세레스를 얕보고 있지 않았습니까.』

역대 당주들은 부정하지 않았다.

6대가 머리를 긁적였다.

『그리 말하지 마라. 하지만, 살아남았다면 얼마든지 할 일이 있지. 방침도 보였다. 이후에는 어떻게든 할 수 있어.』

6대의 말을 들은 나는 놀랐다.

"어떻게든 되나요?"

『응? 그야 당연한 것 아니냐.』

믿음직스러웠다.

세레스에게 대항할 수단이 있나 싶었으니까.

『그것과는 얽히지 마라. 거리를 두는 게 제일이다. 당초 예정대로 베임으로 가서 돈을 벌어 대륙을 떠나는 것도 좋지.』

"—네?"

3대도 6대와 같은 전제로 이야기를 진행했다.

마치 세레스에게는 이길 수 없다고 단념한 듯이.

『따라와 주는 아이들을 행복하게 해주려면, 돈을 벌어서 어딘가 저택이라도 짓고 느긋하게 생활하면 돼.』

7대도 체념했다.

그렇게나 내가 월트 가를 이어주기를 바란다고 했으면서, 세레스의 힘을 눈앞에서 보자 방침을 바꿨다.

『차라리 어느 나라에 임관하는 게 어떻습니까? 라이엘의 대에서 새로운 월트 가를 일으킵시다.』

5대도 내키는 마음인 것 같았다.

『좋네. 어느 정도 평화로운 나라에서 소영주가 되는 것도 나쁘지 않아.』

4대는 조금 고민하고 있었다.

『상인도 버리기 힘들군요. 단지, 임관한다면 조금 어지러운 나라, 게다가 열세인 쪽이 우대받기 좋습니다.』

6대가 호쾌하게 웃었다. 평소에는 믿음직해 보였지만, 지금은 아니었다.

『바로 중용될 것 같군요! 그래도 조절에 실수하면 적에게는 원망받고 아군에게는 질시를 받아서 목숨이 몇 개 있어도 부족하겠지만요.』

3대도 이야기에 참가했다.

『전쟁이 많은 곳은 안 되지 않을까? 뭐, 일단 베임으로 가고 나서 생각해 볼까.』

……전원이 평소와는 달랐다.

처음부터 포기하고 있다.

"자, 잠깐만요. 세레스를 방치하는 건가요? 이대로 내버려두라고요?!"

『맞아.』

즉답한 3대는 머리 뒤에 깍지를 끼고 떠 있는 은색의 활을 봤다. 부서져서 형태를 알 수 없게 된 활을 무표정하게 보고 있다.

『그것에는 이길 수 없어. 이긴다고 한들 어쩔 건데? 왕태자 전하가 좋아한다면서? 운 좋게 모두의 세뇌를 풀었다고 가정해볼까. ……그 후, 월트 가는 어떻게 될 것 같아?』

4대가 안경을 벗었다.

『판바이유 왕국과의 관계를 저해시켰다고 영지 몰수를 당하면 그나마 나은 편일까요? 이번에야말로 일족이 몰살당할 수도 있습니다.』

5대가 가정 이야기를 바로 부정했다.

『그것도 세레스에게 이긴다면, 그럴 수 있다는 이야기야. 그걸 이기는 게 불가능하다고 말하지는 않겠어. 살아있다면 죽일 수도 있겠지. 샤논이 던진 얼음이 머리에 부딪힌 것도 신경 쓰여. 약점이 있을지도 몰라. 하지만, 그걸 위해 얼마나 많은 게 희생될 것 같아?』

6대는 어깨를 떨궜다.

『동료가 몇 명 죽을지 모른다. 전멸할 수도 있어. 이기더라도 얻는 게 너무 적다.』

7대는 팔짱을 꼈다.

『라이엘, 네게는 지켜야 할 것이 있다. 너를 따라와 주는 여자들을 행복하게 해 주거라. 솔직히, 곁에 남겨둔다면 미란다 쪽이겠지.』

"……무슨 뜻인가요?"

3대가 재미없다는 듯이 대답했다.

『나는 노웸이라도 좋지만, 라이엘에게 달렸어. 노웸을 고르면 미란다와 샤논― 클라라도 따라오지 않을 거야.』

4대가 웃었다.

『3대는 클라라를 좋아하는군요. 반대로 미란다를 고른다면 에바는 따라오지 않겠죠. 어느 쪽이든 따라오는 건…… 모니카와, 아리아와 소피아일까요?』

나는 고개를 가로저었다.

"어째서인가요? 여느 때처럼 해결책은 없나요?"

평소에는 미덥지 못하더라도 여차할 때는 믿음직한 역대 당주들이 내게서 시선을 돌렸다.

반대로 5대가 내게 물었다.

『이겨서 어쩔 거야? 여러 가지를 희생하고, 그렇게 이긴다고 해서— 너에게 뭐가 남지?』

"세레스를 봤잖아요! 그대로 방치하면 그 녀석은 지금부터 많은 이들을 죽일 거라고요!"

『그렇겠지. 그래서?』

"—네?"

『그래서 어쩌라는 거냐고 묻잖아. 사람이 많이 죽겠지. 근데 그게 너와 무슨 관계가 있는데? 세레스의 오빠니까? 그게 어쨌다고. 너하고는 상관없어. 세레스를 후계자로 삼은 현 당주 마이젤의 잘못이야. 세레스를 받아들인 반세임 왕국의 잘못이야. 얕보고 있는 주변국의 잘못이야.』

내가 곤란해하자, 6대가 입을 열었다.

『라이엘. 네 책임이 아니다. 너는 오히려 피해자야. 그리고 누구도 네게 세레스를 막아달라고 바라지 않았다. 노웸 정도인가? 그 노웸도 네가 싸우지 않는 길을 선택할 가능성을 생각하고 있었다.』

7대는 안색이 나빴다.

『말을 바꾸자. 라이엘, 네게는 누구도 기대하지 않는다. 책임이라는 건, 그만한 지위에 오른 자들이 짊어지는 거다. 너에게 책임은 없어.』

4대가 수긍했다.

『자신의 행복을 우선하십시오. 라이엘을 따라와 주는 아이들이 불행해집니다.』

나는 고개를 가로저었다.

"싫어요. 그런 건 싫다고요! 그렇게…… 그렇게, 다 알고 있으면서 모든 것을 내팽개치라니 싫은 게 당연하잖아요!"

그때의 세레스는 자신의 기사조차 태연하게 죽였다.

그 녀석이 지금부터 무슨 짓을 한다면, 많은 피가 흐를 거다.

대륙에서는 커다란 전쟁이 각지에서 벌어지겠지.

실제로 세레스의 행동 탓에 판바이유 왕국과는 전쟁이 벌어진다. 앞으로도 그런 게 이어질 거다.

게다가— 세레스가 아그리사에게 몸을 빼앗기면, 대륙은 300년 전과 같은 길을 걸을지도 모른다.

"세레스를 막지 않으면 수천, 수만이나 되는 사람이 죽을 거예요."

『아니. 수십만, 수백만 단위일 거야. 세레스는 아직 어려. 어쩌면 수천만의 사람이 세레스 한 명 때문에 죽을지도 모르지.』

5대의 말에 나는 외쳤다.

"그럼 어째서!"

『—이길 가능성이 매우 낮아. 이기더라도 불행이 기다리는데 싸우는 녀석은 바보야.』

4대가 안경을 쓰며 말했다.

『라이엘이 싸울 필요는 없습니다. 오히려 지금까지 용케 애쓴 편이죠.』

7대가 얼굴을 눌렀다.

『이제 됐다. 라이엘, 너는 이미 충분히 싸웠어. 저택에서 고독함을 견뎌오지 않았느냐. 세레스에게 여러 가지를 빼앗겼지만, 그럼에도 너는 살아있다. 우리가 틀렸다. 너는 어엿하게 자랐어.』

……기쁘지 않았다.

그게 아니야. 듣고 싶은 말이 아니라고!

나는…… 나는!

"저는…… 세레스를 막고 싶어요."

6대가 나를 바라봤다.

『신세를 진 정원사와, 친구가 살해당한 원수를 갚으려는 거냐?』

주먹을 쥐었다.

"그것도 있어요. 그것도 있지만— 그 녀석 때문에 여러 사람이 불행해져요! 저하고는 상관없다고 지켜보기만 하라고요? 저는 싫어요!"

이길 수 없다고 한다.

나도 그렇게 생각한다.

하지만— 이대로 방치하면, 나는 행복해질까? 그 녀석 때문에 불행해지는 사람이 계속 늘어나는데, 나만 행복하게 살 수 있을까?

6대가 내게 말했다.

『포기해라. 어찌할 도리가 없어.』

다섯 명이 모두 세레스와 싸우더라도 승산이 없다고 한다. 역대 당주들의 의견은 올바르다. 나도 이길 수 있다는 이미지가 보이지 않는다.

가슴이 조여드는 것처럼 괴로웠다.

올려다보자, 부서진 은색의 대검과 은색의 활이 떠 있다.

……목소리가 들린 것 같았다.

《……너라면 막을 수 있어.》

《……너라면 괜찮아.》

초대와 2대의 목소리와 함께 얼굴이 떠올랐다.

"저는…… 세레스와 싸우겠어요."

누군가가 혀를 차는 소리가 들렸다.

3대도 평소와 다르게 차가운 눈초리였다.

『기대와는 다르네. 좀 더 똑똑한 선택을 할 줄 알았는데. 아~아, 노웸이나 다른 애들도 라이엘을 따라다니다 죽으려나? 불쌍하게.』

6대가 내게 화를 냈다.

『힘도 없거니와 지혜도 없다. 게다가 각오도 없는 네게는 무리다.』

시야에 다섯 명이 들어왔고, 전원의 얼굴을 봤다.

양손을 원탁에 내리치며 일어선 나는—.

"각오라면 있어요!"

4대는 나를 보지 않고 안경을 벗어서 렌즈를 닦았다.

『거짓말이군요. 라이엘, 바텐 가의 기사와 싸울 때, 어째서 죽이지 않았습니까? 기사도 병사도, 라이엘의 실력이라면 바로 죽일 수 있었을 겁니다. 바로 끝장을 냈다면, 세레스와도 만나지 않았겠죠.』

"그, 그건!"

5대가 내 결점을 지적했다.

『너는 너무 물러. 혹시 세레스만 쓰러뜨리면 된다고 생각하는 것 아니야? 그 녀석은 왕태자비가 될 거야. 너는 국가와 싸운다는 의미를 정말로 이해하고 있는 거냐?』

확실히 나중 일까지는 생각하지 않았다.

앞으로 어떻게 싸워야 할지도 모른다.

모르지만—.

"그런 걸 알겠냐고. 의미 같은 건 몰라. 하지만— 하지만!"

다섯 명을 노려보듯이 바라봤다.

"내가 한다고 정했어! 옆에서 조잘조잘 불평이나 할 거면, 그냥 입 다물고 있어!"

다섯 명의 시선이 단숨에 날카로워졌다.

지금까지 본 적도 없는 시선은, 눈만으로 사람을 죽일 수 있을 듯한 박력이 있었다.

6대는 평소보다 무서웠다. 거한이 노려보는 건 그것만으로도 박력이 있지만, 6대는 그 이상의 무언가를 갖고 있었다.

『건방 떨지 마라, 애송아. 너 때문에 미란다와 샤논이 희생된다면, 어떤 수단을 써서라도 뭉개주마. 아무것도 하지 못한다고 생각하지 마라.』

나는 웃었다.

미소를 짓고는, 그리고—.

"이대로 떨면서 평생을 보내라고? 참 대단하고 똑똑한 삶을 가르쳐주는 선조님이네. 기뻐서 눈물이 다 나오겠어. 이기지 못하니까 도망치면 된다고? 노웸조차 손을 쓸 수 없어졌을 때, 세레스가 쫓아오지 않는다고 말할 수 있겠냐고!"

싸운다면, 가능성이 있을 때 해야 한다.

그러자, 4대가 나를 보며 비웃었다.

『그 노웸을 믿을 수가 없습니다만. 실은 뒤에서 세레스와 연결되어 있고, 라이엘을 함께 비웃고 있을지도 모르겠군요. 미란다도 말하지 않았습니까? 노웸의 이야기가 전부 진실이라고는 할 수 없다고.』

3대가 손가락을 튕겼다.

『이걸 보고도 똑같은 소리를 할 수 있을까?』

보옥 안의 경치가 일변하자, 검붉은 하늘 아래— 대지 위에 쓰러진 건 노웸과 일행들이었다.

살해당한 모습이 그곳에 있었다.

이건 환상이라고 자신을 타이르면서 3대를 노려봤다.

평소에는 표정이 풍부한 3대는 무표정했다.

『안색이 안 좋네. 이 정도의 환상에 당황해서는 앞으로도 기대할 수 없겠어. 라이엘, 네가 말한 소망의 결과가 이거야. 너를 따라와 주던 아이들은 죽어. 운 좋게 이겼다고 해도, 그 후에 기다리는 건 세레스와 같은 일족이라 두려움을 받고, 처리되는 운명이야.』

내 발밑에 시체가 된 노웰과 일행들이 모여서 발목을 잡았다. 입에서는 피를 토하고, 몸에는 창이나 화살이 꽂혀있다.

"라이엘 님, 어째서 저를 구해주시지 않았던 거죠?"

미란다 씨가 나를 보며 울었다.

"샤논이 죽었어. 나도 이 꼴이야. ―왜 세레스와 싸운 거야!"

아리아 씨나 소피아 씨도 내 다리를 붙잡고는―.

"당신을 따라가지 말 걸 그랬어."

"이런 꼴을 당할 줄은 몰랐어요."

모니카는 부서져서 목만 남아 나를 바라봤다.

"아, 치킨 자식. 제 몸 어디 있는지 모르시나요? 이래서는 치킨 자식의 시중을 들 수 없잖아요. 어서 몸을 찾아야 해요."

클라라 씨는 손발을 잃은 모습으로 내 등에 올라탔다.

"라이엘 씨, 새로운 의수가 필요해요. 이제 양손도 양발도 없어요."

심장의 고동이 빨라졌다.

환상이라는 걸 알지만, 눈을 덮고 싶어지는 광경이었다.

에바 씨가 베인 목을 양손으로 누르고는, 공기가 새어 나가는 쉰 목소리로 말했다.

"돌려줘. 내 목소리를 돌려줘!"

그리고 샤논은.

"아~아, 배고파. 뭔가 먹고 싶어. 근데 라이엘…… 내 배, 이런 상태라서 먹을 수가 없어."

복부에 커다란 구멍이 뚫린 샤논이 웃으면서 나를 바라봤다.

3대의 목소리가 들렸다.

『―다들 불쌍하네. 라이엘과 얽히게 된 바람에 모두 불행해졌잖아. 라이엘의 결단으로, 모두가 불행해졌어.』

나는 심호흡하며 고동을 가다듬었다.

정신이 들자, 환상은 사라졌다.

"그래도 저는 세레스와 싸우겠어요."

내 대답이 변하지 않은 걸 알자, 3대가 고개를 가로저었다.

『이런 광경을 보고도 결심이 흔들리지 않다니. 훌륭하네. 그렇게 얽히게 된 사람 모두를 불행하게 만들면 돼.』

주먹으로 원탁을 후려쳤다.

방 안에 소리가 울려 퍼지자, 나는 자신의 마음을 털어놓았다.

"자기만 행복하면 만족스러워? 내게는― 지금까지 얽혀온 사람들이 있다고! 전부 없었던 일로 하고, 눈과 귀를 막고 후회하며 살 바에는 싸우는 편이 나아!"

5대가 눈을 감았다.

『너는 세레스와 싸우게 됐을 때 불행해지는 사람은 무시하려는 거냐?』

4대는 나를 바보 취급했다.

『올바른 일을 하려고 하는, 혹은 자신이 올바르다고 생각하는 사람일수록 때때로 매우 잔혹해지는 법이죠. 라이엘에게는 재능이 있습니다. 역시 세레스의 오빠군요.』

"올바르다고 생각하지 않아. 그래도— 그래도 누군가가 하지 않으면 안 돼."

『적임자에게 맡기는 게 어떻습니까? 라이엘에게 영웅 같은 건 어울리지 않아요.』

나도 영웅이 있다면 맡기고 싶다.

만약 영웅이 있다면, 그를 도와줘도 된다.

하지만, 지금 이 순간—.

"적임자가 누군데. 있다면 데려오라고! 누군가가 할 테니까 방치해라? 누구도 하지 않으니까 이런 말을 하는 거잖아! 누군가가 한다면 나도 도와줄 수 있다고! 아무도 없어. 기대할 수도 없어. 언젠가 나타날 영웅을 기다리라고? 농담하지 마!"

감정에 몸을 맡겨 외치고는, 흐트러진 호흡을 가다듬었다.

"……나는 하겠어. 세레스와 싸우겠다고. 누군가를 위해서가 아니야. 정의를 내세울 생각도 없어. 그저, 내가 그러고 싶으니까 하는 거야! 종알종알 불평이나 늘어놓을 거면, 닥치고 보고나 있어!"

원탁의 방이 갑자기 빛나기 시작했다.

"누구에게 들어서가 아니야. 부탁받아서도 아니야. 내가 세레스를 쓰러뜨리겠다고 스스로 정한 거라고!"

공중에 떠 있던 부서진 은색 대검, 그리고 은색 활이 빛을 발하며 원래 모습으로 돌아갔다.

천장에 빛나는 방사형으로 배치된 보옥 하나가 강한 빛을 발했다.

나의 아츠.

나 자신의 아츠가 2단계를 해방했다.

『이건 대체?』

7대가 내 뒤를 바라봤다. 뒤에서 빛이 뿜어져 나왔고, 돌아보자 그곳에는 지금까지 없었던 기억의 방이 탄생했다.

지금까지 존재하지 않았던 문의 탄생에 놀라고 있는데, 3대가 눈을 감았다.

『……보옥이 라이엘을 인정한 걸까? 나 참, 어째서 괴로운 길을 걸으려 하는 건지 영문을 모르겠다니까.』

4대는 수복된 은색 무기를 올려다봤다.

『마치 초대와 2대가 인정한 것 같지 않습니까.』

5대는 어이없어하면서 투덜투덜 중얼거렸다.

『좀 더 고민하고 나서 정해줬으면 하는데 말이지. 무리해서 싸울 필요는 없는 게 사실이야. 나는 지금도 반대라고.』

6대는 곤란한 듯 웃었다.

『겨우 자신의 목표를 정하기는 했습니다만, 무척이나 터무니없는 목표로군요.』

7대는 눈에 살짝 눈물이 맺힌 것을 손으로 가리고 있었다.

『라이엘— 나는, 너만큼은 살아남는 길을 골라줬으면 했다.』

다섯 명의 태도 변화에 조금 놀랐다.

"저를 시험한 건가요?"

4대가 고개를 가로저었다.

『우리가 세레스와 싸우지 않는 게 좋다고 생각한 건 사실입니다. 확실하게 이길 수 있다는 가망은 없으니까요. 어중간한 마음이라면 강하게 반대해서 막을 생각이었습니다.』

5대는 고민하고 있었다.

『각오뿐이라도 부족하긴 하지만. 세레스는 성장 도중이잖아? 아직도 강해진다니 악몽일 뿐이잖아. 이길 가능성이 있다면…… 대륙 전토를 끌어들일 수밖에 없어.』

6대가 팔을 벌렸다.

『괜찮지 않습니까. 8대— 아니, 라이엘은 9대군요. 9대에 이르러서 월트 가는 세상의 명운을 걸고 싸우게 된 겁니다. 정말이지 보람차군요.』

7대가 나를 봤다. 눈이 조금 붉다.

『라이엘. 이렇게 된 이상 이미 너 혼자서는 어찌할 도리가 없다. 반세임은 대국이다. 네가 이기려면, 상응하는 힘이 필요해질 거다.』

"……상응하는 힘?"

『단순한 힘으로는 부족하다. 지금의 네게는 아무런 권력도 없어. 재력도 병력도 부족하지. 세레스와 싸우는 것조차 불가능한 게 현실이다.』

3대가 일어나고, 남은 네 사람도 일어났다.

『각오를 다졌다면 힘을 빌려줄게. 우리도 경험한 적 없는 싸움이야. 앞으로는 미덥지 못한 일도 늘어날 거야.』

나는 미소를 지었다.

"믿음직한데요."

『그래? 그리고, 지금부터 중요한 걸 하나 가르쳐줄게.』

대체 무슨 소리인가 했는데.

『라이엘, 세레스를 쓰러뜨리기 위해 손을 더럽힐 수 있겠어?』

사람을 죽일 수 있냐고 묻는 것이다.

손을 움켜쥐고 고개를 크게 끄덕이자, 3대는 말을 이었다.

『지금부터 라이엘은 타인을 불행하게 만들게 될 거야. 불행하게 만들면서 전진할 수밖에 없어져. 그래도 세레스를 쓰러뜨릴 각오가 있어?』

"네."

『그래. 그럼 오늘부터 악당이 되도록 해.』

역대 당주들의 얼굴은 진지함 그 자체였다.

"악당이?"

『대의를 이루기 위해 타인을 짓밟으면서 정의의 사도 같은 낯짝을 보이는 건 구역질이 나. 대의는 필요해. 정의를 말하는 것도 좋아. 하지만, 자신이 악당이라고 자각하지 않으면 안 돼. 정의를 위해서 남을 짓밟고 나아갈 바에는, 악당인 편이 그나마 나아. 극악인, 대악당이 될 각오는 있어?』

생각해 본 적은 없지만, 그걸로 세레스를 쓰러뜨릴 수 있다면—.

"……저, 지옥행이겠네요."

웃어넘기자, 전원이 씨익 웃었다.

『안심해도 돼. 우리도 전원 악당이니까. 우리는 기억에 지나지 않지만, 본인은 분명 지옥에 있을 테니까 안내는 걱정하지 않아도 돼.』

5대도 의미심장하게 웃었다.

『그리고, 지옥 같은 건 들어가려고 마음만 먹으면 살아있을 때도 들어갈 수 있어. 왜냐하면, 너의 인생은 지금부터 지옥이니까. 전장은 지옥이야. 이 세상이건, 저세상이건, 우리가 확실하게 안내해줄게.』

지옥은 이 순간부터 시작되는 모양이다.

—무척 믿음직한 안내인이네.

『그리고 하나만 더. 우리와 약속을 하자.』

"약속이요?"

『그래. 중요한 약속이야.』

눈을 뜬 나는 아직 밤이 끝나기 전에 일어났다.

몸은 문제없이 움직이지만—.

"왼팔의 상처는 남았네."

세레스가 벽에 처박았을 때 생긴 상처는 아직 아픔이 남아 있다. 그리고 흉터는 생생하게 남았다.

상처 부위를 오른손으로 움켜쥐었다.

"그 굴욕을 잊지 않기 위해서는 딱 좋나."

아무것도 할 수 없었던 분통함.

동료가 쓰러져가는 절망감…… 잊지 않기 위해서는 딱 좋다.

방 안에 있는 건 선 채로 자고 있는 모니카였다.

침대에서 나와 일어나자, 모니카도 눈을 떴다.

"후에에, 졸고 말았네요."

군침도 흘리지 않았는데 입가를 닦는 동작을 보이며 부끄러워하고 있다.

"일부러 하는 거야?"

"후후, 귀엽죠?"

모니카는 그렇게 말하며 포즈를 잡고는 내게 시간을 알려주었다.

"아직 날이 밝으려면 조금 시간이 남았는데요?"

"일찍 일어났을 뿐이야."

나는 그렇게 말하면서 모니카에게 물었다.

"야, 너는 내가 터무니없는 바보짓을 하겠다고 하더라도 따라올 거야?"

"물론이죠!"

즉답한 모니카를 보니, 이 녀석 아무 생각도 없는 게 아닐까? 하는 불안감이 머릿속을 스쳤지만, 믿음직스럽기도 했다.

"……고맙다."

"어라! 마침내 데레인가요? 드디어 이 모니카의 사랑이 통한 거군요! 그럼 바로 피부의 감촉부터 확인해야—."

곧바로 모니카의 머리를 두들기자, 볼륨감 있는 트윈테일이 흔들렸다.

끄트머리가 튕기듯이 흔들려서, 그 모습을 보니 처음에 이름을 지어줬을 때가 떠올랐다.

뽀용뽀용이라 이름을 지어줬고, 혹평을 받았다.

"……모니카."

"왜 그러시나요?"

얻어맞은 곳을 양손으로 누른 모니카는 울상이었다.

"파티는 해산이야. 할 일이 생겼어. 따라와."

모니카는 진지한 표정을 짓고는, 정중하게 커트시로 인사했다.

"어디까지나 함께하겠습니다."

"바보 같은 주인이라 미안하네."

모니카는 미소 지었다. 정말로 기뻐 보인다.

"못난 주인님일수록 모실 보람이 있는 법이죠. 이 모니카, 그런 치킨 자식이 정말 좋아요."

……솔직하게 기뻐할 수가 없네.

—소피아는 아침부터 혼란스러웠다.

"갑자기 무슨 이야기를 하나 했더니."

아리아와 클라라 세 사람이 사용하는 방에서, 오늘 아침 라이엘이 전한 말에 곤혹스러워하고 있었다.

클라라는 책을 읽고 있다.

한쪽 팔밖에 없어서 읽기 어려워 보였다.

"어쩔 수 없긴 하죠. 왜냐하면 방침이 변경되었으니까요. 돈도 줄 거고, 베임까지 간다면 동행도 할 수 있어요. 딱히 문제는 없네요."

아리아는 짜증을 냈다.

"갑자기 그런 말을 해도 곤란해. 우리 마음도—."

라이엘이 전원에게 전한 것은, 방침 변경이었다.

베임으로 가는 건 변하지 않는다.

그러나, 목표는 일류 모험가가 아니라 타도 세레스가 되었다.

언젠가 세레스는 대륙에 재앙을 흩뿌릴 것이다.

누군가가 쓰러뜨려야 한다.

라이엘은 그걸 위해 행동하겠다고 단언했다.

소피아는 고개를 수그렸다.

'기다리는 건 지옥. 제대로 된 보수를 줄 수 있을지도 불투명하다. 그렇게 말씀하시긴 했지만, 딱히 해산할 필요는…….'

소피아는 아리아와 클라라의 의사를 확인해봤다.

"두 분은 어쩌실 건가요?"

클라라는 즉답했다.

"이미 정했어요."

클라라의 태도를 본 소피아는, 해산 후에는 파티를 나가겠다는 뜻으로 판단했다. 클라라의 태도를 보고 그렇게 생각한 건 아리아도 마찬가지였다.

"변함없이 차갑네. 뭐, 나도 마음은 이해해. 세레스에게 다시 도전하겠다고 하면 누구나 주저할 거야."

고민하는 아리아 앞에서, 소피아도 해답을 내지 못하고 있었다—.

—판바이유 왕가 저택 안뜰.

에바는 몸을 움직이고 있었다.

그런 에바에게 소피아가 질문한 것은 앞으로의 방침이었다.

"앞으로 어쩔 거냐고? 그야 뻔하지."

"즉답이네요."

"고민해봤자 별수 없잖아. 소피아도 스스로 정하는 게 좋아. 타인의 의견에 떠밀리면, 이러려던 게 아니었는데 하고 후회할 거야."

"네, 네. 그래서, 에바 씨는—."

에바는 소피아의 커다란 가슴을 손가락으로 찔렀다.

"흐약! 뭐, 뭐 하시는 건가요!"

"그러니까, 타인의 의견 같은 건 신경 쓰지 말라고! 내 대답은 안 가르쳐줄래. 제대로 스스로 해답을 찾아내라고."

에바는 그렇게 말하며 다시 운동을 재개했다—.

—미란다와 샤논이 사용하는 방.

소피아가 찾아가자, 미란다는 바쁘게 뭔가를 준비하고 있었다.

등을 돌린 채 뭔가 도구를 써서 메모하고 있다.

샤논은 안절부절못하며 미란다와 소피아의 얼굴을 교대로 보고 있었다.

소피아는 좀처럼 질문에 해답을 주지 않는 미란다에게 움츠러들었는지, 고개를 숙이고 있다.

한숨을 내쉰 건 미란다다.

“세레스를 이길 수 있겠냐고? 그런 걸 묻고 싶었어?”

“그, 그게…….”

미란다는 소피아를 돌아봤다. 여느 때보다 태도가 엄하다.

“지금 이대로는 무리야. 정공법으로는 어렵겠지.”

“미란다 씨라도 이기지 못하는 건가요?”

“혼자서는 무리. 지금 인원으로도 가능성은 낮아.”

소피아는 미란다의 모습을 보며 생각했다.

“미란다 씨는 언제나 확실하게 말씀하시네요.”

“기대하는 대답은 아니었던 것 같네. 뭐, 마음대로 해. 도망쳐도 아무도 책망하지 않아.”

소피아는 두 사람의 방을 나갔다—.

—소피아가 나간 방에서, 샤논은 미란다를 바라봤다.

“언니?”

미란다는 일어나서 가슴 밑에 팔짱을 꼈다.

“뭔가 말하고 싶은가 보네.”

“……조금 차갑다고 생각했어요.”

“다정하게 소피아를 설득해줬으면 했어? 이 정도는 스스로 판단해주지 않으면 곤란해. 나는 소피아의 보호자가 아니야.”

샤논은 시선을 떨궜다.

"굉장히 망설이던데요."

미란다는 그런 샤논을 보며 어깨를 으쓱했다.

"너, 눈으로 소피아의 감정을 읽었구나. 뭐, 그 정도는 나도 알 수 있었지만."

"그럼 왜……."

"왜 차갑게 뿌리쳤냐고? 나는 말이지, 소피아든 아리아든 스스로의 의지로 정해줬으면 좋겠어. 모두가 가니까 나도 간다는 식의 각오로 따라와봤자 민폐야. 그 정도의 각오라면 처음부터 파티를 나가는 편이 본인을 위해서도 좋아."

미란다도 나름의 생각이 있었다는 걸 알게 된 샤논은 조금 안도했다.

"……게다가, 노웸의 이야기가 사실이라면 앞으로 동료가 늘더라도 여성뿐일 거야. 어중간한 마음가짐으로 따라오면 큰일 날 거야."

"뭔가 문제라도 있나요?"

"여자끼리 있는 건 성가시다고. 지금은 아슬아슬하게 잘 지내고 있지만, 이 균형이 언제 무너지더라도 이상하지 않아."

샤논은 미란다가 그 균형을 무너뜨리고 있는 것처럼 보인다는 말을 삼켰다.

"아리아도 소피아도, 어중간한 마음가짐으로 라이엘 곁에 있는 건 관두는 게 좋아. 라이엘은 각오를 다진 모양이니까. 스스로 정했다면, 나는 전혀 불평하지 않을 거야."

샤논은 조금 고민하다가, 자신의 마음을 전하려고 했다.

"저는—."

"아, 샤논은 나와 함께야."

"—네?"

"그야, 너는 내가 없으면 생활도 제대로 못 하잖아. 소피아는 어엿한 일인분 몫을 하지만, 너는 반인분이니까 나랑 같이 있어야지."

반인분이라는 말을 들은 샤논은 무척이나 미묘한 기분이 들었다—.

제88화 미쳐가는 도움

눈이 녹는 계절.

이제 곧 봄이 오는 시기에, 왕도 센트럴에는 수많은 사람들이 각지에서 모이고 있었다.

왕성 앞 광장에는 대체 몇만 명이 모였는지 짐작도 가지 않는다.

나는 후드 달린 로브로 얼굴을 가린 채 옆을 걷는 여성을 봤다.

마찬가지로 후드로 얼굴을 가린 여성은, 리안 왕녀다.

"일부러 권유한 이유는 뭔가요?"

내가 이 자리에 있는 것도 리안 왕녀가 권유했기 때문이다.

"역사적인 순간을 일족의 적과 보는 것도 좋지 않나요? 뭐, 본심을 말하자면, 저 여자를 쓰러뜨리겠다고 결심한 당신에게 동료 의식이 싹텄기 때문이겠죠."

세레스를 쓰러뜨리겠다는 나의 말을 듣자, 이 사람은 기뻐했다.

그러나 귀여운 왕녀님의 모습은 거기에 없었다.

수상쩍은 미소를 지은 리안 왕녀는, 솔직히 말해서 미친 것처럼 보였다.

"복수는 아니에요."

"쓰러뜨려 준다면 이유는 묻지 않아요."
성문은 개축되어서 발코니가 만들어졌다.
걸려있는 깃발은 왕가의 것— 다른 하나는 월트 가의 것이다.
세레스와 왕태자 전하의 정식 약혼 발표가 지금부터 진행된다.
보옥에서 4대의 목소리가 들려왔다.
『아이가 수중에 한 명밖에 없는데 시집을 보내다니 대체 뭘 하려는 건지.』
월트 가의 후계자는 세레스밖에 없다.
그런 세레스가 왕태자 전하에게 시집을 가다니, 웃을 수 없는 농담으로밖에 들리지 않는다.
그러나 주변 군중들을 보면—.
"세레스 니이이임!"
"아아, 세레스 님의 모습을 빨리 보고 싶어!"
"이날을 위해 시골에서 나왔다고!"
……세레스의 이상한 인기도, 지금은 어쩔 수 없다고 생각하는 자신이 있었다.
리안 왕녀가 내게 말을 걸었다.
"이제 베임으로 간다고 했던가요."
"네, 그러려고요. 거기서 힘을 모으겠어요."
"기대하고 있어요. 지원은 필요한가요?"
"글쎄요. 언젠가 필요하면 말씀드리죠."
원조는 지금의 내게는 매력적인 제안이다.
그러나 지금은 리안 왕녀와의 끈이 필요했다. 무리해서 나를 원조하기보다는, 지금은 자기 일을 우선해달라고 하자.

"언젠가, 말인가요."

"……네. 그때가 오면 꼭 말씀드리죠."

"기대하지 않고 기다리기로 하죠. 저도 그때까지는 좀 더 힘을 얻어두겠어요."

그렇다. 이 사람이 힘을 가지면, 나에게도 유리하다.

그런 이야기를 하고 있는데, 발코니에 세레스와 루퍼스 전하가 모습을 드러냈다.

주변의 환성에 귀가 따가워졌다.

리안 왕녀는 루퍼스 전하를 보며 눈물을 참고 있었다.

보옥에서 3대의 목소리가 들렸다.

『……저 루퍼스라는 전하는 그 망할 자식을 닮았네. 라이엘, 반세임을 타도할 때는 뼈아픈 한 방을 먹여줘.』

루퍼스 전하에게 원한은 없기에, 그 이야기는 기각이다.

나는 세레스 뒤에 있는 부모님의 모습에서 눈을 뗄 수 없었다.

국왕 폐하와 왕비 전하도 모습을 드러냈고, 나팔 소리가 울려 퍼지자 관중들이 조용해졌다.

모두가 세레스의 말을 기다리고 있다.

왕태자 전하를 제쳐놓고 앞으로 나온 세레스가 팔을 벌렸다.

"다들, 잘 지냈지~!"

무척이나 가벼운 인사였지만, 관중들은 크게 들끓었다.

이것만으로도 말이 안 되지만, 말이 안 되는 일이 너무 많아서 무엇부터 지적해야 좋을지 모르겠다.

세레스가 손으로 신호를 보내자, 관중들이 조용해졌다.
잘 훈련받은 것 같은 모습을 차가운 눈으로 바라봤다.
“나는 최고로— 기분이 나빠.”
웅성거리는 관중들 앞에서, 세레스가 이유를 설명하기 시작했다.
“내가 왕태자비가 되겠다고 했더니, 불평하는 녀석이 있지 뭐야. 판바이유 왕국과 전쟁이 벌어질 거라면서. 나는 루퍼스 전하를 정말 좋아하는데, 그거 너무하지 않아?”
관중들이 동의했다.
“그래! 세레스 님은 잘못이 없어!”
“판바이유의 녀석들을 닥치게 만들자!”
“거스르는 귀족을 용서하지 마라!”
그런 관중들의 반응에 기뻐한 세레스는 큰소리로 외쳤다.
“다들 고마워! 그럼, 함께 거스르는 녀석들을 뭉개줄 거지!”
관중들이 큰소리로 찬성하자, 마치 대기가 뒤흔들리는 것 같았다.
“왕도의 모두가 있다면 안심이네. 그럼, 포상으로 내가 이 나라를 이끌어줄게. 내가 모두의 여왕님이 되어줄게.”
누구도 세레스를 막지 않았다.
거스르는 자는 배제된다. 매료당하지 않았더라도 묵묵히 따르는 사람도 있겠지.
대부분은 매료되었고, 왕도 전체가 미쳐버렸다.
루퍼스가 세레스에게 다가가서 약혼의 증표인 키스를 하자

관중들의 축복하는 말이 들려왔다.

그 광경을 보자, 리안 왕녀는 펑펑 눈물을 흘리며 무릎부터 무너지려고 했다.

나는 어깨를 안아서 부축하고는 발코니를 노려봤다.

세레스는 만면의 미소와 함께 말했다.

"먼저 국내의 반항하는 귀족들을 뭉개버리겠어. 그 다음은 국외로 진출이야."

관중들은 세레스를 칭송하고 있다.

개중에는 멀쩡한 사람도 있는지, 이 광경을 보고 이해할 수 없다는 표정을 짓고 있었다. 그러나 점차 주변의 열기에 삼켜져 매료당해서 큰소리로 세레스를 칭송하기 시작했다.

리안 왕녀가 옆에서 눈물을 흘리며 중얼거렸다.

"루퍼스 님. 루퍼스 님! 어째서 그 여자인가요!"

미쳐버린 왕태자 저하에게 잘못이 없다는 걸 알면서도, 리안 왕녀는 책망하지 않을 수가 없었던 것 같다.

4대는 이 광경을 보며 약간 기겁하고 있었다.

『……이걸 상대하는 건 힘들겠군요.』

세레스는 수만 명의 군중 앞에서 목소리를 높였다.

"자, 즐거운 시간은 이제 막 시작된 거야!"

앞으로 시작되려는 지옥조차, 세레스에게는 즐거운 일에 지나지 않는다.

5대가 중얼거렸다.

『아그리사와 비교하면 어느 쪽이 더 심할까?』

미쳐버린 왕도.

6대가 내게 말을 걸었다.

『라이엘. 오늘 이날을 잊지 마라. 여기서부터다. 여기서부터 너와 세레스의 진짜 승부가 시작되는 거다.』

타인을 끌어들이고, 나라를 끌어들이고, 대륙을 끌어들여서 세레스와 싸운다.

질 생각은 없다.

"세레스, 각오해둬."

7대는 세레스 뒤에서 기뻐하는 아들 부부를 보며 한탄했다.

『마이젤, 클레어…… 이런 형태로 너희를 보게 될 줄은 몰랐다.』

다음에 만날 때는— 부모님도 적이다.

여전히 울고 있는 리안 왕녀를 끌어안은 나는 관중들의 열광 속에서 차가운 눈으로 발코니를 올려다봤다.

—리오넬은 거울 앞에서 자신의 모습을 봤다.

그날.

라이엘이 세레스와 싸운 날.

리오넬은 모든 걸 보고 있었다.

"내게도 운이 찾아왔어."

라이엘조차도 압도한 세레스에게 매료되었다. 세레스의 마차를 쫓아가서, 앞질러서 억지로 면회했다.

리오넬은 아무튼 자신을 선전했고, 세레스는 마음에 들었는지 관직과 지위를 주었다.

"굉장히 훌륭하잖아."

방 안, 거울 앞에서 리오넬은 자신의 모습을 몇 번이고 확인했다.

새로 맞춘 호화로운 의상은 기사들이 착용하는 제복이다. 그중에서도 세레스가 인정한 『특무친위대』용 제복이다.

세레스의 변덕으로 조직된 특무친위대.

리오넬은 세레스의 마음에 들어서 대출세를 이뤄냈다.

"이제 어울려. 그래, 이거야말로 내게 맞는 지위야."

세레스가 조직한 친위대였기에, 리오넬은 남작위를 받았다.

관직은 특무친위대 대장이다.

단, 부하는 아직 없다.

그래도 몇몇 기사단에 명령을 내릴 수 있는 특권이 주어졌고, 상당한 우대를 받았다.

"기다려줘, 아리아. 내가 맞이하러 갈 테니까."

아리아에게 받은 손수건을 코에 대고 심호흡한 리오넬은 방을 나가서 아리아의 곁으로 향했다—.

리안 왕녀의 저택에서는 무척 많은 짐이 옮겨지고 있었다.

지금부터 저택을 폐기할 거니까 어쩔 수 없다.

대부분이 정리된 방 안에서 나는 전원을 모아 의사를 확인했다.

"전에 말했던 대로야. 지금부터 나를 따라온다면 목숨 보장은 할 수 없어."

전원이 나를 바라봤다.

샤논이 나지막하게 말했다.

"반드시 행복하게 해주겠다고 한 주제에."

그렇게 불평을 늘어놓았지만 무시했다.

"세레스와 싸우게 될 거야. 그날, 그 녀석의 실력은 뼈저리게 알게 되었을 거야. 강요는 하지 않아. 여기서 파티를 나가겠다면 재산을 나눠줄 테니까 가져가도록 해. 왕도를 나가고 싶다면 베임까지는 동행을 인정하겠어."

전원의 얼굴을 향해 시선을 돌리자, 아리아 씨가 머리를 긁적였다.

"나 참. 정말 멋대로네. 이쪽은 너한테 팔린 몸이잖아."

"상관없어. 나간다면 자유야. ……솔직히 말하자면, 여기서 빠져줬으면 좋겠어. 지금부터는 지옥이야. 따라와달라고 말할 수가 없어."

파티를 해산한 건 나의 의지다.

앞으로 무슨 일이 일어날지는 나도, 역대 당주들도 상상할 수 없다.

"세레스를 쓰러뜨린다. 그걸 위해서는 상당히 고생하게 될 거야. 도중에 누군가가 쓰러질지도 몰라. 게다가, 쓰러뜨렸다고 해도 보수 같은 건 기대할 수 없어."

자칫하면 세레스를 쓰러뜨린 뒤에 죄인이 될 가능성도 있다.

왜냐하면 나는 세레스와 같은 월트 가 출신.

피를 나눈 남매니까.

미란다 씨가 어깨를 으쓱했다.

"그건 곤란하네. 보수는 제대로 넘겨줬으면 좋겠어. 그래—라이엘 자신이라든가."

미란다 씨의 발언을 듣자, 소피아가—.

"그, 그건 좀—."

뺨을 붉히며 미란다 씨를 말리려 했다.

그러나 나는 말했다.

"상관없어."

갑자기 방 안이 조용해졌다.

미란다 씨가 조금 놀랐다.

"흐응, 진심인 거구나."

단언하긴 했지만, 나는 조금 불안해졌다. 애초에 뭘 해야 할지 모르겠다. ……성급했나?

"……모두의 대답을 들어볼까."

6대가 웃음을 참고 있었다.

『라이엘. 말을 끝낸 뒤에 조금 쑥스러웠냐. 내심 초조해하고 있구나.』

내가 대답을 기다리자, 의외로 클라라 씨가 먼저 손을 들었다.

"저는 따라갈게요."

"어?!"

놀란 건 아리아 씨였다.

"어, 어째서? 그때 대답은 정했다고—."

"놀라다니 유감이네요. 저의 대답은 처음부터 정해져 있었어요."

아리아 씨가 고개를 갸웃했다.

"따라오는 이유는?"

"제 눈으로 보고 진실을 글로 남기고 싶어졌어요. 저는 그걸 위해 라이엘 씨를 따라가겠어요."

클라라 씨가 나를 바라봤기에, 고개를 끄덕여줬다.

다음으로 손을 든 건 에바 씨다.

"네~. 나도 따라갈게. 이유는…… 유감이지만 클라라와 같으려나."

클라라 씨가 울컥한 표정을 지었다.

에바 씨는 말을 이었다.

"나는 이걸 이야기로 만들고 싶어. 그러니까 라이엘은 꼭 해피 엔딩을 맞이해줬으면 좋겠어. 그게 내가 따라가는 조건이야."

이야기…… 해피 엔딩.

나는 에바 씨의 말을 듣고는 미소를 지었다.

"……노력해보죠."

"여기서는 확약해줬으면 좋았을 텐데."

다음은 모니카였다.

"늦어지긴 했지만, 이 모니카도 당연히 치킨 자식의 곁에—."

"네 대답은 전에 들었으니까 됐어."

모니카는 그 자리에서 주저앉아서 슬픈 듯이 노래를 부르기 시작했다. 의외로 잘 불러서, 에바 씨가 뭔가 대항심을 불태우고 있었다.

아리아 씨가 크게 손을 들었다. 딱히 거수하지 않아도 되는데…….

"나도 따라갈게! 여러모로 생각해봤는데, 여기서 도망치는 건 왠지 싫어."

이유가 되지 못한 것 같지만, 아리아 씨답다고 생각해서 수긍했다.

미란다 씨가 양손을 살짝 들었다.

"나도 당연히 따라갈게. 라이엘의 제일이 되고 싶기도 하고. 아, 샤논도 함께야."

샤논이 나를 노려봤다.

"너, 실패하면 용서 안 할 거야."

그 태도가 조금 열 받았지만, 나는 두 사람의 참가를 받아들였다.

"노웸은 어쩔 거야?"

노웸은 나를 똑바로 바라봤다.

"허락하신다면, 언제까지고 함께할게요."

노웸이 미란다 씨를 봤다.

"네가 있어도 불평하지는 않겠어. 내가 라이엘을 따라가겠다고 정했으니까. 그래도, 믿지는 않아."

노웸이 있으니까 참가하지 않는다고 말하지 않아서 다행이다.

그리고 마지막은—.

"저, 저는! 저는…… 라이엘 공에게 은혜를 갚기 위해 파티에 참가했어요."

나는 살짝 끄덕였다.

"은혜를 충분히 갚아줬어요. 제가 감사를 표하고 싶을 정도죠."

"……저는 아직 잘 모르겠어요. 여러분과 함께 있고 싶다는, 그런 마음도 있고요. 각오가 부족할지도 몰라요."

소피아 씨는 안절부절못하면서 말해주었다.

"으, 은혜와는 상관없이, 저는 자신의 의지로 따라가고 싶어요."

부끄러워하는 소피아 씨 앞에서, 나는 입을 열었다.

"……고마워요."

4대가 박수를 보냈다.

『잘됐군요. 전원 참가입니다.』

5대가 피곤한 목소리를 냈다.

『……앞으로가 큰일이야. 라이엘, 각오해둬.』

그 각오라는 건, 세레스와 싸운다는 걸 의미하고 있는 걸까? 아무래도 다른 걸 신경 쓰고 있다는 분위기다.

"어라~ 무슨 이야기야?"

방에 들어온 건 데미언이었다.

그 뒤에서 릴리 씨도 따라왔다.

"이쪽 이야기야. 그보다도, 무슨 일이야?"

데미언은 커다란 지팡이를 어깨에 올리며 말했다.

"베임으로 간다면서? 나도 데려가. 어제 광경을 보고 저건 어떻게든 해야겠다고 생각했거든. 아람사스에 있어도 불안하고."
릴리 씨도 내키는 마음이었다.
"주인님은 어디에 있어도 연구를 하실 수 있으니까요."
데미언이 웃었다.
"돈만 있으면 말이지! 그러니까 덤으로 자금 원조 좀 해줘. 난 돈을 버는 것에는 적성이 없거든."
노웹이 한숨을 내쉬었다.
"……믿음직한 분이기는 하지만 말이죠."
나는 웃으면서 데미언을 받아들였다.
"그래, 좋아. 그 대신, 여러모로 도와줘야 해."
데미언은 조금 난색을 보이면서도 수긍했다.
"뭐, 상관없나. 라이엘과 함께라면 즐거울 것 같으니까. 베임으로 가면 이것저것 갖출 수도 있을 테니까, 나도 기대할게."
클라라 씨가 데미언을 보며 말했다.
"데미언 교수님. 실은 의수 수리를 부탁드리고 싶은데요."
"……너는 누구? 의수라니?"
……변함없이 이름을 기억하지 못하는 사람이다.
7대가 조금 안도한 목소리로 말했다.
『데미언까지 따라올 줄은 몰랐군요.』
3대가 웃었다.
『이제 곧 봄이야. 새로운 일을 시작하기에 좋은 계절이니까, 이대로 왕도를 나와서 동쪽으로 갈까.』
목적지는, 모험가와 상인의 도읍— 베임이다.

—출발을 앞둔 라이엘 일행은 성문 밖에 있었다.

아리아가 데미언의 포터를 바라봤다.

"우리 포터보다 크네."

근처에 있던 소피아가 모니카에게 들은 이야기를 했다.

"덤프카라고 부른다고 해요. 포터의 친척 같은 거라네요."

아리아는 덤프카를 올려다보는 라이엘에게 시선을 옮겼다.

눈이 반짝이고 있다.

"……라이엘, 이런 걸 좋아하네."

소피아가 덤프카를 보며 말했다.

"넓어서 좋아 보이네요. 그래도 안에는 물건이 가득 들어서 좁은 것 같아요. 포터가 조금 더 넓었다면……."

이동하기 편해서 좋지만, 포터가 조금 더 넓었으면 좋겠다는 소피아의 말은 아리아도 동의했다.

"아, 그건 이해해."

두 사람이 그런 대화를 나누고 있는데, 그때 말에 탄 한 청년이 나타났다.

"아리아 씨."

돌아본 아리아는, 처음에는 누구인지 알지 못했다.

"……너, 리오넬?"

말에서 내린 리오넬은 무척이나 비싸 보이는 옷을 입고 있었다. 기사 제복이라고 생각한 아리아는 리오넬이 관직을 얻었다고 생각했다.

"무척 출세했네."

"……잠시, 괜찮을까요?"

아리아는 딱히 생각하지 않고 리오넬을 따라갔다—.

성문 밖에 있는데, 뜻밖의 사람이 마중을 나와줬다.

"모리스 씨가 오셨네요."

"여어, 건강해 보이는군."

조금 야위어 보이는 모리스 씨는 우리가 성문에 있다는 걸 듣고 달려왔다고 한다.

"여러 일이 있긴 했지만요."

"그런가? 뭐, 이렇게 마중을 나오게 되어서 다행이군. 토벌대에서는 신세를 지기만 했으니까."

히포그리프 토벌에서 함께 싸운 모리스 씨는 수수하지만 유능한 기사였다.

"그보다도, 왠지 야위셨네요."

"아, 아아, 이쪽에도 여러 일이 있어서 말이지."

아무래도 할 말이 있는 것 같아서 들어보니, 모리스 씨는 영지를 받은 모양이었다.

그러나 뭘 해야 좋을지 전혀 모르는 것 같다.

"무엇부터 손을 대야 좋을지 몰라서 곤란하거든. 영주 귀족 출신이라면 뭔가 알고 있을 것 같아서 이야기를 들으러 온 거다."

"그러셨군요."

나는 보옥을 움켜쥐었다.

3대는 여러모로 짐작한 모양이지만.

『……조언 같은 건 없어.』

7대가 3대에게 물었다.

『아니, 3대에게 제일 어울리는 이야기 아닙니까.』

『그래서야. 저기 말이지. 마을 입장에서 보면 영주가 와봤자 기본적으로 외부인이야. 간섭하면 화가 나고, 아무것도 모르는 주제에 떠든다고 생각한다고. 그러니까 이런 경우에는 아무것도 하지 않는 게 정답이야.』

내가 이해하지 못하고 있는데, 3대가 어이없다는 듯이 자세히 설명해주었다.

나는 모리스 씨 앞에서 고민하는 시늉을 했다.

『최소 1년간은 낌새를 봐야 해. 그리고 주변에서 주군 위치에 있는 영주에게 인사를 가는 거지. 마을 이야기를 들어보고, 필요한 물건이 있다면 준비해둔다거나?』

"영지 안의 일은, 최소 1년 정도는 낌새를 보는 게 중요한 것 같아요. 사전에 필요한 물건이 있는지 조사해보시는 게 어떨까요? 그리고 주변에서 제일 힘이 강한 영주에게 인사를 가기도 하고요?"

"그, 그렇군. 으음, 그 주변이라면— 자작가인가?"

『그리고, 자식이 있다면 지금 이럴 때 결혼을 시켜야 해. 그리폰 퇴치를 이뤄낸 영웅의 아들이니까, 인기가 있는 동안에 결혼시키는 게 좋아. 덤으로 대를 바꿔야지. 대를 바꾸는 일은 여러모로 귀찮으니까, 왕도에 있는 사이에 끝마쳐두는 게 좋아.』

"……그리고, 아드님은 있으신가요?"

"그래, 있지. 이미 성인이기는 한데?"

"서둘러 대를 바꾸세요. 그리고, 아드님은 결혼하셨나요?"

"응? 아, 아직 하지 않았는데?"

"영주가 되고 나서는 큰일이니까, 지금 이럴 때 끝마쳐두세요."

"그, 그렇군. 알았다!"

4대가 웃었다.

『제대로 조언할 수 있지 않습니까.』

3대는 불만스러워 보였다.

『……내가 보기에는 당연한 일인데 말이지.』

5대가 내게 말했다.

『이봐, 아리아는 어디 있어?』

내가 주변을 돌아보니, 아리아 씨의 모습은 없었다.

—라이엘 일행에게서 떨어진 곳.

리오넬은 아리아를 붙잡고 있었다.

"이, 이거 놔!"

"나는 친위대장이야. 너에게 어울리는 남자가 되었어!"

원래는 고백하고, 둘이서 왕도로 돌아갈 생각이었다.

그러나.

"난 몰라. 우리는 이제 출발해야 하니까, 방해하지 마!"

리오넬의 고백은 실패했다.

그래서 억지로 데려가려고 했지만…….

반대로 아리아의 저항에 밀려버리고 말았다.

힘 승부는 아리아가 압도적으로 강했다.

"……너를 위해 노력했는데!"

"그러니까 왜 그런 이야기가 되는 건데!"

아리아가 밀쳐내자, 리오넬은 바닥에 쓰러져서 새로운 제복을 흙으로 더럽혔다.

"아, 미안."

아리아가 미안해했다.

리오넬은 일어나더니 옷에 묻은 흙을 손으로 두드려서 털어냈다.

"어째서 알아주지 않는 거야."

아리아를 노려보고, 검을 뽑았다.

그 모습을 본 아리아는 놀랐고, 리오넬은 한 걸음 다가갔다.

'이대로 협박해서 데리고 돌아가기만 하면—.'

그러나 아리아는— 검을 뽑은 리오넬을 용서하지 않았다.

칼날을 주먹으로 때려서 튕겨내고는, 그대로 거리를 좁혀서 팔꿈치로 리오넬의 머리를 강하게 때렸다. 리오넬은 무릎부터 무너지고 말았다.

리오넬이 놓은 검을 주운 아리아가 멀리 던졌다.

"이제 그만 좀 해! 너, 연인도 있는데 불성실하잖아."

뺨을 누른 리오넬은 고개를 들어서 외쳤다.

"그럼 그 녀석은! 라이엘은 어떤데! 주변에 여자가 잔뜩 있잖아! 한 명 정도는 받더라도—."

그 말을 들은 아리아는 인상을 찌푸렸다.

"……물건 취급하지 말아줘."

아리아가 그렇게 말하며 그 자리에서 순식간에 모습을 감추자, 리오넬은 이를 악물었다. 분통해서 표정이 일그러졌다.

"그 녀석이야. 그 녀석이 있으니까 안 되는 거야!"

리오넬은 라이엘을 미워하며 말에 올라서 바로 성문으로 향했다—.

왕도를 출발한 우리는 휴식을 위해 강가에 와 있었다.

눈이 조금 남아서 강물은 차갑지만, 무척 따스해졌다.

모닥불에 둘러앉았는데, 아리아 씨가 무척 불만스러워 보였다.

"뭐? 자기를 덮칠 것 같아서 반대로 상대를 밀어버렸다고? 아리아는 어지간한 남자보다도 훨씬 남자답네."

놀리는 건 미란다 씨다.

에바 씨도 말했다.

"리오넬이었던가? 아리아에게 너덜너덜하게 얻어맞지 않아서 다행이네. 팔꿈치 한 방이라면 가벼운 편 아닐까?"

그런 말을 하며 놀렸다.

5대가 일부러 헛기침을 했다.

『아~ 라이엘. 때를 봐서 아리아를 위로해줘. 잘 들어. 가능하면 모두가 없는 곳에서 해. 이 자리는 슬슬 화제를 바꿔.』

보옥 안에서는 3대가 5대를 놀려댔다.

『역시 여성을 다섯 명이나 끼고 다니던 5대는 뭔가 다르네!』
『비아냥거리는 거냐! 잘 들어, 농담이 아니라 지금부터 힘들 거야. 정말로 힘들 거라고!』
나는 놀림감이 된 아리아 씨가 화를 내기 전에 화제를 바꿨다.
"저기, 리오넬이 기사 제복을 입고 있었다죠?"
"……맞아. 출세한 것 같아."
대체 어떤 수단으로 출세한 걸까?
미란다 씨도 화제에 끼었다.
"라이엘을 닮았는데, 왕궁에 임관해도 괜찮을까? 세레스에게 찍히는 게 걱정— 되지는 않네."
샤논이 그 이야기를 듣고 묘하게 화냈다.
"도리스 언니를 꼬셔놓고서는 아리아한테 집적대다니……월트 가는 진짜로 여성 관계가 문란한 일족이네."
나는 바로 「너도 월트 가의 피를 이었거든」이라고 반박하고 싶었지만, 샤논의 발언에 맹렬히 항의하는 사람이 있었다.
『잠깐만. 나는 파세트 외길이었거든.』
『저도 아내 외길입니다. 지금 발언은 철회해주셨으면 하는군요.』
『그러나 5대와 6대가 있으니까요. 부정하려고 해도 두 분의 평가는 좀…….』
6대가 화를 냈다.
『……여자 화제가 되면 언제나 나를 책망하는 건 그만둬 주시겠습니까?』

5대는 말이 없었다.
아리아 씨가 일어났다.
"어라, 어디 가?"
에바 씨가 묻자.
"파수 교대하러."
조금 화난 것 같아서, 나는 쫓아가기로 했다.

전망 좋은 곳에 오자, 아리아 씨가 창을 들고 불평하고 있었다.
"나도 무서웠는데, 다들 『아리아라면 괜찮다』는 분위기잖아. 무슨 뜻이야? 나를 대체 뭐라고 생각하는 거야?"
나는 화를 내는 아리아 씨에게 뭐라고 말해야 좋을지 알 수 없었다.
"아리아 씨."
돌아본 아리아 씨는 조금 거북해 보였다.
"……뭔데."
"그, 그게, 다친 데는 괜찮은가요?"
아리아 씨가 자기 모습을 봤다.
"다친 것처럼 보여?"
보옥 안에서는 『그런 태도니까 놀림감이 되는 것 같은데』라는 말이 들려왔지만, 내가 그걸 말하면 안 된다는 건 왠지 모르게 알 수 있다.
"앞으로는 조심하세요."

"다치게 만든 거?"

"아뇨, 그쪽이 아니라, 누가 불렀다고 따라가는 거요. 리오넬의 부상은…… 뭐, 자업자득이니까 어쩔 수 없죠."

아리아 씨는 나를 의아한 듯 바라봤다.

"왜 그래요?"

"혹시, 걱정해준 거야?"

순순히 고개를 끄덕이자, 아리아 씨가 히죽히죽 웃으며 나를 바라봤다.

"흐음, 그렇구나. 흐~응."

반대로 나를 놀리는 것 같은 기분이 들었는데, 갑자기 아리아 씨가 주변을 돌아봤다. 그대로 바닥에 엎드려서 귀를 댔다.

"어?"

"조용히 있어!"

그대로 뭔가를 느끼고는…….

"—저기, 혹시 우리. 쫓기고 있는 거 아닐까?"

나는 보옥을 움켜쥐고 아츠를 사용했다.

우리를 둘러싸려고 움직이는 붉은 광점이 잔뜩…… 아무래도 말을 타고 이동하고 있는 것 같다.

"……쫓기고 있네요."

아리아 씨가 나를 보며 말했다.

"너, 정신 똑바로 차려. 왜 눈치채지 못한 거야."

아리아 씨는 편리한 아츠를 가지고 있으면서 경계를 게을리한 나를 게슴츠레한 눈으로 바라봤다.

5대도 덧붙였다.

『멍청하기는. 갑자기 긴장을 풀어서 어쩔 거야. 자, 당장 준비해.』

에필로그

—리오넬은 붕대를 감고 있었다.

말 네 마리가 끄는 마차에 올라서 주변에 고함을 쳤다.

"녀석들을 절대 놓치지 마라!"

손에 넣은 특무친위대의 권한을 이용해서 움직일 수 있는 기사들을 모아서 지시한 건, 라이엘 일행의 추격이다.

리오넬 바로 근처에서 말을 모는 기사가 큰소리로 말을 걸어왔다.

"리오넬 공, 정말로 녀석들을 죽이면 세레스 님께 직접 은상을 받을 수 있는 겁니까!"

기사들은 리오넬의 지시로 움직인 게 아니라, 세레스의 포상을 원해서 움직이고 있었다.

"나중에 세레스 님께 너희의 활약을 얼마든지 보고해주겠어! 붉은 머리 여자만큼은 절대로 죽이지 마. 내 앞으로 끌고 오라고!"

기사가 말의 배를 걷어차서 속도를 올렸고, 다른 기사들도 공적을 탐내듯이 속도를 올렸다.

기사들의 장비는 전신 갑옷이 아니라, 속도를 중시한 것이다.

가죽제 방어구에, 검이나 창을 들고 있다.

앞장선 부대가 하늘에 마법을 쏴서 라이엘 일행을 앞지르는 데 성공했다는 알림을 보냈다.

"찾았다. 라아이에에에에에엘!"

증오와 질투로 얼굴을 추악하게 일그러뜨린 리오넬이 라이엘의 이름을 외쳤다—.

데미언의 덤프카가 포터의 뒤를 따라왔다.

"데미언 쪽은 스피드가 안 나오나."

포터의 천장 해치에서 얼굴을 내민 나는 주변 상황을 봤다. 데미언의 포터, 덤프카는 크기 탓도 있어서인지 속도가 나오지 않고 있다.

지붕으로 나온 에바 씨는 활을 들고 먼 곳을 바라봤다.

"아무리 봐도 훈련받은 기사가 이리로 오고 있는데!"

내 머릿속에 떠오른 지도에도 확실히 양옆을 포위한 기사들이 다가오고 있다. 뒤에서도 쫓아오고 있고, 앞질러 간 부대도 있다.

—지금까지와는 다른 경치가 보였다.

5대의 아츠인 【맵】은 머릿속에 주변 지도가 떠오른다. 눈을 감아도 잘 보이는 지도는 2단계를 손에 넣어서 더욱 넓고, 입체적인 지도로 변했다.

아츠명 【디멘션】은 주변 지형을 지금보다 넓은 범위로, 그리고 입체적으로 파악할 수 있게 하는 아츠다.

그리고 6대의 아츠인 【서치】도 2단계인 【스펙】을 얻었다.

지금보다도 더욱 자세한 적의 정보를 얻을 수 있다.

기사들이 어떤 장비를 가지고 왔는지까지 대략적으로 알 수 있다.

"정보량이 단숨에 늘어났네."

골치가 아파지는 양의 정보가 단숨에 흘러들었다.

『어떠냐, 라이엘! 나와 5대의 아츠가! 전장에서 이보다 유용한 아츠는 좀처럼 찾을 수 없다고!』

점점 시끄러워지는 6대는 피가 끓는 건지 전투가 가까워지자 묘하게 텐션이 높았다.

변명이 되겠지만…… 애초에 새로운 아츠를 습득하느라 피곤해져서, 휴식 중에는 사용하지 않고 경계를 늦추고 있었다.

경계하고 있었더라도, 데미언의 속도라면 언젠가 따라잡혔겠지.

에바 씨가 의문을 입에 담았다.

"묘하네. 본격적으로 우리를 쫓고 있다고 보기에는 숫자가 적지 않아?"

5대가 여러모로 고민하기 시작했다.

『세레스가 약속을 깨뜨리고 덮쳐왔다고 해도 부자연스러워. 세레스 주변 녀석들이 공적을 올리기 위해 조바심을 내며 덮쳐왔나?』

우리를 진심으로 처리하려고 생각한 거라면, 숫자가 부족하다.

"자, 어떻게 할까."

우리는 포위당했다.

가장 숫자가 많은 곳은 우리의 진로 방향을 가로막기 위해

앞질러 간 부대였다.

3대의 목소리가 들렸다.

『포위당하면 성가시겠네. 좋아! ……정면 돌파하자.』

4대도 찬성했다.

『데미언의 덤프카를 생각하면, 우회하는 건 힘들겠죠.』

몸집이 커서 잽싸게 움직일 수가 없다.

게다가 포터보다도 연약하다. 가도가 아닌 곳에 섣불리 진입하면 고장이 난다고 들었다.

에바 씨가 하늘을 올려다봤다.

"저 녀석들, 마법으로 신호를 보내고 있어."

화염구가 상공에 올라가서 터지며 연기가 발생했다. 준비가 다 됐다고 동료끼리 신호를 보내며 습격할 타이밍을 맞춘 거겠지.

나는 일단 차내로 돌아가서 운전석에 얼굴을 내밀었다.

"클라라 씨, 이대로 돌파해주세요."

"……변함없이 무리한 말씀을 하시네요."

어이없어하는 클라라 씨는 아직 의수가 없어서 외팔이었다. 지금은 데미언이 새로운 의수를 만들고 있다.

가도를 나아가는 포터 앞에서 바리케이드를 준비한 기사들이 기다리고 있었다.

마법으로 만든 임의의 흙벽에, 기사의 숫자는 열 명에도 미치지 않는다.

7대가 말했다.

『—라이엘, 각오는 되었느냐?』

보옥을 움켜쥐고 후방으로 이동한 나는 일행들에게 말했다.

"미안하지만 한바탕 날뛰기로 할게. 샤논은 대기. 모니카, 너는 대기해."

샤논은 안도한 표정을 보였고, 모니카는 놀라서 트윈테일을 붕 띄웠다.

"어, 어째서인가요!"

"샤논과 클라라 씨를 지킬 사람이 필요하잖아."

아리아 씨와 소피아 씨가 무기를 손에 들었다.

"뭐, 그렇지."

"그래서 적은 몇 명인가요?"

정면에 여덟 명.

양옆에서 나란히 달리는 기사들이 두 명씩.

"잘 풀리면 12명을 상대하고 끝나려나. 뒤에서도 추격하는 것 같지만, 저쪽은 뿌리칠 수 있을지도."

노웸이 지팡이를 들었다.

"라이엘 님, 여기는 제가—."

"기대하고 있지만, 모두 함께 하는 게 빠르니까."

미란다 씨가 노웸을 보며 미소를 지었다.

"그러게. 서둘러 돌파하고 싶으니까, 전원이 상대하는 게 좋겠어. 그리고, 라이엘에게 하나 부탁할 게 있어."

"뭐죠?"

"무사히 돌파하면 부탁 하나만 들어줘. 괜찮아, 무척 간단한 부탁이니까."

무슨 말을 할지 불안하지만, 고개를 끄덕인 나는 천장 해치를 통해 밖으로 나갔다.

허리에 찬 사브르는 명품이 세레스에게 부서지고 말아서 양산품 중 하나였다.

사브르를 뽑아서 정면을 보자, 앞길을 막는 기사들이 손으로 무기를 들고 벽 뒤에 물러나 있었다.

포터는 그대로 속도를 올려 벽에 격돌했고— 흙벽을 뚫어버렸다. 브레이크를 걸자 차체가 미끄러지면서 멈췄다.

"역시 우리의 포터야!"

에바 씨가 활을 들고 외쳤다.

"적이 와!"

발사된 화살이 기사의 검에 튕겨나갔다.

잘 훈련된 기사였다.

후방 해치가 열리고, 거기서 아리아 씨가 뛰쳐나오자—.

"방해 돼!"

창으로 기사 두 명을 후려쳤다.

소피아 씨는 배틀 액스의 옆면으로 기사를 후려쳐서 날려버렸다.

"라이엘 공!"

소피아 씨가 내게 외쳤다.

나를 베고 들어오는 기사가 한 명.

피하고 걷어찬 나는 포터에서 뛰어내렸다.

기사들이 나를 둘러쌌다.

"너를 쓰러뜨리면 세레스 님에게 은상을 받는다!"

베고 들어온 기사는 수염을 듬성듬성 기른, 눈이 핏발선 남자였다.

나이는 30대.

검을 휘두르는 모습을 보면, 이 사람도 꽤 엄격한 훈련을 받아온 기사겠지.

세레스에게 현혹되기 전에는 대체 어떤 사람이었을까— 그걸 알 방법은, 이제 없다.

아니, 의미가 없다.

사브르를 거꾸로 쥐고, 오른쪽에서 왼쪽으로 휘둘러 목을 베었다.

피가 뿜어져 나오자, 기사가 눈을 부릅떴다.

베인 목을 누르고 뭔가 말하려고 했지만, 다음 기사가 베고 들어왔다. 포위하면서 동시에 덤벼들었다.

"잘도 대장님을!"

"죽여버리겠다!"

한 명을 걷어차고, 다른 사람이 들고 있는 창을 피하고 사브르로 가슴을 꿰뚫었다. 즉시 뽑자 뒤로 돌아 들어간 기사가 내게 칼날을 찌르려 했다.

그런 기사의 등에 에바 씨가 날린 화살이 꽂혔고, 돌아보려 할 때 내가 마무리를 지었다.

피가 튀어서 사브르에 묻어 끈적끈적했다.

마물의 피로 익숙할 텐데, 묘하게 달라붙는 것 같아서 기분이 나빴다.

주변을 보니, 다른 기사들은 정신을 잃은 자도 포함해서 모두 미란다 씨에게 붙잡혀 있었다.

끈적한 실로 구속되어 버둥거리고 있지만, 빠져나갈 수 없어 보였다.

"추격하던 기사들이 와요!"

포위하려고 쫓아온 기사들이 이리로 다가오자, 노웰이 앞으로 나왔다.

은색의 지팡이를 들고는.

"—날아가세요."

그렇게 말하자, 말 바로 앞에서 벼락이 떨어지며 지면이 폭발했다.

말은 폭음과 충격으로 날아갔고, 타고 있던 기사들도 떨어져서 바닥을 굴렀다.

네 명이 쓰러져서 움직이지 못하는 걸 확인하자, 미란다 씨가 바로 구속하러 돌아다녔다.

나는 붙잡은 기사에게 향했다.

그 기사는 나를 노려봤다.

"알고 있다! 넌 월트 가에서 폐적된 바보 아들이지! 네 목을 손에 넣으면, 세레스 님께서—"

왼손으로 기사의 머리를 붙잡았다.

"……질문에만 대답해."

명령하자, 기사는 입을 열었지만 목소리가 나오지 않는 것에 놀라고 있었다.

3대의 아츠는 정신을 조종하고, 현혹시킨다.

그 아츠【마인드】의 2단계는【컨트롤】이다. 마인드보다 강제력이 강하고, 몸을 본인의 의지와는 상관없이 조종할 수도 있는 아츠였다.

마인드처럼 정신에 간섭하기 위한 시간이 걸리지 않는 게 편하다. 단, 상대가 의식을 유지하고 있기에 저항이 심하면 마력 소비가 격렬하다.

……정말로 너무한 아츠다.

"너희에게 우리를 쫓으라는 지시를 내린 건 누구지?"

기사는 말하고 싶지 않은데도 멋대로 입이 열리는 것에 놀라고 있었다.

"리, 리오넬이다. 특무친위대 대장으로, 세레스 님이 마음에 들어 하시지."

"리오넬이? 왜 세레스가 그 녀석을 마음에 들어 하지?"

"모, 모른다. 단지, 그 녀석이 우리를 부르더니, 네 목을 가져가면 세레스 님께서 직접 은상을 내리신다고 해서."

보옥에서 3대의 어이없어하는 목소리가 들렸다.

『라이엘을 닮았는데도 곁에 두는 건가? 라이엘은 원한이라도 있는 것처럼 혐오했으면서.』

차례차례 질문했다.

"너희 이외의 추격자는?"

"어, 없다. 리오넬이 일단 손이 빈 기사들을 모았을 뿐이니까."
"정식으로 토벌하라는 명령이라도 나온 건가?"
"나오지 않았다. 왕궁은 상관없어."
기사는 질문에 대답하는 자신에게 놀라움을 감추지 못했다. 말하고 싶지 않은데도 말이 나오는 감각을 느끼며, 나를 향한 공포에 질려 표정이 이상해졌다.
"……앞으로 추격자가 오는 일은?"
"모르겠지만, 리오넬이 움직이면 다시 움직일지도 모른다."
왕궁이나 세레스는 우리에게 추격자를 보내지 않았다.
그걸 알게 된 것만으로도 꽤 편해졌다.
왼손을 놓자, 기사는 겨우 자신의 의지대로 입이 움직이는 걸 확인하고 안도했다.
걷어차서 기절시킨 나는 전원에게 말했다.
"예정을 변경하자. 여기서 리오넬을 맞받아치겠어."
아리아 씨가 창을 쥐었다.
"리오넬을 치려고?"
표정이 조금 새파란 건, 내가 피투성이이기 때문이겠지.
방해한다면 그러겠다고 대답하려 할 때였다.
7대가 말을 걸었다.
『라이엘. 잠깐 기다려라. 리오넬은 쓸만할지도 모른다.』
보옥을 쥐자, 대답해준 것은 4대였다.
『경솔하고 생각이 짧죠. 무능한데 근면한 자는 아군으로 두면 매우 골치 아픈 존재지만, 그게 적 측에 있다면 대환영입니다. 마음껏 이용하기로 하죠.』

5대도 같은 의견인 모양이다.

『어째서 세레스의 마음에 든 건지는 모르겠지만, 성격이 그러니까. 별생각 없이 리오넬을 치켜세운 걸지도 몰라. 세레스에게 바로 죽을지도 모르지만, 살려둬서 반세임의 발목을 잡게 하자.』

그렇다면…….

4대가 분명 심술궂게 웃고 있을 법한 목소리로 말했다.

『저의 아츠를. 2단계를 사용하세요.』

나는 노웸이 가져온 젖은 타올로 얼굴을 닦고는 예정을 변경했다.

"……이대로 리오넬 일행을 기다렸다가, 그 뒤에 이동하자."

소피아 씨가 놀랐다.

"네? 어, 어째서인가요? 도망친다면 빨리 가는 게—."

나는 덤프카에 탄 데미언에게 먼저 가라는 제스처로 지시를 내렸다.

이번에는 포터가 덤프카 뒤를 달린다.

"리오넬 일행은 절대 우리를 쫓아올 수 없어."

4대의 2단계 아츠는 【업다운】이다. 이건 단순히 우리의 이동 속도를 올리고, 적의 이동 속도를 내리는 아츠다.

그것뿐이지만, 효과는 크다.

아츠를 사용하면 어지간하면 우리의 이동 속도가 올라간다.

나는 포터의 위에 올라서 전원이 오르는 걸 확인하고 리오넬 일행을 기다렸다.

—눈앞에 라이엘 일행이 있다.
그러나 리오넬은 분개한 표정으로 주변에 욕설을 퍼부었다.
"왜 쫓아갈 수 없는 거야! 이 굼벵이들아!"
리오넬이 탄 마차도 그렇지만, 주변 기사들도 속도가 떨어졌다.
시야에는 라이엘 일행의 모습이 보이지만, 전혀 따라갈 수가 없다.
포터 위에 올라서 이쪽을 보고 있는 라이엘의 얼굴은— 웃고 있었다.
그게 리오넬은 견딜 수 없이 분했다.
"더 빨리 달려!"
마부에게서 채찍을 빼앗아서 말을 후려쳤지만, 그럼에도 스피드는 변함없었다.
점점 해가 저물어가자.
"이제 돌아가는 게 좋겠습니다."
"특무친위대장님, 여기까지입니다."
"이제 밤입니다. 동료들의 상황도 확인해야 합니다."
그런 체념한 목소리가 들려오자, 리오넬은 분통해서 인상을 더욱 찌푸렸다.
"젠자아아아아아앙!!"
리오넬의 절규가 허망하게 주변에 메아리쳤다—.

밤.

리오넬 일행을 뿌리친 우리는 작은 마을에 도착했다.

광장을 빌려 야영했다.

나는 혼자 모두와 떨어져서 구토했다.

초목에 숨어서 가슴을 누르며 괴로워하는 내게 역대 당주들이 말했다.

『……곧 익숙해질 거야. 너무 익숙해지면 안 되지만.』

『제가 처음 죽인 건 도적이었지요. 지금도 잊을 수가 없습니다.』

『지금뿐이야. 앞으로는 싫어도 익숙해질 거야.』

『라이엘, 지금 이상으로 의연한 태도를 모두에게 보여줘라.』

『본래는 도적 같은 것이었으면 좋았을 것을.』

적어도 악인이라면 베어도 괜찮다는 의미일까? 속이 괴롭고, 콧속에 위액이 들어가서 욱신거린다.

그런 내 등에 누군가의 손이 올라갔다.

놀라서 몸을 돌리자.

"……미란다 씨."

"역시 괴로워하고 있었네. 전투가 끝나고 나서 안색이 좋지 않았으니까, 이럴 줄 알았어."

음료를 받아 입을 축이자, 미란다 씨가 내게 말을 걸어왔다.

"딱히 숨기지 않아도 되는데."

"……다들 불안해할 테니까요."

내 말을 부정하지 않은 미란다 씨는 화제를 바꿨다.

"라이엘, 전투 전에 했던 말을 기억하고 있어?"
"하나만 부탁을 들어달라는 건가요?"
"맞아. 그 부탁이 뭐냐면—『씨』 호칭 금지야."
지금까지처럼 미란다 씨라고 부르지 말라는 것 같다.
"어? 어째서?"
진지하게 되묻자, 미란다씨는 어이없어했다.
"노웸이나 모니카, 그리고 샤논만 그냥 이름으로 부르고, 다른 사람은 씨를 붙이다니 차별하는 느낌이 들잖아. 나만이 아니라, 모두 다 이름으로 불러줘."
5대가 납득했다.
『……뭐, 그렇긴 하지.』
미란다 씨가 내 눈을 바라봤다.
"우리는 목숨을 걸고 있어. 라이엘, 좀 더 믿어줘야지."
"……믿고 있어요."
"과연 어떨까? 가능하면 신뢰해줬으면 좋겠는데 말이지. 뭐, 라이엘의 마음에 달린 거니까, 내가 불평을 늘어놓아봤자 별수 없긴 해도."
미란다 씨가 내 입가를 타올로 닦아줬다.
부끄러워서 사양했지만.
"괜찮으니까."
그렇게 말하며 위액으로 더러워진 가슴팍도 닦아주었다.
"이 정도로 부끄러워하지 마."
"그, 그런가요."

“좀 더 주변을 의지해, 라이엘. 다들 목숨을 걸고 따라오고 있는 거야. 놀이가 아니라고.”

“……네.”

“그래, 놀이가 아니야. 그러니까, 책임은 제대로 져줘.”

그렇게 말하며 미소 지은 미란다 씨의 모습은, 무척이나 아름답고— 어째서인지 요염하게 보였다.

“진정됐어?”

“네에, 이제 괜찮은 것 같아요.”

“그럼, 오늘은 이만 쉬어. 파수는 우리가 볼 테니까.”

“그래도—.”

미란다 씨가 내 이마에 딱밤을 날렸다.

이마를 누르자.

“그러니까, 좀 의지하라고.”

그렇게 말한 미란다 씨는 모두에게 돌아갔다. 그 뒷모습은 여성다운 윤곽이었지만, 믿음직스러워 보였다.

포터의 후방.

잠든 샤논의 숨소리— 아니, 코골이가 들렸다.

시트에 누워서 모포를 덮었다.

잠들지 못하고 푸른 보옥을 손에 들고 바라보며, 그날 일을 떠올렸다.

역대 당주들과 약속한 날이다.

그날, 나는 역대 당주들과 약속했다.
"약속이라고요?"
『그래, 이것만큼은 지켜주지 않으면 우리는 협력할 수 없어.』
원탁의 방.
진지한 표정을 한 3대가 내 앞에서 한 말은.
『마지막까지 살아남아.』
그것뿐이었다.
"……네?"
당혹감에 잠긴 내게 5대가 곤란한 듯 웃었다.
『이게 얼마나 어려운 일인지 네가 이해하는 건 언제가 될까?』
3대는 내게 평소보다 진지한 모습으로 말했다.
『죽어서 영웅이 되는 건 허락할 수 없어. 악당이라 욕을 먹더라도, 마지막까지 살아남아. 그게 우리와 할 약속이야.』
많은 영웅담에서는 마지막에 영웅이 죽는 것도 드물지 않다.
그 밖에는 속세를 버리고 은거하는 패턴도 있다.
7대가 나를 걱정스럽게 바라봤다.
『시작해버리면, 원하든 원하지 않든 상관없이 많은 사람이 죽을 거다. 나라는 피폐해지고, 그걸 노리는 나라나 조직도 나오겠지. 세레스를 쓰러뜨려도 끝나지 않는다. 거기서부터 시작인 거다.』
6대가 수긍했다.
『누군가가 규합해야만 한다. 진짜 영웅이 있다면 너는 그 도움을 줘야만 해. 쓰러뜨리고 끝이 아니라, 그 후의 부흥까지도.』

4대는 복잡한 표정이었다.

『부흥에 얼마나 많은 시간이 걸릴지 모릅니다. 세레스가 어떻게 나오느냐에 달렸지만, 라이엘이 평생을 들여도 끝나지 않을지도 모르죠.』

나는 갑자기 이긴 뒤의 이야기가 튀어나오자 곤혹스러웠다.

역대 당주들이 그런 나의 마음을 간파했다.

『그냥 이기기만 하면 된다는 식의 싸움을 부정할 생각은 없지만. 그게 뭐든 해도 좋다는 게 되지는 않아.』

3대의 말을 7대가 이어받았다.

『라이엘, 너는 세레스를 쓰러뜨린 뒤 전후(戰後)도 생각하고 움직일 필요가 있다. 네가 말한 소망이란, 그런 것이야.』

4대가 안경을 벗었다.

『죽어서 세레스를 쓰러뜨린 영웅이 된다면, 후세의 역사가나 이야기에서는 큰 인기를 끌지도 모르죠. 하지만, 많은 이들을 죽이고 세레스를 쓰러뜨리는 길을 나아간다면, 그 후에는 많은 생명을 구하기 위해 살아가세요.』

6대가 목소리를 높였다.

『설령 악당이라 욕을 먹더라도 살아가라! 죽어서 영웅이 되어봤자 네게는 아무것도 남지 않아. 살아있지 않으면 의미가 없다!』

5대가 머리를 긁적였다.

『요컨대, 너는 살아서 승리를 쟁취해. 세레스를 쓰러뜨린 이후가 승리야. 세레스를 쓰러뜨리기만 하면 된다는 생각은 버려.』
앞으로 대륙은 세레스를 중심으로 어지러워질 거다.
그런 어지러워진 대륙에서, 패권을 쥐기 위해 나라들이 맞붙는다면 심각해질 것이다.
"……버거운 약속이네요. 아직 세레스를 이길 가망조차 없는데."
3대가 웃었다.
『확실히 이길 미래는 보이지 않지만. 그래도, 승부를 벌일 지점까지 끌고 갈 수는 있어.』
"승부?"
7대가 해답을 말했다.
『반세임 왕국이다. 그 주변 나라나 국내 귀족들을 아군으로 삼아라. 연합군을 이끌고 반세임을 치는 거다.』
6대가 곤란한 표정을 지었다.
『반세임이라는 나라는 너무 커졌으니까. 한두 나라가 상대해서는 시간이 너무 오래 걸려.』
나를 보는 3대가 턱에 손을 댔다.
『그래야만 겨우 반세임 왕국 상대로 승리할 수 있어. 이후에는 어떻게 세레스를 쓰러뜨리냐가 문제지. 그건 앞으로 생각하기로 하고, 라이엘…… 싸움이라는 건, 살아남지 않으면 승리가 아니야.』
내가 고개를 끄덕이자, 3대는 푸르게 빛나는 보옥 안— 원탁의 방에서 내게 손을 내밀었다.

『—오늘 이날. 여기가 출발점이야. 라이엘의 이야기를 여기서부터 시작하자.』

조금 민망했는지, 3대는 그렇게 말하며 쑥스럽게 웃었다.

『분명 우리는 아츠를 가르치기 위해서만 있는 게 아니야. 라이엘과 만나기 위해 기억으로 되살아난 거야. 지금 와서는 그런 생각이 들어.』

여기서부터 시작하자.

지금까지는 들은 대로 길을 정해왔지만, 오늘부터는 스스로 나아가야 할 길을 정하자.

여기서부터…… 나의 이야기가 시작된다.

마침내 시작되는 거다.

3대의 말이 가슴 속 깊숙이 새겨지는 것 같았다.

『그나저나, 어느새 무척 믿음직스러워졌네.』

"네?"

3대가 나를 보는 얼굴이, 조금 전과 달리 다정한 미소를 짓고 있었다.

『처음 만났을 때가 떠올라.』

4대가 입가를 주먹으로 가리며 웃었다.

『그렇게 한심했던 라이엘이 용케 결단을 내렸군요. ……도망쳐도 되었을 텐데.』

5대는 곤란한 듯, 슬픈 듯이 나를 바라봤다.

『우리가 걸어온 길을 선택하기를 바라지는 않았어. 정말로 괜찮겠어?』

지금이라면 돌아갈 수 있다고 묻는 5대에게, 나는 고개를 크게 끄덕였다.

"이미 정했으니까요. 저는…… 세레스를 쓰러뜨리겠어요."

6대는 웃고는 있었지만, 어딘가 슬퍼 보이기도 했다.

『잘 말했다! ……정말로, 잘 말했다. 라이엘.』

7대는 오른손으로 가슴을 누르고 있었다. 옷을 붙잡고 있었고, 마음속으로 괴로워하고 있다는 것이 엿보였다.

『너에게…… 가족을 죽이게 만든 나를 원망해라. 모든 원흉은 나다! 네가 이런 결단을 하게 만든 건 나의 책임이다.』

고개를 가로저은 나는 7대에게 말했다.

"아니에요. 제가 정한 거예요. 세레스와— 그리고 부모님. 가족과 싸우기로 결심한 건 저예요. 7대를 원망하지는 않아요."

여러 고민도 있었으리라.

7대는 눈물을 참고 있었다.

말하지 않는 7대를 대신해서, 3대가 입을 열었다.

『라이엘, 강하고…… 믿음직스러워졌네. 너는 어엿한 월트가의 사람이야.』

나는 이날, 역대 당주들과— 그리고 보옥에게, 진정한 의미로 인정받은 기분이 들었다.

정신이 들자 아침이 되었다.

샤논은 일어났는지 근처에 없었고, 모포를 덮은 에바 씨—에바가 나를 보고 있었다.

"어라, 일어났어?"

"다들 어딨나요?"

"정리를 하고 있어. 나는 아까까지 파수를 보고 있었으니까, 앞으로 쉬어야지."

종이와 펜을 들고 있어서, 도저히 쉬려는 것처럼 보이지는 않았다.

"뭘 쓰고 있나요?"

"새로운 노래나 이야기야. 그래도 소재가 없네."

소재가 없다며 어깨를 떨군 에바에게 나는 한 가지 소재를 제공하기로 했다.

"노래에 관한 의뢰를 하나 해도 될까요?"

"뭔데? 새로운 소재?"

"뭐, 그런 셈이죠. 실은 노래나 이야기로 만들었으면 하는 사람들이 있어서요."

"누구? 어떤 사람들?"

흥미를 가져줘서 기뻤다.

"월트 가의 선조님들이요."

직후, 에바가 눈살을 찌푸리며 꺼림칙한 표정을 지었다.

"싫으신가요?"

"그야, 그런 의뢰는 자기 혈족을 좋게 보이려고 과장해서 전한단 말이야. 들어도 거짓말 같고, 실제로 거짓말을 하는 사람이 많거든."

에바에게는 재미없는 의뢰인 모양이다.

"괜찮아요. 완벽한 사람들은 아니고, 문제도 많으니까요."

그렇게 말하자, 에바가 「그럼 이야기를 들어볼까」라며 의뢰를 받아주었다.

보옥 안이 소란스럽다.

『잠깐 기다려. 라이엘이 우리 일을 노래로 만들려고 하잖아!』

『라이엘. 기다리세요. 무슨 이야기를 하려는 겁니까!』

『……불길한 예감밖에 들지 않아.』

『아니, 이건 반대로 이용해야죠! 라이엘, 내 이야기는 여성관계만 커트하는 방향으로 부탁한다. 알겠느냐!』

『라이엘, 할아버지는 굉장한 인물이었다고 에바에게 말해다오! 그리고, 6대는 솔직하게 말하거라.』

보옥 안에서는 6대가 『너는 언제까지고 쪼잔하게!』 같은 소리를 하며 7대와 드잡이질을 시작했는지 소란스러워져서, 엄청 시끄러웠다.

에바는 메모를 할 준비를 하고는 내 옆에 앉아서 얼굴을 들여다봤다.

"자, 그럼 이야기를 들어볼까? 어떤 선조님인데?"

"그럼, 처음은 초대부터 할까? 이름은 버질 월트."

떠오르는 건, 언제나 호쾌하게 웃고 화를 내던 초대의 모습이다.

"궁정 귀족 월트 가의 삼남이었어. 집안은 귀족이라고 해도 말석이라 빈곤했지. 하지만 좋아하는 사람이 생겼거든. 그 사람에게 어울리는 남자가 되려고 개척단에 지원했어."

"어라, 호쾌한 인물이네."

"이야기를 나눈 적도 없는데, 초대는 그 사람을 좋아해서 노력했어. 그랬더니, 상대 여성도 초대를 좋아했던 것 같아."

에바가 메모를 하던 손을 멈췄다.

"에이~ 수상하네. 그대로 이어져서 해피 엔딩이라니 조금 진부한데?"

흥이 떨어진다고 말하려는 것 같다.

나는 살짝 웃으며 고개를 가로저었다.

"개척이 성공해서, 돈을 들고 왕도로 돌아갔던 날, 그 사람은 다른 사람과 결혼해서 아내가 되어있었어. 초대의 첫사랑은 이루어지지 않았지."

"……어, 저기."

"정말 자포자기해서. 매일 술을 마시며 날뛰어댔어. 결혼하지 않는 초대를 보고 주변 사람들이 걱정해서 이것저것 떠들어대는 게 시끄러웠던 것 같아. 그래서 초대는 거짓말을 했어."

"거짓말?"

"월트 가에는 혼인 가훈이 있다! 그러니까 그에 걸맞은 여자가 없으면 절대 결혼하지 않겠다! 라고."

에바가 입을 멍하니 벌렸다.

"그리고 웃긴 건 지금부터야. 그 가훈, 지금도 남아서 소중하게 지켜오고 있거든. 월트 가의 혼인 가훈은, 초대의 거짓말이었는데 말이지."

내가 즐겁게 이야기하는 걸 보고, 에바가 의아한 듯이 바라봤다.

"뭔데?"

"라이엘, 왜 보고 온 것처럼 이야기하는 거야? 이런 건 좀 더 구전에서 이것저것 각색을 해서 초대는 훌륭한 사람이 되는데. 들어보니까 뭐랄까, 인간미가 넘치는 사람이네."

……나는 얼버무려야 하나, 사실을 이야기해야 하나 고민했다.

세레스의 보옥 건도 있다.

내가 가진 푸른 보옥 이야기가 나오면, 타이밍이 좋지 않으니까 경계할지도 모른다. 아니, 경계하겠지.

"그래도, 재미있지?"

"그러게. 얼마나 훌륭한 사람인지 자랑하는 것보다는 훨씬 나아. 알았어. 꼭 이야기로 만들어볼게. 그러니까 좀 더 가르쳐줘."

나는 그대로 초대가 어떻게 드래곤 슬레이어가 되었는지 조심조심 이야기했다.

에바는 초대의 실패담이나 그 밖의 여러 이야기에 놀라면서도 웃으며 들어주었다.

보옥 안은 여전히 소란스럽다. 어느새 다섯 명 전원이 싸우고 있었다.

『내 탓으로 하지 말라고!』

『당신 탓입니다! 그때도 3대가 제게……!』

『너 때문에 내가! 우리가! 지금 여기서 빚을 갚아줘야겠어!』

『항복! 항복! 둘이 덤비는 건 비겁—.』

『쌓이고 쌓인 원한을 깨달아라아아!』

……들었던 인물상과는 동떨어진 선조님들.

그런 그들의 삶을 노래로 만드는 것도 재미있을 것 같았다.

언젠가 모두가 보옥에서 사라지더라도, 노래— 그들의 이야기를 들으면 이 소란스러움을 떠올릴 수 있을까?

〈『세븐스 8』으로 계속〉

■역자 후기

안녕하세요. 불초 역자입니다.

모든 것의 시작이었던 세레스의 재등장, 그리고 처참한 패배. 이후 심기일전하여 세레스를 쓰러뜨리고자 결의하는 라이엘. 드디어 라이엘의 진정한 이야기가 시작된다는 느낌이네요. 지금까지는 기나긴 프롤로그였다고 할까요. 사실 라이엘은 지금까지 목적이 영 애매한 상태로 막연하게 살아오긴 했으니까요. 드디어 확고한 목표를 정하고 앞으로 나아가는 라이엘의 모습을 기대해볼 수 있을 것 같습니다.

이번 이야기가 7권이라는 것도 나름 인상적이네요. 다분히 의도한 게 아닐까요? 여러모로 7에 많은 의미를 담고 있는 소설이니까요. 왜 7인지도 꽤 궁금한데, 이쪽도 앞으로 천천히 밝혀지지 않을까 싶습니다.

그럼 후기는 이쯤 하고, 다음 권에서 뵙겠습니다.

세븐스 7

초판 1쇄 발행 2021년 9월 10일

지은이_ Yomu Mishima
일러스트_ Tomozo
옮긴이_ 이경인

발행인_ 신현호
편집부장_ 윤영천
편집진행_ 김기준 · 김승신 · 원현선 · 권세라
편집디자인_ 양우연
관리 · 영업_ 김민원 · 조인희

펴낸곳_ (주)디앤씨미디어
등록_ 2002년 4월 25일 제20-260호
주소_ 서울시 구로구 디지털로 26길 111 JnK디지털타워 503호
전화_ 02-333-2513(대표)
팩시밀리_ 02-333-2514
이메일_ lnovelpiya@naver.com
L노벨 공식 카페_ http://cafe.naver.com/lnovel11

ISBN 979-11-278-6187-2 04830
ISBN 979-11-278-4190-4 (세트)

값 7,800원